스타일즈 저택의 죽음

스타일즈 저택의 죽음

2013년 10월 30일 중쇄 발행

지은이   애거서 크리스티
옮긴이   이가형
펴낸이   이경선
펴낸곳   해문출판사

등록 1978년 1월 28일 제3-82호
서울시 서초구 서초동 1328-11 도씨에빛 2차 1420호
전화 325-4721
팩스 325-4725

값 10,000원

ISBN 89-382-0109-0
ISBN 89-382-0100-7 (세트)

※잘못 만들어진 책은 구입하신 곳에서 바꾸어 드립니다.

AGATHA CHRISTIE
스타일즈 저택의 죽음

애거서 크리스티/이가형 옮김

해문출판사

차 례

제1장 스타일즈 저택으로 • 9
제2장 7월 16일, 그리고 17일 • 28
제3장 비극의 밤 • 41
제4장 포와로 수사하다 • 53
제5장 스트리크닌이 아니다 • 84
제6장 심　리 • 125
제7장 포와로, 빚을 갚다 • 145
제8장 새로운 혐의 • 164
제9장 바워스타인 박사 • 191
제10장 체　포 • 213
제11장 기소자측의 주장 • 237
제12장 마지막 연결 고리 • 263
제13장 포와로 설명하다 • 278
■ 작품해설 • 297

The Mysterious Affair At Styles

Copyright ⓒ 1975 Agatha Christie Ltd.

Korean translation edition is published by arrangement with
Agatha Christie Ltd., a Chorion group company.

이 책은 Agatha Christie Ltd., a Chorion group company와
적법한 계약을 통해 출간되었습니다.
저작권법에 의해 한국 내에서 보호를 받는 저작물이므로
무단 전재와 무단 복제를 금합니다.

The Mysterious Affair At Styles

• 등 장 인 물 •

잉글소프 노부인 – 전남편인 캐븐디시에게 엄청난 유산을 물려받은 사교적이며 적극적인 성격의 노부인. 강장제를 복용하며 매일 밤 코코아를 마시는 습관이 있다.

앨프레드 잉글소프 – 새카만 턱수염에 유별난 옷차림을 하고 다니며, 늘 무표정한 표정을 짓고 있다. 잉글소프 노부인을 헌신적으로 감싸 준다.

존 캐븐디시 – 변호사로 일하다가 스타일즈 저택에 내려와서 지낸다. 40대 중반의 태평스러운 성격을 가진 사람으로서, 경제적으로 몹시 곤란한 지경에 빠져 있다.

메어리 캐븐디시 – 존의 아내로서 조용하고 침착하며 자존심이 강한 여자. 바워스타인 박사와 유난히 가깝게 지낸다.

로렌스 – 존의 동생으로서 의사 자격을 획득했지만 의사를 포기하고, 스타일즈 저택에 머물면서 시를 쓴다. 말이 없고 소심한 성격의 남자.

신시어 머도크 – 적십자 병원의 조제실에 근무하는 젊고 발랄한 여자로, 잉글소프 노부인에게 절대적으로 복종한다.

에블린 하워드 – 잉글소프 노부인의 말동무로서, 활기차고 직선적인 성격에 굵고 낮은 목소리를 가지고 있음. 잉글소프에게 심한 적대감을 나타낸다.

바워스타인 박사 – 독약에 관한 최고 전문가로서, 메어리 캐븐디시와 둘이서 멀리까지 산책을 나가곤 한다.

윌킨스 박사 – 잉글소프 노부인의 주치의.

에르쿨 포와로 – 한때 벨기에 경찰국에서 명성을 떨쳤던 형사 출신의 사립 탐정. 우연히 헤이스팅스를 만나, 그 특유의 방법으로 사건을 해결한다.

헤이스팅스 대위 – 이야기를 써 나가는 사람. 포와로와 함께 사건을 풀어 나가면서 그에게 결정적인 암시를 준다.

제 1 장
스타일즈 저택으로

'스타일즈 저택의 사건'으로 당시 세간에 일었던 집중적인 관심은 이제 어느 정도 가라앉았다. 하지만 그 사건에 따랐던 엄청난 구설수 때문에 줄곧 나는 친구인 포와로와 스타일즈 저택의 식구들로부터 그 사건의 전체적인 이야기를 써달라는 부탁을 받아 왔다. 나는 이 글이 아직까지도 끈질기게 항간에 떠돌고 있는 불미스러운 소문들을 진정시켜 줄 것이라고 믿는다.

먼저, 내가 그 사건과 관계를 맺게 된 경로부터 간단하게 설명을 하겠다.

나는 전선(戰線)에서 부상병으로 송환되었다. 꽤나 을씨년스러운 분위기의 요양소에서 몇 달을 보낸 뒤, 나는 1개월의 의병(依病) 휴가를 얻게 되었다. 그러나 당시 나에겐 가까운 친척이나 친구들이 없었기 때문에 뭘 할까 망설이고 있었다. 바로 그때, 오랫동안 거의 만나지 못했던 존 캐븐디시를 우연히 만나게 되었다. 사실 나는 특별히 그와 친한 사이도 아니었다. 그는 마흔다섯 살이 채 안 되어 보이지만,

사실은 나보다 적어도 열다섯 살은 더 나이가 많은 사람이었다. 어렸을 때 나는 에식스에 있는 그의 어머니 집인 스타일즈 저택에 놀러 가서 며칠씩 머무르곤 했었다.

우리는 옛날에 있었던 이런저런 이야기들을 유쾌하게 나누었다. 이야기가 끝날 무렵, 그는 스타일즈 저택에 내려가서 휴가를 보내지 않겠느냐며 나를 초대했다.

「이렇게 오랜 세월이 흘렀지만——어머니도 자네를 다시 만나보면 매우 기뻐하실 걸세.」하고 그가 덧붙여 말했다.

「어머니는 여전히 건강하시겠지요?」

내가 물었다.

「물론이지. 어머니가 재혼하신 걸 자네도 알고 있나?」

지금 생각해 보니, 그때 나는 꽤나 노골적으로 놀랐다는 표시를 했던 것 같다. 캐븐디시 부인은 존의 아버지가 두 아들을 가진 홀아비였을 때 그와 결혼했는데, 내가 기억하기로 그녀는 중년의 아름다운 여자였다. 이제 그녀는 적어도 일흔 살은 되었을 것이다. 내 기억 속에 그녀는 정력적이고 고상하며, 또한 사교적인 인상으로 남아 있었다. 그리고 그녀는 바자회를 열고 부인 자선가들과 어울리기를 좋아했었다. 또한 매우 아량이 넓었으며 재산도 꽤 많이 가지고 있었다.

시골에 있는 스타일즈 저택은 캐븐디시 씨가 결혼 초기에 구입한 것이었다. 그는 부인의 손아귀에 완전히 묶여 있었다. 그래서 임종할 때 대부분의 자기 수입은 물론 그 저택까지도 아내에게 물려주었던 것이다. 물론 그런 상속은 그의 두 아들 입장에서 보면 대단히 불공평한 것이었다. 그렇지만 계모는 그들에게 언제나 인자하게 대해 주었다. 사실 그들은 아버지가 재혼할 당시에 너무 어렸기 때문에 그녀를 친어머니로 생각하고 있었다.

둘째 아들인 로렌스는 몸이 좀 약한 사람이었다. 그는 의사 자격을 획득했지만, 의사를 포기하고 문학에 대한 야망을 추구하면서 저택에 머무르고 있었다. 하지만 그가 쓴 시들은 단 한 번도 뚜렷한 호평을 얻지 못했다.

존은 얼마 동안은 변호사로 일했는데, 결국엔 시골 대지주가 더 마음에 들었던 모양이다. 그래서 그는 2년 전에 결혼하여 지금은 아내와 함께 스타일즈 저택에 머물고 있었다. 나는 존이 어머니에게 집이나 한 채 마련해 달라고 하는 것이 더 나을 텐데 하고 좀 이상하게 생각했다. 하지만 캐븐디시 노부인은 자신이 세운 계획에 사람들이 무조건 따라 주기를 기대하는 그런 여자였다. 따라서 그런 경우에도 그 노부인은 분명히 '지갑 끈'을 움켜쥐었을 것이다.

존은 자기 어머니의 재혼 소식에 내가 놀라는 것을 보고는 약간 어색한 미소를 지었다.

「아주 건방진 사람이야! 헤이스팅스, 자네니까 하는 말인데, 그가 우리 생활을 매우 곤란하게 만들었다네. 에비에 대해서——에비를 기억하나?」

그는 화가 치미는 듯이 말했다.

「아니오.」

「오, 그럼, 그녀는 자네가 떠난 뒤에 스타일즈 저택에 온 모양이군. 그녀는 어머니의 심부름꾼이면서 말동무인데 아주 재주가 많은 여자라네! 매우 명랑한 여자지. 좀 나이가 들어서 귀여운 면은 없지만, 에비는 정말 정력적이고 활기찬 여자일세.」

「조금 전에 무슨 말을 하려고 하지 않았습니까?」

「오, 내 정신 좀 봐! 그는 에비의 6촌이라든가 뭔가 하는 구실로 난데없이 어디에선가 불쑥 나타났네. 하지만 에비는 그 사람에 대해서 별로 많이 알고 있는 것 같지 않았어. 그러니까 그는 완전한 불청객인 셈이었지. 집안 식구들 모두 그 사실을 인정하고 있다네. 그는 시커멓고 무성한 수염을 기르고 있으며, 날씨에 상관없이 언제나 괴상하게 생긴 가죽 부츠를 신고 다니지. 그런 사람하고 어머니가 금방 친해지더니 급기야는 비서로 채용했단 말일세. 자네, 우리 어머니가 100여 개나 되는 단체를 운영하고 있다는 사실을 알고 있나……?」

나는 고개를 끄덕였다.

「그런데 전쟁 때문에 그 단체들이 1000여 개로 불어났다네. 또 때맞추어 그 사람은 어머니를 아주 잘 도와주었겠지. 그러다가 깜짝 놀랄만한 일이 생긴 걸세. 3개월 전에 갑작스럽게 앨프레드와 어머니가 약혼하겠다고 한 거야. 그 남자는 어머니보다 적어도 20년은 손아래일 걸세. 그는 단지 어머니의 재산을 노리고 그런 낯두꺼운 짓을 한 거지. 일이 이렇게 된 거야. 어머니는 여왕이고, 결혼까지 한 거지.」

「가족 모두가 입장이 곤란했겠군요?」

「말도 말게. 곤란한 정도가 아니라 아주 끔찍할 지경이었어!」

이렇게 해서 사흘 뒤, 나는 스타일즈 세인트 메어리라는 우스꽝스럽게 생긴 조그만 역에 도착하게 되었다. 그 역은 목초지와 시골의 좁다란 길 한가운데 위치해 있어서 별로 쓸모없어 보였다. 캐븐디시가 역에서 기다리고 있다가 차가 있는 곳으로 나를 안내했다.

「아직 가솔린이 한두 방울 남아 있어서 다행일세. 어머니가 워낙 많은 활동을 하시거든.」

스타일즈 세인트 메어리라는 마을은 그 조그마한 역에서 2마일(약 3.2km)쯤 떨어진 곳에 있었고, 스타일즈 저택은 그 마을과는 반대 방향으로 1마일(약 1.6km)쯤 떨어진 곳에 있었다. 그때는 7월 초순, 조용하면서도 따스한 날이었다. 오후의 햇빛을 받으며 푸르고 평화롭게 펼쳐져 있는 에식스의 들판을 차창 밖으로 내다보노라면, 이곳에서 그리 멀지 않은 곳에서 엄청난 전쟁이 벌어지고 있다는 사실이 믿어지지 않았다. 나는 갑자기 전혀 다른 세계에 들어와 있는 것 같았다.

자동차가 저택 문을 들어설 때 존이 말했다.
「자네가 너무 적적하고 무료하지나 않을까 걱정이 되는군, 헤이스팅스.」
「천만에요. 내가 원하는 것이 바로 그것인걸요.」
「오, 자네가 한가하게 지내길 원한다면 이곳 생활이 아주 마음에 들걸세. 나는 1주일에 2번 지원병들과 함께 군대 훈련을 받으면서 농장일을 돕는다네. 집사람도 꼬박꼬박 들에 나가서 일을 하지. 아내는 매일 아침 5시에 일어나서 점심때까지 젖 짜는 일을 한다네. 어느모로 보나 이곳 생활은 매우 쾌적해——다만 앨프레드 잉글소프라는 그 사람만 없다면 말일세!」
그는 갑자기 차를 멈추더니 시계를 쳐다보았다.
「신시어를 태워 갈 시간이 있을지 모르겠군. 아니, 벌써 병원에서 출발했겠어.」
「신시어! 그녀가 당신의 아내는 아니겠지요?」
「오, 물론이지. 신시어는 어머니의 동창되는 분의 딸이네. 그 아주머니는 어느 엉터리 변호사와 결혼했지. 그런데 그 변호사가 사업에 실패하고 이곳에 일하러 왔다가 어린 신시어를 남겨 둔 채 떠나 버린 걸세. 그래서 어머니 덕분에 지금까지 거의 2년 동안 여기에서 살고 있지. 그녀는 여기에서 7마일(약 11.2km)쯤 떨어진 태드민스터의 적십자 병원에서 일하고 있다네.」
그가 이 말을 끝냈을 때, 우리는 고색 창연한 저택 앞으로 다가가고 있었다. 허리를 구부리고 꽃밭을 살펴보던 두꺼운 트위드 치마를 입은 여자가 우리가 오는 것을 보고 허리를 펴며 일어섰다.
「에비, 영광스러운 상처를 입은 우리의 영웅 헤이스팅스 대위입니다——이쪽은 하워드 양.」
나는 하워드 양과 악수를 나눴는데, 그녀가 어찌나 꽉 움켜잡았던

지 손이 아플 지경이었다. 햇볕에 그을린 그녀의 얼굴에서 유난히 반짝이는 파란 두 눈이 매우 인상적이었다. 그녀는 마흔 살쯤 되어 보이는 활달한 여자였다. 그녀는 굵고 낮은 목소리를 가졌는데 소리를 높여 말할 때는 거의 남자가 말하는 것 같았다. 크고 다부진 몸매에 잘 어울리는 다리——거기에다가 걸맞게 생긴 멋지고 두꺼운 부츠. 그리고 말투는 전보 문체처럼 아주 간결했다.

「잡초들이 너무 빨리 자라서, 도무지 어떻게 해볼 도리가 없어요. 이러다간 당신도 잡초에게 짓눌려 버릴지 몰라요. 조심하는 게 좋을 겁니다!」

「내가 무슨 일이든지 도움을 줄 수 있었으면 좋겠습니다.」하고 내가 대꾸했다.

「그런 말씀 하지 마세요——절대로. 나중에 말하지 말걸 하고 후회한답니다.」

「너무 놀리지 말아요, 에비. 오늘 차는 어디에서 마십니까? 실내에서, 아니면 밖에서?」

존이 웃으며 말했다.

「밖에서요. 집 안에 틀어박혀 있기에는 너무 좋은 날씨잖아요.」

「그럼, 이제 갑시다. 오늘 해야 할 정원 일은 충분히 한 것 같군요. 노동자는 자기 급료에 맞는 일만 하면 되는 겁니다. 자, 어서 갑시다.」

「좋아요.」하워드 양은 끼고 있던 원예용 장갑을 벗으면서 말했다. 「당신 말대로 하는 게 좋을 것 같군요.」

그녀는 집을 빙 돌아서 커다란 단풍나무 그늘 아래 차가 마련된 곳으로 우리를 안내했다.

버들가지로 만든 의자에 앉아 있던 여자가 일어나서 몇 발자국 걸어 나왔다.

「내 아내일세, 헤이스팅스.」 존이 말했다.

나는 메어리 캐븐디시의 첫인상을 결코 잊을 수 없을 것이다. 키가 크고 날씬한 몸매는 밝게 빛나는 햇빛 속에서 눈에 띄게 돋보였고, 황갈색의 아름다운 눈 속에는 마치 강력한 휴화산이 숨겨져 있는 듯이 느껴졌다. 그 눈은 지금까지 어떤 여자에게서도 찾아보지 못한 눈이었다. 겉모습은 조용했지만, 그 속에는 엄청난 힘이 들어 있었다. 정교하고 세련된 육체 속에 숨어 있는 길들여지지 않은 야성――그것은 도저히 말로는 표현할 수 없는 것이었다. 이러한 것들이 내 기억 속에 깊이 새겨졌다. 나는 그것을 결코 잊지 못할 것이다.

그녀는 나직하지만 또렷한 목소리로 나를 환영한다는 뜻의 인사말을 했다. 나는 존의 초대에 따르기를 아주 잘했다고 생각하면서 버들가지로 만든 의자에 털썩 주저앉았다. 캐븐디시 부인은 내게 차를 권하면서 몇 마디 조용하게 말했는데, 이것으로 그녀는 첫인상과 함께 완전히 매력적인 여자로서 내 마음에 자리잡게 되었다. 이해심 있게 남의 말을 들어주는 사람은 언제나 말하는 사람의 의욕을 높여 주는 법이다. 나는 유쾌하고 재미있게 요양소에서 일어났던 몇 가지 일들을 이야기했는데――착각일지는 모르나――캐븐디시 부인은 매우 즐거워하는 것 같았다. 물론 존은 좋은 사람이긴 했지만, 재치 있고 재미있게 이야기하는 사람은 아니었다.

그때 열려 있는 프랑스 식 문을 통해서 매우 귀에 익은 목소리가 들려왔다.

「차를 마신 뒤에 당신이 공작 부인에게 편지를 쓰겠어요, 앨프레드? 그럼, 나는 며칠 뒤에 태드민스터 부인에게 편지를 쓰지요. 아니면 공작 부인에게서 소식이 있을 때까지 기다려 볼까요? 만일, 공작 부인이 거절한다면 첫째 날에는 태드민스터 부인이 개최할 거고, 두 번째 날엔 크로스비 부인이 맡아 줄 거예요. 그리고 공작 부인에게는 학

교 축제를 부탁하지요.」
 어떤 남자가 중얼거리는 듯한 소리가 들리고 나서, 잉글소프 노부인이 대답하는 소리가 들려왔다.
「오, 물론이지요. 식사 뒤에 마시는 차는 건강에 매우 좋아요. 여보, 앨프레드, 당신은 정말 생각이 깊은 사람이에요.」
 프랑스 식 문이 좀더 활짝 열리더니, 세련된 모습의 백발 노부인이 저택에서 나와 잔디에 발을 내려놓았다. 그녀의 뒤를 따라서 어떤 남자가 나왔는데, 그의 태도에서는 노부인을 존경하는 듯한 냄새가 물씬 풍겼다.
 잉글소프 노부인은 나를 매우 반갑게 맞아 주었다.
「오, 헤이스팅스, 이렇게 오랜만에 만나다니 정말 반갑구나. 사랑하는 앨프레드, 헤이스팅스——내 남편이야.」
 나는 약간 호기심을 갖고서 '사랑하는 앨프레드'를 바라보았다. 그는 조금 놀란 모양이었다. 나는 존이 그의 턱수염을 싫어하는 것을 이해할 수 있었다. 그의 턱수염은 내가 본 것들 중에서 가장 길고, 또 가장 새카만 것이었다. 그는 금테 코안경을 걸치고 있었으며 이상하리만큼 무감각한 표정을 짓고 있었다. 그런 모습이 연극 무대 위에서는 자연스럽게 보일지는 모르지만, 현실에서는 괴이할 정도로 어울리지 않는다는 생각이 머리를 스쳤다. 그의 목소리는 낮고 굵직했지만, 목석처럼 냉정했다.
「만나서 반갑소, 헤이스팅스.」
 이렇게 말하고 나서 그는 아내에게로 몸을 돌렸다.
「여보, 에밀리, 방석이 좀 축축한 것 같지 않소?」
 그녀는 남편이 더할 나위 없이 친절하고도 세심하게 그 축축한 방석을 다른 것으로 바꿔 주는 모습을 다정스러운 눈길로 지켜보았다. 모든 일에 그렇게 분별력 있고 현명하게 행동하는 여자가 한 남자에게 기이할 정도로 푹 빠져 있다니!

잉글소프 노부인이 나타나자 주위에는 거북스러움과 숨겨진 적대감이 감돌기 시작했다. 그러나 하워드 양은 자신의 감정을 애써 감추려 하지 않았다. 잉글소프 노부인은 분위기가 갑자기 침울해졌다는 것을 전혀 눈치채지 못한 것 같았다. 그녀의 말솜씨는 그 동안의 세월에도 조금도 변하지 않았다. 그녀는 잠시도 쉬지 않고 계속 이야기를 늘어놓았는데, 주로 자신이 준비하고 있는 곧 개최될 바자회에 대한 것이었다. 때때로 그녀는 남편에게 바자회의 날짜에 관해서 물어 보곤 했다. 그의 조심스럽고 경계하는 듯한 태도는 조금도 흔들리지 않았다. 처음부터 나는 그에게 뿌리깊은 증오심을 갖게 되었다. 그리고 착각인지는 모르겠지만, 내 첫번째 판단은 대부분 매우 정확하게 들어맞았다.

잠시 뒤에 잉글소프 노부인은 에블린 하워드 양에게 편지에 대하여 몇 가지 지시를 했고, 그녀의 남편은 힘에 겨운 듯한 목소리로 내게 물었다.

「직업 군인이오, 헤이스팅스?」

「아닙니다. 전쟁 전에는 로이드 회사에서 일했습니다.」

「그렇다면 전쟁이 끝나면 다시 그 회사에서 근무하게 되겠군?」

「아마 그렇게 될 겁니다. 다시 그 회사에 다니거나, 아니면 새로운 일을 해볼까도 생각하고 있습니다.」

메어리 캐븐디시가 몸을 앞으로 기울였다.

「당신의 취미와 적성만을 생각한다면, 어떤 직업을 선택하시겠어요?」

「글쎄요, 뭐 상황에 따라 달라지겠지요.」

「혹시 어떤 비밀스런 취미를 갖고 계신 건 아니에요? 말씀해 보세요——뭔가 특별히 하고 싶은 일이 있을 거예요. 사람들은 누구나 우스꽝스러운 일에 마음이 쏠리는 법이니까요.」
「나를 놀리시는군요.」
메어리 캐븐디시는 미소를 지었다.
「어머, 아니에요.」
「흠, 사실 나는 탐정이 되고 싶답니다.」
「정말이세요? 런던 경시청의 형사인가요? 아니면 셜록 홈즈와 같은 사립 탐정인가요?」
「오, 나는 셜록 홈즈와 같은 탐정이 되고 싶습니다. 솔직히 말해서, 나는 그런 일이 정말 마음에 든답니다. 전에 벨기에서 매우 유명한 탐정을 우연히 만났는데, 그 사람이 나를 이렇게 달아오르게 만들었지요. 몸집은 아주 작지만, 감탄할 만한 사람이랍니다. 그의 말에 따르면 탐정의 승패는 단지 방법론적인 문제에 달려 있다더군요. 그래서 나도 그가 말한 방법론대로 생각하려고 노력합니다――그 덕분에 옛날보다는 꽤 많이 발전했지요. 그 탐정은 조그맣고 재미있는 사람인데, 아주 굉장한 멋쟁이면서도 탄복하리만큼 예리하답니다.」
「나도 추리소설을 좋아해요.」 하고 하워드 양이 말했다. 「그런데 터무니없는 소설도 많이 있어요. 범인은 마지막 장에서 등장하지요. 누구나 깜짝 놀라서 말문이 막혀 버리게 말이에요. 하지만 진짜 범죄라면――누구든지 금방 알 수 있을 거예요.」
「이 세상에는 미궁에 빠져서 밝혀지지 않는 범죄들도 많이 있답니다.」 하고 내가 반박했다.
「나는 경찰이 아니라 그 범죄와 직접 연관되어 올바르게 판단할 수 있는 사람――곧 가족을 말하는 거예요. 그들은 사실을 알고 있기 때문에 어느 누구도 속일 수는 없어요.」
「그렇다면――.」 나는 매우 흥미를 느끼며 물었다. 「만일, 당신이 어떤 범죄――예를 들어 살인사건과 관련되어 있다면 금방 그 범인을 알아챌 수 있겠군요?」
「물론 그럴 수 있을 거예요. 수많은 배심원들 앞에서 그것을 증명해 보일 수는 없겠지만, 범인이 누구인지는 틀림없이 단번에 알아낼 수 있을 거예요. 만일, 범인이 내 곁으로 다가온다면 나는 손가락 끝으로 그것을 느낄 테니까요.」
「그 범인은 여자일 수도 있겠지요?」하고 내가 넌지시 말했다.
「그럴 수도 있지요. 하지만 살인이란 끔찍하고 잔인한 범죄예요. 그러니 아무래도 범인은 남자일 가능성이 높지 않겠어요?」
「독약 살인의 경우에는 그렇지 않아요.」
캐븐디시 부인의 또렷한 목소리에 나는 깜짝 놀랐다.
「바워스타인 박사님이 어제 의학계에서 희귀하게 취급되는 독약들을 사람들이 모르고 있기 때문에 세상에는 의심받지 않고 지나쳐 버린 사건들이 무수하게 많이 있을 거라고 하더군요.」
「어머나, 메어리! 그 무슨 소름 끼치는 말이냐!」하고 잉글소프 노부인이 소리쳤다.「그 말을 들으니 거위가 내 무덤 위를 밟고 지나가는 것 같구나. 오, 저기 신시어가 오는군!」
자원 봉사대 제복을 입은 젊은 여자가 가뿐하게 잔디밭을 가로질러 왔다.
「오, 신시어, 오늘은 좀 늦었구나. 이분은 헤이스팅스 씨란다——이쪽은 머도크 양.」
신시어 머도크는 발랄하고 생기가 넘치는 젊은 여자였다. 그녀는 자원 봉사대의 자그마한 모자를 벗었다. 나는 마음속으로 찬사를 보내며 다갈색의 구불구불한 머리카락과, 차를 부탁하면서 내미는 조그맣고 하얀 손을 바라보았다. 그녀가 새까만 눈동자와 속눈썹만 가졌다면 정말 굉장한 미인이었을 것이다.
그녀는 존 옆의 잔디밭에 털썩 주저앉았다. 그리고 내가 샌드위치한 접시를 건네주자 나를 올려다보면서 밝은 미소를 지었다.
「여기 잔디로 내려와 앉으세요. 잔디 위가 훨씬 더 좋답니다.」
나는 순순히 의자에서 일어나 잔디 위에 앉았다.
「태드민스터에서 일하고 있습니까, 머도크 양?」
그녀는 고개를 끄덕였다.
「나는 죄가 많거든요.」
「환자들이 너무 짓궂게 굴진 않던가요?」
나는 미소를 띄우면서 물었다.
「차라리 그들이 그렇게라도 했으면 좋겠어요!」하고 신시어는 침울하게 내뱉었다.
「내 사촌 중에도 병원에서 치료받고 있는 사람이 있어요. 그런데 그녀는 간호사들을 매우 무서워한답니다.」
「그건 별로 이상한 일이 아니에요, 헤이스팅스 씨. 아시겠지만 간호사들은 그냥 존재만 할 뿐인걸요. 단지 병원에 있는 것뿐이라고요! 사람들은 간호사에 대해서 아무것도 모르지요! 그러나 저는 다행스럽게도 간호사가 아니에요. 병원의 조제실에서 근무하고 있어요.」
「얼마나 많은 사람들에게 독약을 줍니까?」하고 내가 웃으면서 말했다.
신시어도 웃음을 터뜨렸다.
「오, 수백 명이지요!」
「신시어——.」잉글소프 노부인이 그녀를 불렀다.「편지 몇 장 써 줄 수 있겠니?」
「물론이지요, 에밀리 아주머니.」
신시어는 곧바로 자리에서 일어났다. 하지만 나는 그녀의 태도에서 그녀는 누군가에게 의존하고 있는 처지이며, 또 잉글소프 노부인이 친절하게 대해 주기는 하지만 신시어가 그 사실을 잊지 않도록 강요하고 있다는 것을 느꼈다.

잉글소프 노부인이 나를 바라보았다.

「존이 네 방을 안내해 줄 거다, 헤이스팅스. 저녁식사는 7시 30분이고, 요즘 당분간 밤참은 안 하기로 했단다. 우리 회원의 아내인 태드민스터 부인도 그렇게 하고 있거든. 그 부인은 돌아가신 애버츠베리 경의 따님인데, 그녀도 나처럼 알뜰하게 살림을 꾸려 나가야 한다고 늘 말한단다. 지금은 전쟁중이니까 우리는 단 한푼도 낭비하지 않아——심지어는 휴지 조각들까지도 모아 놓았다가 자루에 넣어서 보내거든.」

나는 그녀의 말에 공감했다. 존은 나를 데리고 저택 안으로 들어가 널찍한 계단을 올라갔다. 그 계단은 중간에서 옆 건물로 통하도록 양쪽으로 갈라져 있었다. 내 방은 왼쪽 건물에 있었는데, 거기에서는 정원을 내려다볼 수 있었다.

존이 내 방을 나가고 몇 분 뒤에, 나는 창문을 통해서 그와 신시어 머도크가 팔짱을 끼고 천천히 잔디밭을 가로질러가고 있는 것을 보았다. 그 순간 집 안에서 '신시어!' 하는 잉글소프 노부인의 신경질적인 목소리가 들리자, 그녀는 움찔하더니 곧바로 저택으로 뛰어왔다. 그와 동시에 한 남자가 나무 그림자에서 나와 그녀를 따라 천천히 걸어갔다. 그는 마흔 살쯤 되어 보였는데, 말끔하게 면도를 한 얼굴에 침울해 보일 정도로 어두운 표정이 드리워져 있었다. 그는 상당히 격렬한 감정에 사로잡혀 있는 것 같았다. 그는 걸음을 멈추고 내 방의 창문을 슬쩍 올려다보았다. 그를 마지막으로 만난 지 15년이란 오랜 세월이 흘렀지만, 나는 이내 그를 알아볼 수 있었다. 그는 존의 동생인 로렌스 캐븐디시였다. 도대체 무슨 일 때문에 저렇게 침통한 얼굴을 하는 것일까 하고 나는 의아해 했다.

그러다가 어느 사이에 나는 그에 대한 생각을 멈추고 내 자신에 대하여 곰곰이 생각하고 있었다.

그날 저녁은 매우 유쾌하게 지나갔다. 그리고 나는 그날 밤 꿈속에서 그 수수께끼 같은 여자 메어리 캐븐디시를 만났다.

다음날 아침은 밝은 햇살이 쏟아지는 화창한 날씨였다. 나는 스타일즈에서의 즐거운 생활에 대한 기대로 가득 차 있었다.

점심때까지 캐븐디시 부인을 보지 못했는데, 점심때 그녀가 내게 와서 함께 산책이나 하자고 하는 것이었다. 그래서 우리는 숲속의 이곳저곳을 돌아다니면서 멋진 오후를 보내다가 5시경이 되어서야 집으로 돌아왔다.

캐븐디시 부인과 내가 커다란 홀로 들어섰을 때, 존이 흡연실로 오라고 우리 둘에게 조용히 눈치를 주었다. 그의 얼굴을 보는 순간, 나는 뭔가 심상치 않은 일이 일어났다는 것을 알아차렸다. 우리는 그를 따라 흡연실로 들어갔다. 그러자 그가 안에서 문을 닫았다.

「메어리, 지금 집이 난장판이야. 에비가 앨프레드 잉글소프와 말다툼을 벌이고는 나가 버리겠다고 하는군.」

「에비가 나가겠다고요?」

존은 우울한 표정으로 고개를 끄덕였다.

「그래요. 그리고는 어머니에게 갔어——아, 이제 에비가 오는군.」

하워드 양이 방으로 들어왔다. 그녀는 입술을 굳게 다물고 조그만 옷 가방을 들고 있었다. 그녀는 감정이 격앙되어 있었고 뭔가 단단히 결심한 것처럼 보였지만, 약간 변명하는 듯한 표정이었다.

이윽고 그녀가 입을 열었다.

「나는 그 동안 늘 마음에 품고 있었던 말을 했을 뿐이에요!」

「오, 에블린——이래서는 안 돼요!」

캐븐디시 부인이 소리쳤다.

하워드 양은 단호하게 머리를 끄덕였다.

「하지만 그건 분명한 진실이에요! 내가 마님에게 너무 지나친 것들까지 말하지 않았나 걱정되기는 해요. 내 말을 듣고 마님이 조금이라도 생각을 해본다면 더 이상 바랄 게 없어요. 하지만 마님에게 내 말은 마이동풍이었을 거예요. 나는 단도직입적으로 말했어요. '에밀리, 당신은 이제 늙었어요. 그리고 세상에 나이 든 바보보다 더한 바보는 없지요. 그 남자는 당신보다 스무 살이나 아래입니다. 그런 그가 왜 당신과 결혼을 했겠어요? 그건 바로 돈 때문이에요! 어쨌든 그가 당신의 돈을 너무 많이 쓰도록 해서는 안 돼요. 파머 레이크스에게는 매우 예쁘고 젊은 부인이 있답니다. 당신이 한번 앨프레드에게 대체 얼마나 많은 시간을 그곳에서 보내고 있는지 물어 보세요.' 하고 말이에요. 마님은 몹시 화를 냈지요. 당연한 일이지요! 그렇지만 나는 계속했어요. '당신이 좋아하든 싫어하든 간에 한 가지 경고해 두겠어요. 그 남자는 당신을 돌보기보다는 침실 속에서 당신을 해칠 사람이에요. 그는 아주 나쁜 사람이라고요. 당신은 그가 좋은 사람이라고 말하겠지만, 절대로 그렇지 않아요. 제가 지금 한 말을 잘 기억해 두세요. 그는 진짜 악당이에요.'」

「어머니는 뭐라고 말씀하시던가요?」

하워드 양은 얼굴을 잔뜩 찌푸렸다.

「'다정한 앨프레드'──'사랑하는 앨프레드'──'모두 모략이야'──'끔찍한 거짓말이라고'──'한 여자의 남편을 그렇게 모략하다니 악마 같은 여자!' 하고 말하더군요. 나는 이 집에서 한시라도 빨리 떠나는 것이 좋겠어요.」

「하지만, 지금 나가는 건 아니겠지요?」

「아니, 지금 당장 나갈 거예요!」

잠시 동안 우리들은 자리에 앉은 채로 그녀의 얼굴을 쳐다보았다. 마침내 자신의 설득이 전혀 효과가 없다는 것을 깨달은 존 캐번디시는 자리에서 일어나 기차 시간을 알아보겠다며 밖으로 나갔다. 그의 아내는 잉글소프 노부인이 이해해 주도록 설득시켜야 하겠다는 등 뭐라고 중얼거리면서 남편의 뒤를 따라 나갔다.

그녀가 나가자, 하워드 양이 얼굴빛을 바꾸면서 내 앞으로 바싹 다가앉았다.

「헤이스팅스 씨, 당신은 정직한 사람이지요? 당신을 믿어도 되겠어요?」

나는 약간 움찔했다. 그녀는 내 어깨에 손을 올려놓더니, 거의 속삭이다시피 목소리를 낮춰서 말했다.

「노부인을 보살펴 주세요, 헤이스팅스 씨. 가엾은 에밀리——이 집 사람들은 모두 다 사기꾼들이에요. 나는 지금 내가 무슨 말을 하고 있는지 알고 있어요. 이 집 식구들은 한결같이 마님의 돈을 노리고 있다고요. 나는 지금까지 최선을 다해서 마님을 보호해 왔답니다. 이제 그렇게 거추장스러웠던 내가 떠나게 되었으니, 그들은 모두 마님에게 덤벼들게 분명해요.」

「물론입니다, 하워드 양. 내가 할 수 있는 일이라면 무엇이든지 다 하겠습니다. 하지만 지금 당신 신경이 너무 날카로워진 것 같습니다.」

그녀는 집게손가락을 천천히 까딱거리면서 내 말을 가로막았다.

「젊은 양반, 내 말을 믿으세요. 나는 당신보다 이 험한 세상에서 오래 살았어요. 그래서 하는 말인데, 눈을 크게 뜨고 주위를 자세히 살펴보세요. 내가 말한 뜻을 차차 알게 될 거예요.」

그때, 열려져 있는 창문을 통해 부르릉거리는 자동차 소리가 들려왔다. 하워드 양이 자리에서 일어나 문 쪽으로 다가갔다. 밖에서 존의 목소리가 들려왔다. 그녀는 문 손잡이를 잡고서 머리를 돌리더니 어깨너머로 내게 몸짓을 해보였다.

「무엇보다도, 헤이스팅스 씨, 그 악마——마님의 남편을 경계해야 합니다!」

그녀는 더 이상 나를 붙잡고 이야기할 시간이 없었다. 집안 식구들이 그녀의 주위에 몰려와서는 가지 말라고 막기도 하고, 또 잘 가라고 작별 인사를 하느라고 떠들썩해졌다. 잉글소프 부부는 끝내 모습을 보이지 않았다.

자동차가 집을 빠져나가자, 캐븐디시 부인은 배웅하는 사람들 사이에서 살그머니 빠져나왔다. 그녀는 차도를 가로질러 잔디밭으로 가다가, 스타일즈 저택으로 가고 있던 키가 크고 턱수염을 기른 남자를 만났다. 그녀는 뺨을 붉히면서 그 남자에게 손을 내밀었다.

「저 사람이 누굽니까?」

나는 날카롭게 물어 보았다. 왜냐하면 나는 직감적으로 그 남자가 싫었기 때문이었다.

「바워스타인 박사일세.」

존이 짤막하게 대답했다.

「바워스타인 박사라……? 뭘 하는 사람입니까?」

「심한 신경 쇠약을 앓고 나서, 요양을 하기 위해 이 마을에 머무르고 있는 중이라네. 런던에서 활동하던 전문의인데, 매우 똑똑한 사람이지. 독약에 관해선 최고의 전문가라고 하는군.」

「게다가, 메어리와는 각별한 관계이지요.」

신시어가 못 참겠다는 듯이 불쑥 끼여들어서 말했다.

존 캐븐디시는 이맛살을 찌푸리더니 화제를 바꿔 버렸다.

「산책이나 하러 가세, 헤이스팅스. 정말이지 지긋지긋해. 하워드 양은 언제나 말을 거칠게 했지만, 어머니에겐 이 영국 내에서 그녀보다 충실한 친구는 없었을 걸세.」

그는 농장을 가로질러 좁은 길로 들어섰다. 우리는 스타일즈 저택과 접해 있는 숲을 지나서 마을 쪽으로 걸어 내려갔다.
 다시 집으로 돌아오는 길에, 성문 하나를 막 지나칠 때 맞은편에서 걸어오던 집시 타입의 예쁘장하고 젊은 여자가 허리를 굽혀 인사하면서 우리에게 미소를 지었다.
「아름다운 여자로군요.」
 나는 그 여자를 찬찬히 바라보면서 말했다.
 존의 얼굴이 굳었다.
「레이크스 부인일세.」
「하워드 양이 말하던 바로 그 여자로군요.」
「그렇다네.」
 존이 아주 어색하게 말했다.
 내 머릿속에 커다란 저택에 있는 백발의 노부인과 방금 우리에게 미소를 지어 보인 생기 넘치고 사악한 작은 얼굴이 동시에 떠올랐다. 그리고 미묘하고 소름 끼치는 예감이 나를 덮쳐왔다. 하지만 나는 이내 그 생각을 털어 버렸다.
「스타일즈 저택은 정말 고색창연하고 위엄 있는 곳입니다.」
 나는 존에게 말했다.
 그는 좀 우울한 듯이 고개를 끄덕였다.
「물론이지. 스타일즈는 훌륭한 재산일세. 언젠가는 내 차지가 되겠지만, 만일 아버지가 관대한 유서를 내게 남겨 놓기만 했다면, 지금쯤은 마땅히 내 소유로 되어 있을 텐데 말이야. 그랬더라면 내가 지금처럼 이렇게 궁핍하게 생활하지는 않을 걸세.」
「생활이 그렇게 어렵습니까?」
「헤이스팅스, 사실 나는 돈에 몹시 쪼들리고 있다네.」
「동생도 당신을 도울 수 없는 형편입니까?」
「로렌스 말인가? 그는 알량한 시들을 최고급 장정으로 출판하느라

가지고 있던 돈을 모조리 날려 버렸어. 우리는 둘 다 지금 거의 무일 푼인 셈이야. 하지만 어머니는 언제나 우리에게 매우 관대한 편이네. 지금까지는 말이야. 물론 어머니가 재혼한 뒤부터는…….」

그는 얼굴을 찌푸리면서 말을 끊었다.

나는 에블린 하워드 양과 함께 뭔가 꼬집어 말할 수 없는 어떤 것이 집안에서 빠져나간 듯한 느낌을 받았다. 그녀의 존재는 안정을 의미하고 있었다. 그런데 그 안정이 사라져 버린 지금──집안 분위기는 의심으로 가득 차 있었다. 바워스타인 박사의 불길한 얼굴이 역겹게 떠올랐다. 내 마음은 스타일즈 저택에 있는 모든 사람과 사물들에 대한 희미한 의혹으로 가득 채워졌다. 바로 그 순간, 나는 어떤 사악한 일이 다가오고 있다는 예감을 가졌던 것이다.

제 2 장
7월 16일, 그리고 17일

 내가 스타일즈 저택에 도착한 것은 7월 5일이었다. 이제 나는 그 달 16~17일에 벌어졌던 사건들에 대해서 말하겠다. 독자들의 편의를 위해서, 그 당시의 사건들을 가능한 한 정확한 방법으로 집약시켜 묘사하도록 하겠다. 결과적으로 그 사실들은 공판에서 길고도 지루한 반대 심문 과정을 거쳐야 했다.
 에블린 하워드 양이 스타일즈 저택을 떠난 지 이틀 뒤에 나는 그녀에게서 편지를 받았다. 그녀는 스타일즈에서 15마일쯤 떨어진 곳에 있는 미들링햄이라는 공장 도시의 큰 병원에서 간호사로 일하고 있다고 했다. 또한 그녀는 혹시 잉글소프 노부인이 자신을 이해하려는 기미가 보이지 않던가에 대해 알려 달라고 부탁했다.
 나의 평화로운 휴식에 단지 흠이 있다면, 그것은 이상하고도 도저히 이해할 수 없을 정도로 캐븐디시 부인이 바워스타인 박사와 가깝게 지내는 것이었다. 그녀가 그 사람의 어떤 점에 호감을 느꼈는지 나로서는 상상해 볼 수도 없었다. 하지만 그녀는 항상 그를 스타일즈 저택으로 불러들여서, 종종 함께 긴 산책을 나가기도 했다. 솔직히 말해서, 나는 도무지 바워스타인 박사라는 사람에게서 매력이라는 것을 발견할 수 없었다.

대소동이 일어난 7월 16일은 월요일이었다. 그날 저녁에는 토요일에 있었던 커다란 바자와 관계된 일종의 연회가 열릴 예정이었다. 잉글소프 노부인은 그 연회에서 전쟁시를 낭송하기로 되어 있었다. 우리 모두는 그날 아침 내내 연회가 열릴 마을의 회관을 정리하고 꾸미느라 매우 분주하게 보냈다. 정오가 훨씬 지나서 우리는 샛밥을 먹고 정원에서 쉬면서 그날 오후를 보냈다. 나는 그때 존의 태도가 여느때와 다르다는 사실을 알아차렸다. 그는 매우 흥분해서 안절부절못하고 있었다.

차를 마시고 난 뒤에, 잉글소프 노부인은 저녁때 많은 일을 해야 하기 때문에 잠시 자리에 누워 쉬어야겠다며 집으로 들어갔다. 나는 메어리 캐븐디시에게 테니스 단식 시합을 하자고 말했다.

6시 45분경에 잉글소프 노부인이 우리에게 저녁식사가 평소보다 일찍 준비될 테니까 늦지 않도록 하라는 말을 보내 왔다. 캐븐디시 부인과 나는 저녁식사 시간에 맞추기 위해 허둥지둥 집으로 돌아왔다. 식사가 채 끝나기도 전에 자동차가 와서 잉글소프 노부인을 기다리고 있었다.

그 연회는 대단히 성공적이었으며, 잉글소프 노부인의 시 낭송은 참석한 사람들로부터 엄청난 갈채를 받았다. 연회에서는 신시어가 출연하는 몇 가지 타블루(연극의 일종)가 공연되기도 했다. 신시어는 우리들과 함께 집으로 돌아오지 않았다. 그녀는 만찬 파티에 초대를 받았기 때문에 그날 밤 타블루에 함께 출연했던 친구들과 거기에 남아 있었다.

다음날 아침 잉글소프 노부인은 꽤나 피곤했는지 침실에서 아침식사를 했다. 그러나 12시 30분경에 그녀는 활기찬 모습으로 나타나서는 로렌스와 나를 오찬 파티에 데리고 갔다.

「고맙게도 롤스톤 부인이 이렇게 멋진 파티에 초대했단다. 너도 알고 있겠지만 그녀는 태드민스터 부인의 동생이야. 롤스톤 가문은 11세기에 정복자(1066년에 영국을 정복한 윌리엄 1세)와 함께 영국으로 건너왔었지——영국에서 가장 유서 깊은 가문들 중의 하나란다.」

메어리는 바워스타인 박사와 약속이 있다고 하며 가지 않았다.

우리는 유쾌한 오찬을 즐겼다. 파티가 끝나고 집으로 돌아오는 길에 1마일도 못되는 거리에 있는 태드민스터에 들러서 조제실에서 일하고 있는 신시어를 만나자고 로렌스가 말했다. 잉글소프 노부인은 매우 훌륭한 생각이라고 부추겨 주었다. 그러나 자신은 편지를 몇 통 써야 하기 때문에 그 병원에서 내려줄 테니 신시어와 함께 나중에 마차를 타고 집으로 돌아오라고 했다.

신시어가 나타나서 우리들의 신분을 보증했을 때까지, 그 병원의 수위가 우리를 이상하게 생각하는 바람에 현관문에도 들어서지 못하고 밖에서 기다려야 했다. 길고 하얀 제복을 입은 신시어는 매우 냉정하면서도 다정하게 보였다. 그녀는 우리들을 자신의 방으로 안내해서 같은 방에 있는 동료에게 우리를 소개했다. 신시어의 동료는 다소 대하기 어려운 느낌을 주는 인상이었는데, 신시어는 명랑하게 그를 '닙스'라고 부르면서 우리에게 소개했다.

「병들이 참 많군요!」 나는 작은 방을 이리저리 둘러보면서 탄성을 질렀다. 「당신은 정말로 이 병들 속에 무엇이 들어 있는지 다 알고 있습니까?」

「좀 다른 것을 물어 보세요.」 신시어는 투덜거리듯이 말했다. 「이 방에 들어오는 사람들은 누구나 할 것 없이 똑같이 그런 질문만을 한답니다. 그래서 우리는 '병들이 참 많군요!' 하고 말하지 않는 최초의 사람에게 상을 줄까 하고 생각중이라니까요. 그리고 저는 당신이 다음에 무슨 말을 할 건지도 알고 있어요. 들으나마나 '얼마나 많은 사람들을 독약으로 죽였습니까?'이지요.」

나는 대답 대신 그냥 웃고 말았다.

「사람들은 독약으로 남을 해치는 것이 얼마나 끔찍할 정도로 쉽다는 것을 알고 있다면, 그런 농담은 하지 못할 거예요. 자, 이제 차를 마시도록 해요. 저 찬장에 온갖 종류의 비품들이 다 있답니다. 아니에요, 로렌스――그건 극약 보관 찬장이에요. 거기 큰 찬장――맞아요.」

우리는 즐겁게 차를 마셨고, 그리고 나서는 신시어가 찻잔을 씻는 일을 거들어 주었다. 우리가 마지막 찻숟가락을 씻어서 정리해 놓으려 할 때 문을 두드리는 소리가 들렸다. 그러자 갑자기 신시어와 닙스가 소스라치게 놀라면서 괴롭고 험상궂은 표정을 지었다.

「들어오세요.」

신시어가 직업적인 목소리로 날카롭게 말했다.

젊은 간호사가 몹시 겁에 질린 표정으로 약병을 들고 방으로 들어왔다. 간호사가 닙스에게 그 약병을 보여 주자 닙스는, 「사실 나는 오늘 여기에 있지 않았어요.」 하고 말하면서 신시어에게 건네주었다.

신시어는 그 병을 받아 들더니 마치 재판장과도 같이 엄숙하게 살펴보았다.

「이것은 오늘 아침에 가져왔어야 하는 건데요.」

「수간호사가 매우 미안하게 생각하고 있답니다. 깜박 잊어버렸대요.」

「수간호사에게 문 밖에 걸려 있는 규칙을 꼭 읽어 보라고 하세요.」

조그만 간호사의 표정을 보아, 나는 그녀가 무서워 떨고 있는 수간호사에게 그 같은 말을 전해 줄 배짱이 없다는 것을 알 수 있었다.
「일이 이렇게 되었으니, 오늘은 어떻게 할 수가 없겠군요.」하고 신시어는 결론을 내리듯이 말했다.
「그렇다면 오늘밤에는 구할 수 없다는 말인가요?」
「글쎄요. 지금은 몹시 바빠요. 나중에 시간이 난다면 오늘밤에 보내 줄 수도 있을 거예요..」
신시어는 상냥하게 말했다.
간호사가 밖으로 나갔다. 신시어는 재빨리 찬장에서 병 하나를 꺼내어, 간호사가 가지고 온 병에 붓고 나서 문 밖에 있는 탁자 위에다 갖다 놓았다.
나는 웃음을 터뜨렸다.
「규칙이란 게 반드시 지켜져야 합니까?」
「그럼요. 우리 발코니로 나가요. 그곳에서는 밖에 있는 병동들을 한눈에 볼 수 있어요..」
나는 신시어와 그녀의 동료 뒤를 따라갔다. 그들은 손으로 병동들을 가리키면서 내게 설명해 주었다. 로렌스는 뒤에 남아 있었는데, 잠시 뒤에 신시어가 어깨너머로 그를 불러 발코니로 오라고 말했다. 그리고 그녀는 자신의 시계를 보았다.
「이제 할 일이 없지, 닙스?」
「응, 그래.」
「좋아. 그럼, 문을 잠그고 집에 가도 되겠군.」
그날 오후에 나는 전과는 전혀 다른 면에서 로렌스를 바라보았다. 존과는 달리 그가 어떤 사람인지 도무지 파악할 수가 없었다. 그는 유난스러울 정도로 소심하고 말수가 적었으며, 거의 모든 면에서 자기 형과는 정반대의 성격이었다. 하지만 그의 태도에서는 어딘지 모르게 매력 같은 것을 느낄 수 있었다. 그래서 나는 만일 누군가가 그와 진실하게 사귀게 된다면 그는 필시 로렌스에게 깊은 애정을 느낄 수 있을 것이라고 생각했다. 나는 신시어에 대한 그의 태도가 웬지 부자연스럽고, 신시어 역시 그녀대로 그 앞에서는 수줍어하는 것 같다고 생각했다. 그러나 그날 오후에 그들은 둘 다 매우 즐거워했으며, 마치 어린아이들처럼 쉴 새 없이 재잘거렸다.

우리들이 마을을 지나가고 있을 때, 나는 문득 우표가 몇 장 필요하다는 것이 떠올랐다. 그래서 우리는 우체국 앞에서 마차를 멈춰 세웠다.

우표를 사 가지고 밖으로 나오다가, 나는 막 우체국 안으로 들어가는 어떤 조그만 남자와 부딪치고 말았다. 나는 그의 옆으로 비켜서서 미안하다고 했다. 그런데 그때 갑자기 요란한 탄성과 함께 그 남자가 나를 두 팔로 덥석 껴안더니 얼굴에다 열렬하게 키스를 퍼붓는 것이었다.

「여보게, 헤이스팅스! 누군가 했더니 바로 자네로구먼, 헤이스팅스!」

그가 소리쳤다.

「포와로!」

나도 감격해서 소리쳤다.

나는 마차 쪽을 향해 말했다.

「이건 정말 나로서는 너무나 반가운 일이랍니다, 머도크 양. 이분은 내가 아주 잘 아는 포와로 씨랍니다. 우린 지난 몇 년 동안 만나질 못했지요.」

「오, 우리도 포와로 씨를 알고 있어요. 하지만 그분이 당신의 친구라니 정말 뜻밖이에요.」

신시어가 명랑하게 말했다.

「예, 그럴 겁니다.」 포와로는 자못 진지하게 말했다. 「나도 머도크 양을 알고 있습니다. 내가 여기에 온 것도 그 마음씨 착한 잉글소프 노부인의 자선회 때문이지요.」

그리고 나서 내가 무엇인가 묻고 싶어하는 표정으로 그를 바라보자 그는 이렇게 말했다.

「그렇다네, 헤이스팅스, 잉글소프 노부인은 조국을 떠나 영국으로 망명해 온 우리 일곱 명의 벨기에 인들을 친절하게 보살펴 주었다네. 우리 벨기에 인들은 언제까지나 감사하는 마음으로 그 부인을 기억할 거야.」

포와로는 몸집이 작고 기묘하게 생긴 사람이었다. 키가 5피트 4인치(약 164cm)가 채 되지 않는 왜소한 체구였으나, 근엄한 태도를 지니고 있었다. 그는 달걀 모양의 머리를 언제나 한쪽으로 기울여 갸우뚱한 모습을 하고 있었다. 매우 뻣뻣하고 군인 냄새가 물씬 풍기는 콧수염에, 옷차림은 언제나 믿기 어려울 정도로 말쑥했다. 아마도 그에게는 먼지 하나가 총탄으로 입은 상처보다도 더 큰 고통을 줄 거라고 나는 생각했다. 하지만 이처럼 이상할 정도로 멋을 부린 조그마한 남자는 유감스럽게도 몹시 다리를 절고 있었다. 그는 한때 벨기에 경찰국의 가장 유능한 형사들 중의 한 사람이었다. 형사로서 그의 재능은 남달리 뛰어났으며, 당시에 가장 복잡한 몇몇 사건을 해결해서 그의 이름이 널리 알려졌었다.

그는 자신과 동료 벨기에 인들이 묵고 있는 조그만 집을 손으로 가리켜 알려 주었다. 나는 가까운 시일 안에 찾아가겠노라고 약속했다. 그러자 그는 요란한 몸짓으로 모자를 들어 신시어에게 인사했다. 다시 우리들은 마차를 타고 집으로 향했다.

「정말 재미있는 분이군요. 저는 당신이 그분과 아는 사이라고는 전혀 생각지도 못했어요.」 신시어가 말했다.

「당신도 이제 유명 인사 한 사람을 알게 된 셈이랍니다.」 하고 나는 으쓱해서 대답했다.

집으로 돌아가는 동안 나는 에르퀼 포와로의 화려한 경력에 대해서 자세히 이야기해 주었다.

우리는 모두 몹시 유쾌한 기분으로 집으로 돌아왔다. 우리가 홀에 들어설 때, 잉글소프 노부인이 내실에서 나왔다. 그녀의 얼굴은 붉게 달아올라 있었으며, 꽤나 당황하는 듯했다.

「오, 너로구나.」

그녀가 얼버무리며 말했다.

「무슨 일이라도 있었나요, 에밀리 아주머니?」

신시어가 물었다.

「아니다, 아무 일도 없어. 무슨 일이 뭐 있겠니?」

잉글소프 노부인은 날카롭게 대답했다. 그리고는 식당으로 가고 있던 하녀 도커스를 힐끔 쳐다보고는 그녀를 불러서 내실로 우표 몇 장을 가져다 달라고 말했다.

「알겠습니다, 마님.」

그 나이 든 하녀는 잠시 머뭇거리다가 자신 없는 목소리로 덧붙여 말했다.

「마님, 침실에 드시는 게 좋겠어요. 매우 피곤해 보이시는군요.」

「오, 그래, 도커스──아니야──지금은 안 돼. 우편 발송 시간까지 꼭 써야 할 편지가 몇 통 있어. 내가 말한 대로 내 방에 불을 피워 놓았나?」

「예, 마님.」

「그럼, 저녁식사를 마친 뒤에 곧 자리에 눕겠어.」

그녀는 말을 마치고 다시 내실로 들어갔다. 신시어는 그녀의 뒷모습을 바라보았다.

「저런! 도무지 무슨 일인지 모르겠군요.」

그녀는 로렌스에게 말했다.

하지만 로렌스는 그녀의 말을 듣지 못한 모양이었다. 그는 한마디 말도 없이 뒤돌아서 밖으로 나가 버렸다. 내가 신시어에게 저녁식사 전에 테니스나 한 게임 하고 오자고 하자, 그녀가 좋다고 했다. 나는 테니스 라켓을 가져오려고 위층으로 뛰어올라갔다.

캐븐디시 부인이 층계를 내려오고 있었다. 이것은 나 혼자만의 생각일지 모르겠지만, 잉글소프 노부인처럼 그녀도 뭔가 이상하고 혼란스러워하는 것처럼 보였다.

「바워스타인 박사님과 산책은 잘하셨습니까?」

나는 가능한 한 무관심한 것처럼 보이려고 애쓰면서 물어 보았다.

「나는 가지 않았어요.」

「어머니는 어디 계시지요?」

「내실에 계실 겁니다.」

그녀는 계단 손잡이를 움켜쥐고 있었다. 그 모습은 마치 어떤 각오를 하고 나서 마음의 준비를 하고 있는 것처럼 보였다. 그녀는 얼른 나를 지나쳐서 계단을 내려가더니, 홀을 가로질러 내실로 들어갔다. 그리고는 내실 문을 안쪽에서 잠가 버렸다.

잠시 뒤에 나는 테니스 코트로 가는 길에 열려져 있는 내실의 창문 옆을 지나게 되었다. 그래서 어쩔 수 없이 다음과 같은 몇 마디 이야기를 듣고 말았다. 메어리 캐븐디시는 간신히 참고 있는 듯한 목소리로 말했다.

「그렇다면 저에게 그걸 보여 주시지 않겠다는 말씀이에요?」

이 말에 잉글소프 노부인이 대답했다.

「오, 메어리, 이건 그 문제와는 전혀 관계가 없단다.」

「그렇다면 그걸 보여 주세요.」

「다시 한 번 말하지만, 이건 네가 생각하고 있는 것과는 달라. 이것은 너와 전혀 상관이 없는 거란 말이다.」
　이 말에 메어리 캐븐디시는 좀더 날카로운 목소리로 대꾸했다.
「물론이지요. 저는 어머님이 그이를 보호해 주리라는 것을 진작에 알았어야 했어요.」
　신시어가 나를 기다리고 있다가 반갑게 맞아 주었다.
「저 말이에요, 아까 집에서 아주 심한 말다툼이 있었다는군요! 도커스에게서 다 들었어요.」
「무슨 일 때문인데요?」
「에밀리 아주머니와 그 사람 사이 때문이었대요. 아주머니가 빨리 그 사람의 정체를 알아차려야 할 텐데, 정말 큰일이에요.」
「그때 도커스가 거기에 있었답니까?」
「그렇지 않아요. 그녀는 우연히 문 가까이에 있었대요. 사실, 그 말다툼은 오래 전부터 계속되어 온 거예요. 도대체 무슨 일 때문에 그렇게 말다툼을 하는지 모르겠어요.」
　나는 집시처럼 생긴 레이크스 부인의 얼굴과 에블린 하워드 양의 경고에 대해 생각해 보았다. 그러나 신시어가 모든 가정들을 속속들이 말하면서 '언젠가 에밀리 아주머니는 그 사람을 쫓아 보내고 다시는 그에 대해서 말하지 않으실 거예요.' 하고 밝은 표정으로 이야기하는 것을 듣고는 더 이상 깊이 생각하지 않기로 했다.
　나는 존을 찾으려고 애썼지만 그는 어디에 있는지 도무지 보이질 않았다. 그날 오후에 무엇인지 중요한 일이 생긴 것이 분명했다. 나는 내실 창문 옆에서 들었던 이야기를 잊어버리려고 노력했다. 그러나 아무리 애써도 결국 그것을 내 마음에서 지워 없앨 수가 없었다. 메어리 캐븐디시가 보여 달라고 한 것은 과연 무엇일까?
　저녁식사를 하기 위해 아래층으로 내려가자 잉글소프가 거실에 있었다. 그의 얼굴은 여느때와 마찬가지로 무표정했는데, 그런 묘하고도 비현실적인 그의 모습이 새삼스럽게 내 주의를 끌었다.

맨 마지막으로 잉글소프 노부인이 식당으로 내려왔다. 그녀의 얼굴은 여전히 상기되어 있었다. 식사를 하면서 줄곧 무엇인지 부자연스러운 침묵이 우리를 억눌렀다. 잉글소프도 유별나게 조용했다. 그는 부인의 등뒤에 방석을 놓아 주는 등, 조그만 일에까지 세심한 주의를 기울여 헌신적으로 아내를 감싸 주고 있다는 인상을 주었다. 식사가 끝나자, 잉글소프 노부인은 내실로 다시 돌아갔다.

「내 커피는 이곳으로 가져오너라, 메어리. 우체국까지 제시간에 닿으려면 5분밖에 시간이 없어.」

그녀가 내실에서 소리쳤다.

신시어와 나는 식당 밖으로 나가서 열려져 있는 거실 창문 옆에 앉았다. 메어리 캐븐디시가 우리에게 커피를 가져다 주었다. 그녀는 다소 흥분해 있는 듯이 보였다.

「젊은 사람들은 불이 필요 없지요. 그냥 별빛이 훨씬 좋지 않아요? 신시어, 내가 커피를 따라 놓을 테니까 당신이 어머님에게 갖다 드리겠어요?」

「신경쓸 것 없어, 메어리. 에밀리에게는 내가 가져다 주지.」

잉글소프가 말했다. 그는 잔에다 커피를 붓고는 조심스럽게 잔을 들고 방을 나섰다.

로렌스도 그의 뒤를 따라 나갔으며, 캐븐디시 부인은 우리들 곁에 자리를 잡고 앉았다.

우리 세 사람은 잠시 동안 아무 말도 없이 앉아 있었다. 그날 밤은 무척 덥긴 했지만 조용하고 아름다운 밤이었다. 캐븐디시 부인은 종려나무 잎을 들고 천천히 부채질했다.

「날이 너무 무더워요. 한바탕 천둥이 몰아칠 것 같은데.」

그녀는 혼잣말로 중얼거렸다.

하지만 이렇게 아름다운 시간은 언제까지 영원히 지속되지 않는 법이다! 나의 이런 행복감은 홀에서 들려온, 마음속 깊은 곳에서부터 증오하고 있던 목소리에 의해 잔인하게 산산조각이 나고 말았다.

「바워스타인 박사예요! 이런 시간에 남의 집에 오다니 정말 우습군요.」 신시어가 소리쳤다.

나는 질투심으로 달아올라 메어리 캐븐디시를 쳐다보았다. 하지만 그녀는 조금도 개의치 않는 듯이, 하얀 얼굴빛이 전혀 바뀌지 않았다.

잠시 뒤에 앨프레드 잉글소프가 바워스타인 박사를 거실로 데리고 들어왔다. 바워스타인 박사는 웃으면서, 자기는 지금 거실에 들어가기가 무척 곤란하다고 말했다. 사실, 그는 말 그대로 온몸에 진흙을 뒤집어서서 형편없는 모습을 하고 있었다.

「무슨 일을 하셨기에 그렇게 되었어요?」

메어리 캐븐디시가 큰소리로 물었다.

「정말 죄송합니다. 사실 나는 이곳으로 들어올 생각이 없었는데, 잉글소프 씨가 자꾸만 들어오라고 하는 바람에 ———.」 바워스타인 박사가 말했다.

「저런! 바워스타인 박사, 아주 엉망이군요. 잠시 커피나 마시면서, 무슨 일이 있었는지 들어 봅시다.」

존이 홀에서 천천히 걸어 들어오면서 말했다.

「감사합니다. 그렇게 하지요.」

그는 다소 기가 죽은 듯이 너털웃음을 지으며 말했다. 그는 접근하기 어려운 장소에서 희귀한 양치류 식물을 발견했는데, 그것을 잡으려고 애쓰다가 그만 발을 헛디뎌 근처에 있는 연못에 빠지고 말았다고 했다.

「날씨가 좋아서 젖은 옷은 말랐습니다만 ———.」 하고 그는 덧붙여 말했다. 「지금 내 모습이 몹시 꼴사납지나 않을까 걱정되는군요.」

바로 그때 홀에서 잉글소프 노부인이 신시어를 불렀다. 그녀는 얼른 거실 밖으로 달려나갔다.

「내 편지 상자를 가져다 주지 않겠니, 신시어? 이젠 그만 잠자리에 들어야겠구나.」

홀과 통하는 문은 제법 널찍했다. 신시어가 편지 상자를 가지고 갈 때, 나는 자리에서 일어나 있었으며 존은 바로 내 곁에 있었다. 따라서 잉글소프 노부인이 아직 입도 대지 않은 커피를 들고 있었다고 증언할 수 있는 목격자는 세 명인 셈이었다.

내 저녁시간은 바워스타인 박사의 출현으로 완전히 엉망이 되어 버렸다. 내가 보기에, 그는 도무지 갈 것 같지가 않았다. 그러나 마침내 그가 자리에서 일어나자 나는 안도의 한숨을 내쉬었다.

「나도 마을에 내려가 봐야겠습니다. 부동산 회계 문제로 대리인을 만나야 하거든요.」 앨프레드가 말했다.

그리고는 존에게 몸을 돌려서 말했다.

「내가 돌아올 때까지 기다릴 필요 없네. 빗장 열쇠를 가지고 갈 테니까.」

제3장
비극의 밤

 이 부분의 이야기를 명확하게 묘사하기 위해서 나는 스타일즈 저택의 2층 평면도를 그려 넣겠다. 하인들의 방은 B문을 통해 출입하게 되어 있으며, 잉글소프 부부의 방이 있는 오른쪽 건물과는 연결되어 있지 않다.
 로렌스 캐븐디시가 나를 깨운 것은 아마 한밤중이었을 것이다. 그는 양초를 들고 서 있었는데, 그의 창백한 얼굴을 보고 이내 뭔가 잘못되었다는 것을 알았다.
「무슨 일입니까?」
 나는 몽롱한 상태에서 정신을 가다듬으려고 애쓰며 침대에서 일어나 앉은 채로 물어 보았다.
「어머니가 매우 편찮으시네. 발작을 일으키고 있는 것 같은데, 불행하게도 안쪽으로 문이 잠겨 있어.」
「곧 가겠습니다.」
 나는 침대에서 벌떡 일어나서 가운을 걸쳐 입고 로렌스의 뒤를 따

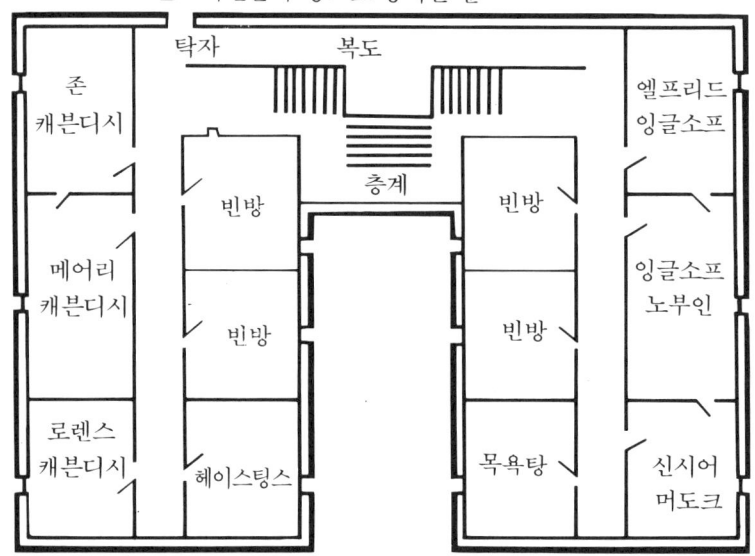

라 복도를 지나 오른쪽 건물에 이르렀다.

존 캐븐디시도 이내 그곳으로 왔으며, 하녀들은 두려움에 질려 흥분된 상태로 우리들 주위에 둘러서 있었다. 로렌스가 자기 형에게로 머리를 돌렸다.

「어떻게 해야 좋지요?」

여기에서 그의 우유부단한 성격이 아주 뚜렷하게 나타났다.

존은 잉글소프 노부인의 방문 손잡이를 힘껏 비틀어 돌려 보았다. 그러나 꼼짝도 하지 않았다. 방문이 안쪽에서 잠겨져 있거나 빗장이 질러져 있는 것이 분명했다. 온 집안 식구들이 모두 잠에서 깨어났다. 여기저기에서 수군거리는 소리들이 들려왔다. 무슨 일인가 일어난 것이 분명했다.

「잉글소프 씨의 방을 통해서 들어가 보도록 하세요, 선생님.」 하고 도커스가 소리쳤다.「오, 가엾은 우리 마님!」

문득 나는 앨프레드 잉글소프가 우리와 함께 있지 않으며, 또 그 사람만이 아무런 연락도 보내 오지 않았다는 사실을 알아차렸다. 존이 잉글소프의 방문을 열었다. 방안은 매우 어두웠지만, 로렌스가 촛불을 들고 뒤따라 들어왔기 때문에 그런대로 우리는 방안을 둘러볼 수는 있었다. 우리는 로렌스의 희미한 촛불 아래에서 침대에는 사람이 잔 흔적이 전혀 없으며, 앨프레드가 그 방에 있었던 기미도 없다는 것을 알 수 있었다.

우리는 곧바로 잉글소프 노부인의 방과 통하는 사잇문 쪽으로 다가갔다. 그러나 그 문도 역시 그녀의 방 쪽에서 잠겨져 있었다. 도대체 무슨 일이 일어난 것일까?

「아, 이걸 어쩌나. 선생님, 어떻게 해야 하지요?」

도커스는 손을 쥐어 틀면서 소리쳤다.

「무례한 행동이기는 하지만, 저 문을 부수고 안으로 들어갈 수밖에 없어. 빨리 애니한테 아래층에 내려가서 베일리를 깨우라고 해요. 그리고 그에게 윌킨스 박사를 데려오라고 해요. 우리는 빨리 저 문을 열어 봐야겠어. 아니, 잠깐만! 머독 양의 방에도 어머니의 방과 통하는 사잇문이 있지 않나요?」

「그래요, 선생님. 그렇지만 그 문은 언제나 빗장이 질러져 있답니다. 지금까지 한 번도 열린 적이 없으니까요.」

「그래요? 하지만, 어디 가서 살펴보기나 해야겠군.」

그는 재빨리 복도를 뛰어가 신시어의 방으로 갔다. 그 방에서는 메어리 캐븐디시가 깊이 잠들어 있는 신시어의 몸을 흔들면서 그녀를 깨우고 있었다.

잠시 뒤, 그가 다시 돌아왔다.

「소용없어. 그 문 역시 안에서 빗장이 걸려 있어. 정말 저 문을 부수고 들어가는 수밖에 없겠군. 이 문이 복도 쪽에 있는 문보다는 견고하지 않을 걸세.」

우리는 모두 문에 달라붙어서 밀고 당겼다. 그 문은 얼마나 단단했던지 한참 동안이나 우리가 애를 써도 열리지 않았다. 하지만, 잠시 뒤 우리들의 힘에 의해 조금씩 밀리는 듯하더니 끝내는 온 집안에 울려퍼지는 요란한 소리와 함께 문이 활짝 열렸다.

우리는 모두 방으로 몰려 들어갔다. 로렌스는 여전히 손에 촛불을 들고 있었다. 잉글소프 노부인은 침대에 누워 있었다. 그녀의 몸은 격렬한 경련으로 몹시 흔들리고 있었고, 그 발작 때문인지 그녀 옆에 있는 탁자가 뒤집혀 있었다. 우리가 그 방에 들어섰을 때, 그녀는 베개 위에 등을 댄 채 누워 있었으며 팔다리도 어느 정도 정상으로 회복되어 있었다.

존은 방을 가로질러 가서 가스등에 불을 붙였다. 그는 애니라는 하녀에게 몸을 돌려, 식당에 가서 브랜디를 가져오라고 했다. 그리고 나서, 다시 방을 가로질러 노부인에게로 갔다. 그 동안에 나는 복도 쪽으로 나 있는 문의 빗장을 풀었다.

나는 더 이상 할 일이 없을 것 같아서 그만 내 방으로 돌아가야겠다고 말하려고 로렌스에게 고개를 돌렸다. 그러나 내가 하려던 말은 입술 위에서 얼어붙어 버렸다. 나는 지금까지 그렇게 무시무시한 표정을 본 적이 없다. 그의 얼굴은 백지장처럼 창백했으며, 양초를 들고 있는 손이 부들부들 떨리는 바람에 양탄자 위로 촛농이 뚝뚝 떨어지고 있었다. 공포──그와 비슷한 어떤 감정에 마비된 듯한 그의 두 눈은 내 머리 너머에 있는 벽의 어떤 곳을 뚫어지게 바라보고 있었다. 그는 목석처럼 완전히 굳어서 멍청하게 서 있었다. 나는 본능적으로 그의 시선을 따라 몸을 돌렸다. 그러나 나는 그곳에서 이상한 것을 발견할 수 없었다. 벽난로의 연료받이에서 아무런 소리 없이 희미하게 반짝이고 있는 재와, 벽난로 둘레 장식 위에 놓여 있는 깔끔한 장식품들은 아무리 살펴보아도 이상한 것이 아니었다.

잉글소프 노부인의 격렬한 발작도 이제는 거의 멈춰 가고 있었다. 그녀는 짧게 헐떡거리면서 간신히 말을 했다.

「이제 더 잘되었어 ──갑작스럽게──내가 어리석었어──안에서 문을 잠그다니.」

잉글소프 노부인의 침대 위에 그림자 하나가 나타났다. 메어리 캐븐디시가 신시어의 어깨에 팔을 두른 채 문 가까이에 서 있었다. 그녀는 어안이벙벙하여 넋을 잃고 있는 신시어를 위로하고 있는 것 같았다. 신시어의 얼굴은 매우 상기되어 있었으며, 마치 실성한 듯이 반복적으로 입을 크게 벌렸다.

「가엾게도 신시어가 너무 놀란 모양이에요.」 나지막하면서 또렷한 목소리로 메어리 캐븐디시가 말했다.

메어리는 하얀 작업옷을 입고 있었다. 그렇다면 그때는 내가 생각했던 것보다 더 늦은 시간이었을 것이다. 새벽의 희미한 여명이 창문의 커튼을 통해 스며들었으며, 벽난로 둘레 장식 위에 놓여 있는 시계가 5시를 가리키고 있었다.

그때 침대에서 들려온 숨넘어가는 듯한 소리에 깜짝 놀라서 나는 정신을 차렸다. 가엾은 노부인이 다시 고통스러운 발작을 일으키고 있었다. 마치 폭행과도 같은 격렬한 발작은 보기에도 너무나 끔찍스러운 것이었다. 모든 것이 혼란스러웠다. 우리는 노부인을 돕거나 고통을 덜어 주지도 못한 채 멍청하게 그녀 주위에 모여 있었다. 마지막 발작이 시작되자, 그녀는 침대에서 벌떡 일어섰다. 그러더니 몸이 기묘하게 활 모양으로 뒤틀려서, 마치 머리와 발꿈치 위에 몸이 놓여 있는 것처럼 보였다. 메어리와 존이 그녀에게 브랜디를 먹이려고 했지만 소용이 없었다. 시간이 흘러갔다. 잉글소프 노부인의 몸은 다시 기이하게 활 모양으로 구부러졌다.

바로 그 순간, 바우스타인 박사가 방으로 들어왔다. 한순간 그는 마치 죽은 것처럼 뻣뻣한 자세로 침대 위에서 몸부림치고 있는 잉글소프 노부인을 바라보았다. 그와 거의 동시에 그녀는 바우스타인 박사에게 눈을 고정시킨 채 숨이 넘어가는 듯한 소리로 말했다.

「앨프레드——앨프레드——.」

그녀는 이내 베개 위에 푹 쓰러져서 꼼짝도 하지 않았다.

바우스타인 박사는 침대 쪽으로 성큼성큼 걸어가서 잉글소프 노부인의 두 팔을 꽉 붙들고 인공 호흡을 시켰다. 그는 하인들에게 짧고 날카롭게 명령했다. 그리고 우리에게 문 쪽으로 가라고 손짓을 했다. 우리는 넋을 잃고 그를 지켜보았다. 하지만 우리는 모두 이제는 때가 너무 늦었으며, 아무런 조치도 취할 수 없으리라는 사실을 알고 있었다. 바우스타인 박사의 얼굴에도 별로 희망을 가질 수 없다는 표정이 나타나 있었다.

마침내, 그는 하고 있던 일을 멈추고 침울하게 머리를 가로 저었다. 바로 그때 밖에서 발자국 소리가 들렸다. 잉글소프 노부인의 주치의인 윌킨스 박사가 뭐라고 중얼거리면서 방으로 들어왔다. 그는 조금 뚱뚱하고, 지나칠 정도로 옷을 꾸며 입은 조그만 남자였다.

바우스타인 박사는 자동차가 저택 밖으로 나갈 때 자신이 저택 성문을 지나고 있었으며, 그 자동차가 윌킨스 박사를 데리러 간 사이에 재빨리 집으로 뛰어왔다고 설명했다. 그는 침대 위에 있는 물체를 힘없이 손으로 가리켰다.

「매우——슬픈 일입니다. 참으로 유감입니다.」하고 윌킨스 박사는 중얼거렸다. 「가엾은 잉글소프 부인, 부인은 언제나 너무 많은 일을 했습니다. 내 충고를 무시하고 지나치게 일을 많이 했지요. 부인의 심장은 매우 약한 편이었습니다. 나는 부인에게 '좀 쉽게 사십시오.'

하고 줄곧 말해 왔지요. '좀——편하게——사십시오.' 하고 말입니다. 그러나 부인은 내 충고를 듣지 않았습니다——자선 사업에 대한 부인의 정열은 너무 지나친 것이었습니다. 결국 잉글소프 부인은 자연의 섭리에 순응하지 않았던 겁니다. 자연의——섭리를——거역했던 거지요.」

나는 바워스타인 박사가 그 지방 의사를 유심히 쳐다보고 있다는 것을 알아차렸다. 그는 말을 하면서도 여전히 윌킨스 박사에게서 눈을 떼지 않았다.

「부인의 발작은 끔찍할 정도로 격렬했습니다, 윌킨스 박사. 당신이 그것을 보았어야 하는 건데……그 중세는 분명히——파상풍성(破傷風性)인 것 같습니다.」

「오!」

윌킨스 박사가 재빨리 말했다.

「윌킨스 박사와 단둘이서 이야기를 좀 하고 싶습니다.」 하고 바워스타인 박사가 말했다. 그리고는 존에게 몸을 돌려서, 「괜찮겠지요?」 하고 물었다.

「물론입니다.」

우리는 두 사람만 남겨 두고 모두 밖으로 몰려나갔다. 나는 뒤에서 자물쇠에 끼워져 있던 열쇠가 돌아가는 소리를 들었다.

우리는 천천히 층계 아래로 걸어 내려갔다. 나는 몹시 흥분해 있었다. 나는 추론에 대해서는 일종의 재능 같은 것을 갖고 있는데, 바워스타인 박사의 태도는 내게 전혀 뜻밖의 추측들을 불러일으켰다. 메어리 캐븐디시가 내 어깨 위에 손을 얹어 놓았다.

「대체 무슨 일이지요? 왜 바워스타인 박사가 그렇게——이상한 행동을 했을까요?」

나는 그녀를 바라보았다.

「지금 내가 뭘 생각하고 있는지 아세요?」

「글쎄요, 무슨 생각을 하세요?」

「들어 보십시오!」

나는 주위를 둘러보았다. 다른 사람들은 모두 내 목소리가 들리지 않을 거리에 있었다. 나는 거의 속삭이는 듯한 목소리로 낮추어서 말했다.

「나는 잉글소프 노부인이 누군가에 의해서 극약으로 살해되었다고 생각합니다. 바워스타인 박사도 그 점을 염두에 두고 있는 것이 분명합니다.」

「뭐라고요?」

메어리 캐븐디시는 벽 쪽으로 뒷걸음질쳤다. 그리고는 눈을 동그랗게 뜨더니, 깜짝 놀랄 정도로 날카롭게 외쳤다.

「아니에요, 아니에요――그렇지 않아요――절대로 그럴 리가 없어요!」

그리고 몇 발자국 주춤거리며 뒤로 물러서더니 이내 층계를 뛰어 올라갔다. 나는 그녀가 기절하지나 않을까 걱정이 되어서 뒤를 따라갔다. 그녀는 창백한 얼굴로 계단 손잡이에 기대어 있었다. 그녀는 나를 보더니 가까이 오지 말라고 손을 내저었다.

「아니에요, 아니에요――가까이 오지 마세요. 혼자 있고 싶어요. 잠시 동안만이라도 혼자 조용히 있고 싶어요. 어서 아래층으로 내려가세요.」

나는 마지못해서 그녀 말에 따라 계단을 내려갔다. 존과 로렌스가 식당에 있었다. 나는 그들이 있는 곳으로 갔다. 우리는 아무 말도 하지 않았다. 한참 뒤에 나는 입을 열어 우리가 똑같이 의심하고 있는 문제에 대해서 말을 꺼냈다.

「잉글소프 씨는 어디에 있습니까?」

존이 머리를 저었다.

「집에 없네.」

우리들의 눈길이 마주쳤다. 도대체 앨프레드 잉글소프는 어디에 있을까? 그가 집에 없다는 것은 이상하고, 어떻게 설명할 수 없었다. 나는 잉글소프 노부인이 죽어 가면서 했던 말들을 떠올려 보았다. 도대체 그 말들 속에 숨어 있는 뜻은 무엇일까? 만일 그녀에게 좀더 시간이 있었다면, 우리에게 무슨 말을 했을까?

잠시 뒤, 위층에서 윌킨스 박사와 바워스타인 박사가 내려오는 소리가 들렸다. 윌킨스 박사는 흥분되고, 웬지 거드름을 피우는 듯했다. 그는 침착하게 보이려고 애썼지만, 우리는 그의 태도에 어떤 환희 같은 것이 숨겨져 있다는 것을 알 수 있었다. 바워스타인 박사는 좀 떨어진 곳에 있었는데, 수염으로 뒤덮인 그의 침울한 얼굴은 조금도 달라지지 않았다. 윌킨스 박사가 존에게 몸을 돌렸다.

「캐븐디시 씨, 잉글소프 노부인의 검시에 찬성해 주셨으면 합니다.」

「그것이 꼭 필요한 겁니까?」하고 침울하게 존이 물었다. 고통스러운 경련이 그의 얼굴에 번져 나갔다.

「절대적으로 필요합니다.」

바워스타인 박사가 말했다.

「그렇다면 ──?」

「이런 상태에서는 윌킨스 박사도 나도 사망 진단서를 쓸 수 없습니다.」

존은 머리를 숙였다.

「사정이 그렇다면, 그렇게 해야겠지요.」

「고맙습니다. 우리는 내일 밤에 ── 아니, 오늘밤이라도 당장 검시를 하겠습니다.」

윌킨스 박사가 활기차게 말했다. 말을 마치고 그는 새벽 햇살을 쳐다보았다.
「이 같은 상황에서는 배심(陪審)이 불가피할 것 같습니다――그러한 절차들은 반드시 필요한 겁니다. 하지만 너무 걱정하지는 마십시오.」
그리고는 잠시 아무런 말이 없었다. 얼마 뒤, 바워스타인 박사가 주머니에서 열쇠 두 개를 꺼내어 존에게 건네주었다.
「두 방의 열쇠입니다. 내가 방문을 잠갔습니다. 그리고 당분간 그대로 두는 것이 좋을 것 같습니다.」
잠시 뒤에 두 사람은 떠났다.
나는 머릿속에 떠오른 생각들을 정리해 보면서, 지금이 그것을 사람들에게 털어놓을 때라고 느꼈다. 하지만, 막상 그렇게 하려고 하자 약간 꺼림칙했다. 내가 알기로, 존은 자신이 세상에 알려지는 것을 두려워했으며, 또 부득이한 경우를 제외하고는 고민하는 걸 매우 싫어하는 태평스러운 성격의 사람이었다. 따라서 내 생각을 그에게 납득시킨다는 것은 매우 어려운 일일 것 같았다. 반면에, 그의 동생인 로렌스는 존보다는 덜 보수적이고 상상력이 풍부했기 때문에 내 동료로서 적합하다고 생각했다. 드디어, 내가 나서야 할 순간이 왔다.
「존――당신에게 부탁할 것이 있는데요.」
「어떤 건데?」
「내가 포와로라는 사람에 대해서 이야기했던 걸 기억하고 있는지 모르겠습니다. 이 지방에 묵고 있는 벨기에 인 말입니다. 그는 매우 유명한 형사였답니다.」
「흠, 알고 있네.」
「그를 불러서――이 문제를 조사해 달라고 하는 것이 어떻겠습니까?」

「뭐라고――지금? 검시도 하기 전에 말인가?」

「그렇습니다. 만일――만일 부정한 행위가 있었다면, 무엇보다도 중요한 것은 시간 아니겠습니까?」

「빌어먹을!」로렌스가 화를 내며 소리쳤다.「이 모든 것이 바워스타인 박사의 쓸데없는 말 때문일 거야! 바워스타인 박사가 부추기지만 않았다면, 윌킨스 박사는 그러한 생각조차 못 했을 거야. 다른 전문가들처럼 바워스타인 박사가 지나치게 과민 반응하고 있는 것이 분명해. 극약은 그의 전문 분야이지. 그래서 그 사람 눈에는 어디에서나 그런 것만 보이는 거라고.」

솔직히 말해서, 나는 로렌스의 그러한 태도에 적잖게 놀랐다. 그는 어떤 일에도 그렇게 감정이 격렬해진 적이 없었기 때문이다.

존은 그저 머뭇거리고 있었다.

「로렌스, 나는 그렇게 생각하지 않는다.」마침내 그가 말했다.「솔직히 나도 조금 기다려 보고 싶기는 하지만, 그냥 헤이스팅스의 의견에 따르겠다. 쓸데없는 소문에 말려들어서는 안 되니까.」

「물론이지요. 그렇게 되어서는 안 되지요. 그 문제에 대해서라면 조금도 걱정할 필요가 없습니다. 포와로는 사리 분별이 매우 밝은 사람이니까.」

나는 간절한 마음으로 말했다.

「그렇다면, 좋아. 이 문제는 자네가 알아서 처리하게. 이 문제를 자네에게 맡기겠어. 그러나 상황이 지금 우리가 염려하고 있는 것처럼 전개된다고 할지라도, 이번 일은 너무도 명백한 것 같아. 설령 내가 그를 부당하게 취급하고 있다 해도 하느님께서는 나를 용서해 주실 걸세!」

나는 시계를 쳐다보았다. 6시 정각이었다. 나는 더 이상 시간을 낭비해서는 안 된다고 생각했다.

하지만, 나는 곧바로 포와로에게 가지 않고 5분 정도 지체했다. 나는 서재를 샅샅이 뒤져서, 마침내 스트리크닌 극약에 대한 설명이 쓰여 있는 의학 서적을 찾아냈다.

제 4 장
포와로 수사하다

그 벨기에 인들이 묵고 있는 집은 공원 입구 근처에 있었다. 시간을 절약하기 위해서는 구불구불한 길을 갈라 놓은 듯이 나 있는 긴 잔디밭을 곧장 지나가야 했다. 나는 그 길로 들어섰다. 내가 그 집에 거의 다다랐을 때, 멀리에서 나를 향해 달려오고 있는 어떤 남자의 모습이 보였다. 그는 앨프레드 잉글소프였다. 대체 그는 어디에 가 있었던 것일까? 그는 자신이 어젯밤 집에 없었던 사실을 어떻게 설명할 생각일까?

그는 내게로 다가와서는 다급하게 말했다.

「아, 이럴 수가! 이건 너무도 끔찍한 일이오. 가엾은 에밀리! 방금 그녀 소식을 들었소.」

「그 동안 어디에 가 계셨습니까?」

「어젯밤에 덴비에게 잡혀 있었지. 우리들은 새벽 1시경이 다 되어서야 이야기를 끝냈다오. 그런데 나는 깜박 잊고 빗장 열쇠를 가져오지 않았소. 하지만, 그 시간에 집으로 가서 온 집안 식구들을 깨우고 싶지 않았다오. 그래서 덴비가 내 잠자리를 마련해 주었지.」
「그 소식은 어떻게 들었습니까?」
내가 물었다.
「윌킨스 박사가 덴비를 깨워서 말해 주었소. 불쌍한 에밀리! 아내는 늘 헌신적으로 일했다오――아주 훌륭한 여자였는데……지나칠 정도로 자선 사업에 힘을 쏟았었소.」
역겨운 생각에 나는 전신이 후들후들 떨렸다. 잉글소프――나무랄 데 없이 완벽한 위선자!
「저는 바쁜 일이 있어서 그만…….」
나는 그가 내게 어디로 가는지 묻지 않은 것에 감사하면서 몸을 돌렸다.
몇 분 뒤에 나는 리스트웨이스 커티지의 현관문을 두드렸다.
안에서 아무런 대답이 없었기 때문에 조바심을 내며 계속 문을 두드렸다. 그러자 내 머리 위의 창문 하나가 조심스럽게 열리고 포와로의 얼굴이 나타났다.
그는 나를 보더니 깜짝 놀라서 소리쳤다. 나는 스타일즈에서 일어난 비극을 간단하게 설명하고 그의 도움을 부탁했다.
「잠깐 기다리게, 헤이스팅스. 문을 열어 줄 테니 들어와서 내가 옷을 갈아입을 동안 좀더 자세하게 다시 이야기하세.」
잠시 뒤, 그가 빗장을 벗기고 문을 열어 주었다. 나는 그를 따라 방으로 올라갔다. 방안으로 들어가자, 그는 나에게 의자를 권했다. 나는 그에게 아무것도 숨기지 않고, 아무리 사소한 것이라도 **빠뜨리지** 않고 모두 말해 주었다. 그는 그 동안 매우 조심스럽게 몸단장을 했다.
내가 어떻게 잠에서 깨어났으며, 잉글소프 노부인이 죽어 가면서 했던 이야기, 그녀 남편이 집에 없었던 일, 전날에 있었던 말다툼, 내가 우연히 들었던 메어리와 잉글소프 노부인과의 대화, 그 이전에 있었던 잉글소프 노부인과 에블린 하워드 양과의 말다툼, 그리고 에블린 하워드 양의 빈정거리는 말투 등에 대해서도 모조리 이야기했다.

그러나 내가 생각한 것만큼은 명확하고 자세하게 전달하지 못했다. 그래서 몇 번이나 되풀이해야 했으며, 또한 때때로 이야기를 거슬러 올라가서 깜박 잊고 빠뜨렸던 사실을 말해야만 했다. 포와로는 부드러운 표정으로 나에게 미소를 보냈다.

「자네, 마음이 조금 혼란스러운 모양이군. 그렇지 않나? 여보게, 좀 여유를 갖고 마음을 편안하게 갖게. 자네는 지금 흥분하고 있어. 지극히 당연한 일이기는 하지만——자네 마음이 너무 격렬해 있는 것 같군. 우리가 좀더 침착해지면 여러 가지 사실을 말끔하게 정리해 놓을 수 있을 거야. 그리고 그것들을 조사해서 중요한 사실들은 한쪽으로 정리해 놓고, 그렇지 않은 것들은 불어서 날려 보내는 거지!」—— 그는 어린아이처럼 토실토실한 뺨을 오므리면서 우스꽝스럽게 숨을 내뱉었다——「불어서 날려 버리는 거라고!」

「그것도 좋은 방법이긴 하지만——.」 나는 반박하며 말했다.「어떻게 당신이 무엇이 중요하고, 또 무엇이 중요하지 않은지 알아낸다는 거지요? 그것은 아주 어려운 일일 텐데 말입니다.」

포와로는 힘차게 머리를 가로 저었다. 그리고는 매우 조심스럽게 콧수염을 매만졌다.

「그렇지 않네. 자, 보세! 한 가지 사실은 다른 또 하나의 사실을 이끌어 주지——그렇게 하면서 우리는 계속 처리해 나가는 거야. 다음 사실이 앞의 것과 일치하는가? 만일 일치한다면 아주 좋은 일이지! 아주 훌륭해! 그렇다면, 우리는 계속 다음 사실들을 추적할 수 있지. 그런데 다음에 나타난 것이 아주 조그만 것이라도 앞의 사실과 어긋난다면, 우리는 계속 추적해 나갈 수가 없어! 아하, 바로 이것이 이상하구나 하고 생각해야지. 거기엔 뭔가 빠진 것이 있다는 걸세——감추어져 있는 고리의 연결 부분이라고나 할까. 우리는 조사해서 빠진 그 부분을 찾아내야 하네. 그리고는 사소하지만 순리에 어긋나는 사실, 어쩌면 전체적인 사실과 일치하지 않을지도 모르는 하찮고도 시시한 사실을 그 부분에 놓아 보는 걸세!」

그는 커다랗게 손짓을 해보였다.

「그것이 의미 있는 거야! 그것이 중요한 것이라고!」

「그——래——요?」

포와로는 내가 깜짝 놀라 움찔할 정도로 나를 향해 힘차게 집게손가락을 흔들어댔다.

「오! 조심하라고! '그건 너무 사소한 일이야——그건 중요하지가 않아. 그것은 다른 사실들과 어울리지 않아. 그것은 별로 생각하지 않아도 될 거야.' 하고 말하는 탐정에게는 언제나 위험이 따르게 마련이라네. 혼란은 바로 그렇게 해서 생겨나는 것이지! 사건 해결에서 중요하지 않은 것은 하나도 없어!」

「알겠습니다. 당신은 언제나 그런 식으로 이야기했지요. 그렇기 때문에 나는 당신에게 사소한 사실까지도 아주 자세하게 이야기하지 않았습니까?」

「그래서 나는 자네에게 고마운 마음을 갖고 있다네. 자네는 남달리 뛰어난 기억력으로 나에게 모든 사실들을 알려 주었지. 자네가 이야기한 순서에 대해서는 나무라지 않겠네——솔직히 말해서, 그것은 엉망이었어. 하지만, 자네는 지금 매우 흥분해 있을 테니까 그거야 당연하지. 나는 바로 그 이유 때문에 자네가 아주 중요한 한 가지 사실을 빠뜨렸다고 생각하네.」

「내가 무엇을 빠뜨렸다는 겁니까?」

「자네는 어제 저녁에 잉글소프 노부인이 식사를 잘했는지 어땠는지에 대해서는 말해 주지 않았어.」

나는 그를 똑바로 바라보았다. 전쟁 때문에 이 조그만 남자의 머리가 어떻게 된 것이 분명했다. 그는 외투를 입기 전에 천천히, 그리고 조심스럽게 옷솔로 털어냈으며, 이내 그 일에 몰두하는 것 같았다.

「글쎄, 그것은 기억할 수가 없는데요. 하지만, 도무지 이해할 수가 없군요.」

「이해할 수 없다고? 하지만, 그것은 매우 중요한 사실이라네.」

「그래도 나는 그 이유를 알 수가 없는걸요. 내가 기억하기로, 노부인은 저녁식사를 별로 많이 하지 않았습니다. 그녀는 무척 당황하고 있었는데……아마 그래서 식욕도 없어진 모양입니다. 그건 아주 당연한 일 아니겠습니까?」

나는 약간 초조해져서 말했다.

「흠——.」포와로는 무엇인가 깊이 생각하며 말했다.「물론 그건 너무도 당연한 일이지.」

그는 서랍을 열어 작은 우편 상자 하나를 꺼냈다. 그리고는 나를 향해 몸을 돌렸다.

「준비가 다 됐네. 자, 어서 그 저택으로 가서 문제들을 조사해 보도록 하세. 헤이스팅스, 자네 너무 서둘러서 옷을 입었나 보군. 넥타이가 한쪽으로 쏠려 있잖나. 내가 바로잡아 주지.」

포와로는 솜씨좋게 손을 놀려서 내 넥타이를 바르게 잡아 주었다.

「됐어. 어서 가세.」

우리는 서둘러 마을로 올라갔다. 우리가 막 스타일즈 저택으로 들어섰을 때, 포와로는 잠시 멈춰 서서 아침 이슬로 반짝이는 넓고 아름다운 공원을 슬픈 표정으로 굽어보았다.

「너무 아름답지 않나. 정말이지 황홀할 정도로 아름답군. 저렇게 아름다운 곳에 가엾은 한 가족이 비탄에 쓰러진 채 슬픔에 젖어 있다니——.」

그는 이렇게 말하면서 날카롭게 나를 바라보았다. 나는 그의 시선에 얼굴이 붉어졌다.

스타일즈 가족이 정말 비탄으로 쓰러질 정도일까? 잉글소프 노부인의 죽음에 대한 슬픔이 정말로 그렇게 클까? 나는 스타일즈 가족들은 전체적으로 애정이 메말라 있다는 것을 느꼈다. 죽은 잉글소프 노부인에게는 다른 사람들의 애정을 불러일으키는 재능이 없었다. 그녀의 죽음이 스타일즈 가족들에게 충격적이고 슬픈 일이기는 하겠지만, 그 누구도 비탄에 쓰러질 정도로 슬퍼하지는 않는 것 같았다.

포와로도 내가 생각하고 있는 것들을 이해하는 것처럼 보였다. 그는 심각한 표정으로 머리를 끄덕였다.

「아니야. 자네 생각이 옳아. 스타일즈 집안에는 가족적인 유대가 없으니까. 그녀는 지금까지 줄곧 캐븐디시 가문의 자식들을 친절하고 관대하게 돌보아 주긴 했지만, 친어머니는 아니었잖나. 핏줄은 속일 수 없는 법이지——언제나 그것을 기억해야 해——역시 누가 뭐래도 핏줄은 속일 수 없는 법이라네.」

「포와로——.」내가 말했다. 「왜 어제 저녁에 잉글소프 노부인이 식사를 잘했는지에 대해서 물어 보았지요? 그 이유를 말해 주지 않겠습니까? 나는 줄곧 그 까닭을 생각해 보았지만, 도대체 그 사실이 이 사건과 어떻게 연관이 있는지 모르겠는데요.」

그는 잠시 동안 아무 말도 하지 않은 채 계속 길을 따라 걷기만 했다. 이윽고 그가 입을 열었다.

「나는 자네에게 그 이유를 숨기려고 하지는 않겠네. 하지만, 자네도 알다시피 사건의 결말에 이르기 전에는 아무런 설명을 하지 않는 게 내 습관이 아닌가. 지금으로서는 혹시, 그녀의 커피 속에 스트리크닌이 들어 있지나 않았나 하고 생각되기도 하네.」

「그런데요?」

「커피가 언제 나왔나?」

「약 8시경이었습니다.」

「그렇다면 그녀는 8시에서 8시 30분 사이에 커피를 마셨겠군―― 좀 늦게 마셨다 해도 그 시간보다 많이 늦지는 않았을 거네. 스트리크닌은 약효가 상당히 빠른 극약일세. 일반적으로 약 반 시간 안에 그 효과가 나타나지. 하지만, 잉글소프 노부인의 경우에는 그 중세가 다음날 아침 5시까지 나타나지 않았단 말이야. 그러면 아홉 시간이 지나서야 비로소 약효가 나타났다는 말이 되는 거지! 그리고 극약과 함께 많은 음식을 먹었다면, 잉글소프 노부인의 경우처럼은 아니겠지만 다소 약효가 지연될 가능성도 있지. 지금 상황으로 보아, 그것도 고려해야 할 문제일세. 하지만, 자네는 그녀가 저녁식사를 많이 들지 않았다고 했네. 그런데도 약효가 다음날 새벽까지 나타나지 않았단 말이야! 바로 그 점이 이상하다는 걸세, 헤이스팅스. 검시에서 이 사실을 설명해 줄 수 있는 것이 나타나겠지. 당분간은 그것을 기억해 두게나.」

우리가 집으로 들어가자, 존이 나와서 맞아 주었다. 그의 얼굴은 지치고 약간 수척해 보였다.

「정말 너무 끔찍한 사건입니다, 포와로 씨. 헤이스팅스가 이미 말씀드렸겠지만, 우리는 이 일이 외부에 알려지지 않도록 각별히 조심하고 있습니다.」

「나도 충분히 이해하고 있습니다.」

「당신도 아시겠지만, 지금 상황으로서는 단지 추측밖에 할 수가 없습니다. 우리에게는 증거가 될 만한 것이 아무것도 없으니까요.」

「정확히 말씀해 주셨습니다. 이것은 아주 조심스럽게 다루어야 할 문제입니다.」

존은 나에게로 몸을 돌렸다. 그리고는 담배를 꺼내어 불을 붙였다.

「잉글소프가 집에 돌아와 있다는 것을 알고 있나?」

「예, 아까 길에서 만났습니다.」

존은 불이 꺼진 성냥개비를 옆의 꽃밭으로 내던졌다. 그런 행동은 포와로의 감정에 몹시 거슬리는 것이었다. 그는 그 성냥개비를 찾아내어 말끔하게 땅에 묻었다.

「그 사람을 어떻게 대해야 할지 난감한 기분이야.」

「그런 어색한 상황은 그리 오래 가지 않을 겁니다.」 하고 포와로가 조용히 말했다.

존은 포와로의 말뜻을 전혀 이해하지 못했는지 어리둥절한 표정이었다. 그는 바워스타인 박사가 준 열쇠 두 개를 나에게 건네주었다.

「포와로 씨가 보고 싶어하는 것은 무엇이든지 보여 주게.」

「그 방들은 지금 잠겨 있습니까?」

포와로가 물었다.

「바워스타인 박사가 그렇게 하는 것이 좋을 것 같다고 해서 잠가 놓았습니다.」

포와로는 생각에 깊이 잠기면서 머리를 끄덕였다.

「그렇다면 그는 매우 믿을 만한 사람이겠군요. 아무튼 그렇게 조치해 놓았다니 우리들이 일하기가 한결 수월하겠소.」

우리는 그 비극이 일어난 방으로 올라갔다. 편의상 나는 그 방의 평면도와 함께 거기에 있는 주요한 가구들의 위치를 그려 놓았다.

포와로는 잠겨 있는 방문을 열고 들어가서 세밀하게 조사하기 시작했다. 그는 메뚜기처럼 민첩하게 이 물건에서 저 물건 사이로 재빠르게 움직였다. 나는 포와로가 어떤 단서가 될 만한 것을 없애지나 않을까 걱정이 되어 문 옆에 서 있었다. 하지만, 포와로는 이 같은 내 태도가 매우 못마땅한 모양이었다.

「뭐라도 찾아냈나, 헤이스팅스? 자네 마치 ──그 뭔가── 아,

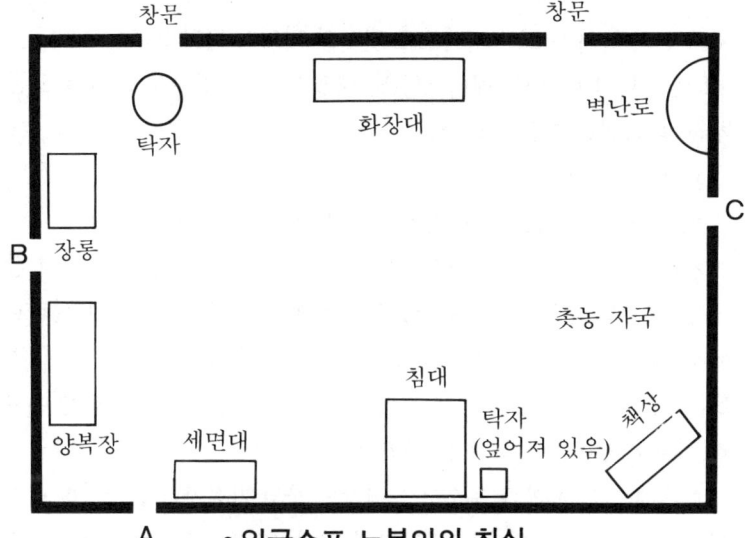

● 잉글소프 노부인의 침실

A: 출입문
B: 잉글소프의 방으로 통하는 문
C: 신시어의 방으로 통하는 문

그래, 창에 찔린 돼지처럼 서 있군 그래.」

그는 소리쳤다.

나는 혹시 내가 발자국들을 지워 없애지나 않을까 염려되어서 문 옆에 서 있는 거라고 그에게 설명했다.

「발자국! 그건 쓸데없는 생각이야! 이 방에는 마치 1개 부대가 다녀간 것처럼 많은 발자국들이 있네. 이 상황에서 도대체 어떤 발자국을 발견해 내겠다는 건가? 거기에 우두커니 서 있지만 말고, 이리로 와서 내가 조사하는 것을 좀 도와주게. 다시 필요할 때까지 이 작은 편지 상자를 좀 내려놓아야 되겠군.」

그는 창가에 있는 둥근 탁자에 그것을 내려놓았다. 하지만, 그것은 무분별한 행동이었다. 둥근 탁자가 흔들거리더니 이내 완전히 기울어져서 편지 상자가 그만 바닥으로 떨어져 버리고 말았다.

「오, 저런! 이보게, 헤이스팅스, 대궐같이 큰 집이라고 해서 모든 것이 다 완벽한 것은 아니군.」

포와로가 소리쳤다.

그는 한바탕 설교를 늘어놓은 뒤에 또 다시 조사를 계속했다.

잠시 동안 그는 열쇠가 꽂힌 채 책상 위에 놓여 있는 작은 편지 상자에 주의를 기울였다. 그는 열쇠 구멍에서 열쇠를 빼내더니 살펴보라고 나에게 건네주었다. 하지만, 나는 특별한 것을 찾아낼 수 없었다. 그것은 열쇠 손잡이 둘레에 가는 철사가 휘감겨 있는 평범한 예일형 자물쇠(도어용 원통 자물쇠)였다.

다음에 그는 우리가 부수고 들어갔던 문의 가장자리를 조사하고는, 정말 빗장이 걸려 있었을 거라고 확신했다. 잠시 뒤, 그는 신시어의 방으로 통하는 맞은편 문으로 다가갔다. 그 문도 역시 내가 말했던 것처럼 빗장이 걸려 있었다. 그는 그 문의 빗장을 벗기고 나서 몇 번이나 열었다닫았다 해보았다. 아무 소리도 나지 않도록 조심하면서. 그때 빗장에 있는 무엇인가가 갑자기 그의 관심을 끈 모양이었다. 그는 주의깊게 살펴보았다. 그리고는 재빠르게 핀셋을 꺼내더니 조각 같은 것을 끄집어내어 조심스럽게 조그만 봉투 속에 집어넣었다.

낮은 장롱 위에는 쟁반이 하나 있었으며, 그 위에는 알코올 램프 하나와 작은 소스 냄비가 놓여 있었다. 소스 냄비에는 검은 액체가 조금 남아 있었고, 그 옆에는 다 마셔 버린 빈 컵 하나와 받침 접시가 놓여 있었다.

새벽에 이 방에 왔을 때, 내가 왜 이것을 못 보고 지나쳤을까 하고 의아해 했다. 바로 여기에 단서가 있었던 것이다. 포와로는 조심스럽게 손가락에 그 액체를 묻혀서 맛을 보고는 인상을 찌푸렸다.

「럼 주(당밀이나 사탕수수로 만든 술)가 섞인 코코아 같군.」

그는 침대 옆의 탁자가 엎어져서 물건이 흩어져 있는 곳으로 걸어갔다. 독서용 램프, 책 몇 권, 열쇠 꾸러미 하나, 그리고 산산조각이 난 커피잔 등이 여기저기 흩어져 있었다.

「흠, 이건 좀 이상한데.」 포와로가 말했다.

「내가 보기에는 이상한 것이 없는 것 같은데요.」

「이상한 것이 없는 것 같다고? 저 램프를 잘 살펴보게──램프의 등피는 두 조각으로 부서져 있어. 그리고 그 조각들은 탁자에서 떨어진 바로 이 자리에 놓여 있네. 하지만, 이보게, 저 커피잔은 아주 산산조각이 나 있질 않나?」

「하긴 그렇군. 누가 커피잔을 밟은 것이 아닐까요?」

나는 힘없이 물었다.

「맞았어. 누군가가 틀림없이 커피잔을 밟았던 거야.」

포와로가 괴상한 목소리로 외쳤다.

그는 무릎을 구부리고 앉았다가 벌떡 일어나 천천히 벽난로 둘레 장식이 있는 곳으로 걸어갔다. 그리고 멍한 표정으로 그 위에 놓인 장식품들을 손으로 만져서 똑바로 정돈했다. 이런 태도는 그가 흥분했을 때 나타내는 일종의 버릇이었다.

「여보게──.」 그는 나에게 몸을 돌려서 말했다. 「누군가가 그 커피잔을 밟아서 산산조각을 내버린 거야. 그것은 그 커피잔에 스트리크닌이 들어 있었기 때문이거나, 또는──훨씬 더 심각한 이유인데──커피잔에 스트리크닌이 없었기 때문일 걸세!」

나는 그의 말을 통 알아듣지 못했지만, 물어 보았자 설명해 주지 않으리라는 것을 알고 있었기 때문에 아무 대꾸도 하지 않았다. 잠시 뒤, 그는 다시 정신을 가다듬고 조사를 계속했다. 그는 바닥에서 열쇠 뭉치를 집어들었다. 그리고는 하나하나 조심스럽게 만지작거리더니 매우 밝은색으로 빛나는 열쇠 하나를 가려냈다. 포와로는 그 열쇠를 보라색 편지 상자의 자물쇠 구멍에 넣어 보았다. 잘 들어맞았다. 그는 상자를 연 뒤에 잠시 머뭇거리다가 상자를 닫고 다시 자물쇠를 잠갔다. 그리고 나서 편지 상자의 자물쇠 구멍에 꽂혀 있던 열쇠와, 바닥에서 주운 열쇠 뭉치를 자기 주머니 속에 집어넣었다.

「나에게는 이 서류들을 꼼꼼하게 살펴볼 수 있는 권리가 없어. 하지만 가능하다면 당장에라도 조사를 해야 할 걸세!」

그는 세면대의 서랍들도 조심스럽게 살펴보았다. 그리고는 방을 가로질러 왼쪽 창문이 있는 곳으로 가다가 갑자기 멈춰 섰다. 짙은 갈색의 카펫 위에 묻어 있는 둥근 얼룩이 그의 관심을 끈 모양이었다. 그는 무릎을 꿇고 앉아서 자세히 살펴보다가, 이내 엎드려서 냄새를 맡아 보기까지 했다.

그리고 그는 코코아를 몇 방울 시험관 속에 떨어뜨린 뒤, 안전하게 시험관을 막아 놓았다. 다음에 그가 할 일은 조그만 수첩에 메모를 하는 것이었다.

그는 바쁘게 써 내려가면서 말했다.

「우리는 이 방에서 흥미로운 사실을 여섯 가지 발견했네. 그것들을 내가 말해 볼까? 아니면 자네가 하겠나?」

「아니, 당신이 하시지요.」

나는 얼른 대답했다.

「좋아, 내가 하지. 첫째는 바닥에 떨어져 산산조각이 나 버린 커피 잔이야. 둘째는 열쇠가 꽂힌 채로 놓여 있는 편지 상자이고, 셋째는 바닥에 묻어 있는 얼룩일세.」

「하지만, 그 얼룩은 오래 전에 생긴 것일 수도 있지 않습니까?」 내가 포와로의 말에 끼여들었다.

「그렇지 않아. 그것은 아직도 축축하고, 커피 냄새가 나네. 넷째는 짙은 녹색의 옷감 조각인데──다만 한두 가닥의 실이지만 똑똑하게 알아볼 수 있었어.」

「아하! 당신이 봉투 속에 집어넣었던 것이 바로 그것이었군요.」하고 내가 큰소리로 말했다.

「그렇지. 하지만, 그것은 단지 잉글소프 노부인의 옷에서 떨어져 나온 것일 수도 있다네. 그렇다면 별로 중요한 단서는 아니겠지. 다섯째는 바로 이것이네!」

그는 요란스러운 몸짓을 하면서 책상 옆의 바닥에 떨어져 있는 커다란 촛농 자국을 가리켰다.

「이것은 분명히 어제 사건 이후에 떨어진 걸세. 만일 그렇지 않다면 벌써 충실한 하녀가 압지와 인두를 가지고 와서 없애 버렸을 게 아닌가? 언젠가 내가 가장 아끼는 모자 중의 하나가──아니야, 그건 지금 할 이야기가 아니지.」

「그것은 아마 어젯밤에 떨어졌을 겁니다. 우리는 어제 무척 흥분해 있었으니까요. 또, 어쩌면 잉글소프 노부인이 떨어뜨렸을 수도 있겠지요.」

「그때 사람들이 방에 초를 하나만 가지고 왔었나?」

「그랬습니다. 로렌스 캐븐디시가 들고 있었지요. 하지만, 그 사람도 몹시 당황하고 있었습니다. 그는 이 근방에서 이상한 것을 발견한 듯한 표정이었답니다.」──나는 벽난로 둘레 장식을 손으로 가리켰다──「무엇을 보았는지 그는 온몸이 마비된 것처럼 뻣뻣하게 서 있더군요.」

「그것 참 흥미있는 일이로군.」포와로가 재빨리 말했다.「그것은 뭔가를 암시해 주는 것일세.」──그는 벽을 휙 둘러보았다──「하지만, 이렇게 큰 촛농을 떨어뜨린 것은 그의 초가 아니야. 왜냐하면 이것은 하얀 촛농 자국이라네. 그러나 지금 화장대 위에 놓여 있는 로렌스의 초는 분홍색이거든. 그리고 잉글소프 노부인의 방에는 독서용 램프가 있지 촛대는 하나도 없네.」
「그렇다면——당신은 어떻게 생각하고 있습니까?」
이 질문에 포와로는 조금 불평하는 듯한 대답을 하고서는, 나의 선천적인 능력들을 사용해 보라고 말하는 것이었다.
「그리고 여섯 번째 단서는 무엇인가요? 내 추측으로는 코코아 같은데.」
「그렇지 않아.」
포와로는 깊이 생각에 잠기면서 말했다.
「물론 그것을 여섯 번째 단서에 포함시킬 수도 있겠지. 하지만, 나는 그렇게 하지 않겠네. 그것은 여섯 번째 단서가 아니야. 여섯 번째 단서는 당분간 나 혼자만 알고 있는 것이 좋겠네.」
그는 민첩하게 방을 둘러보고 나서 말했다.
「이 방에서는 더 할 일이 없는 것 같은데——.」
그는 한참 동안 물끄러미 벽난로의 연료받이에 있는 잿더미를 지켜보았다.
「불을 피웠다——그리고 꺼져 버렸다. 하지만 우연히——거기엔 뭔가 있을 수도 있어——저곳을 한번 살펴보세!」
그는 솜씨좋게 엎드려서 조심스럽게 연료받이에 있는 잿더미를 난로 울타리로 긁어 모으기 시작했다. 그러다가 그가 나지막한 탄성을 질렀다.
「핀셋 좀 주게, 헤이스팅스!」
재빨리 나는 그에게 핀셋을 건네주었다. 그는 잿더미 속에서 반쯤 타다 남은 조그만 종이 조각 하나를 집어들었다.
「이것 좀 보게, 헤이스팅스! 이게 뭔가?」
그가 소리쳤다.
나는 그 종이 조각을 자세히 살펴보았다. 다음 쪽에 있는 그림이 바바로 그 종이 조각을 확대한 것이다.

나는 어리둥절했다. 그것은 아주 두꺼운 것으로 보통 공책 종이 같지는 않았다. 그때 갑자기 내 머리에 어떤 생각이 떠올랐다.
「포와로! 이것은 유언장의 조각인데요!」
내가 소리쳤다.
「맞았어. 바로 그거야.」
나는 그를 날카롭게 쳐다보았다.
「당신은 놀라는 것 같지 않군요?」
「아닐세. 나는 그것을 찾고 있었어.」
포와로는 엄숙한 표정으로 말했다.
나는 그 종이 조각을 그에게 주었다. 그는 언제나처럼 조심스럽게 그것을 자기의 조그만 상자 속에 집어넣었다. 나는 갈피를 못 잡을 정도로 혼란스러웠다. 왜 유언장이 이렇게 타 버렸을까? 도대체 누가 유언장을 태워 버렸을까? 바닥에 촛농을 떨어뜨린 사람이 그랬을까? 아마 그랬을 거야. 하지만, 어떻게 그가 이 방으로 들어올 수 있었을까? 문들은 모두 방 안쪽에서 빗장이 걸려 있었는데——.
「자, 헤이스팅스——.」포와로가 활기차게 말했다. 「그만 밖으로 나가세. 하녀에게——그녀의 이름이 뭐랬더라? 아, 도커스, 맞지? 그녀에게 물어 볼 것이 몇 가지 있네.」

우리는 앨프레드 잉글소프의 방을 거쳐서 밖으로 나왔다. 잉글소프의 방을 지날 때, 포와로는 잠깐 동안이었지만 매우 주의깊게 그 방을 살펴보았다. 우리는 전과 마찬가지로 잉글소프 노부인의 방문과 그 방문을 모두 잠가 놓고 밖으로 나왔다.

나는 그가 보고 싶다고 한 내실로 그를 데려다 주고, 도커스를 찾으러 나갔다.

하지만 내가 그녀와 함께 내실에 돌아왔을 때 포와로의 모습은 보이지 않았다.

「포와로――어디에 있습니까?」

나는 소리쳤다.

「여기 있네, 헤이스팅스.」

그는 어느 사이엔가 프랑스 식 문 밖으로 나가서 어지럽게 그림자가 드리워져 있는 꽃밭 앞에서 넋을 잃은 채 꽃들을 바라보고 있었다.

「훌륭해!」그는 중얼거렸다.「정말 아름답군! 나무랄 데 없는 조화야! 저기 초승달 모양의 꽃을 보게. 그리고 저 아름다운 돌들도 말이야. 저것들을 보고 있으니 마음이 웬지 저절로 유쾌해 지는군. 나무들의 배치도 완벽해. 그런데 이 꽃밭은 최근에 만들어진 것 같군, 그렇지 않나?」

「그렇군요. 어제 오후에 나무들을 옮겨 심었다던데. 아무튼 어서 이리로 들어오시지요――도커스가 내실에 와 있습니다.」

「흠, 알았네! 잠깐 동안만 눈요기를 할 테니까 너무 재촉하지 말게나.」

「하지만, 이 일이 더 중요하지 않습니까?」

「이렇게 아름다운 베고니아(정원에 심는 다년생 풀로, 9월에 연분홍 꽃이 핌.)들이 이 사건보다 덜 중요하다고 자네가 어떻게 장담하겠나?」

나는 어깨를 으쓱해 보였다. 만일 그가 정말로 그렇게 생각하고 있다면, 더 이상 말해 보았자 별 소용이 없는 일이었다.

「자네는 그렇게 생각하지 않나? 하지만, 그런 것들도 있는 법일세. 좋아, 이제 내실로 가서 그 용감한 도커스 양을 만나보기로 하세.」

도커스는 손을 깍지끼어 앞에 모은 채 내실에 서 있었다. 그녀의 잿빛 머리카락이 하얀 모자 아래로 빳빳하게 곤두서 있었다. 그녀는 마음씨 착한 전형적인 구식 하녀였다.

포와로를 보자, 그녀의 행동이 조금 어색해졌다. 하지만, 그는 곧 그녀의 경계심을 풀어 주었다. 그는 서 있는 도커스 앞으로 의자를 가져다 놓았다.

「자, 여기 앉으세요, 도커스 양.」

「고맙습니다, 선생님.」

「당신은 오랫동안 잉글소프 노부인을 모셔 왔다고 하던데?」

「예, 10년 동안이었습니다, 선생님.」

「아주 오랫동안 매우 성실하게 노부인을 모셨군요. 그래, 당신은 잉글소프 노부인을 좋아했습니까?」

「마님께서는 제게 잘 대해 주셨답니다, 선생님.」

「당신에게 몇 가지 물어 볼 것이 있는데, 솔직하게 대답해 주겠습니까? 캐븐디시 씨에게는 이미 허락을 받았습니다.」

「오, 물론이에요, 선생님.」

「그럼, 어제 오후에 있었던 일부터 질문하겠소. 어제 잉글소프 노부인이 누군가와 말다툼을 하지 않았습니까?」

「예, 선생님. 하지만, 그런 것까지 모두 말씀드려야 하나요?」

도커스는 머뭇거렸다.

「도커스 양, 나는 그 말다툼에 대한 상세한 내용까지도 가능하다면 빠짐없이 알아야 합니다. 그렇다고 잉글소프 노부인의 비밀을 폭로하는 거라고는 생각하지 마십시오. 잉글소프 노부인은 돌아가셨습니다. 우리가 그녀의 원한을 풀어 주려면──우선 모든 것을 자세하게 알아야만 합니다. 어떻게 해도 그녀를 다시 살려 낼 수는 없습니다. 하지만, 만일 이 죽음에 부정한 행위가 개입되어 있다면 우리는 그 살인자를 법에 따라 처벌해야 합니다.」

「저도 그 말에는 찬성이에요. 그리고 이름을 밝히지는 않겠지만, 이 집에는 저희들이 도저히 참고 견딜 수 없는 사람이 한 명 있어요! 그 사람이 이 집의 문지방을 들어서는 순간 바로 불행이 시작되었어요.」

도커스가 힘있게 말했다.

포와로는 그녀의 분노가 가라앉기를 기다렸다가 다시 직업적인 목소리로 물었다.

「자, 이제 그 말다툼에 대해서 말해 주겠습니까? 당신은 무슨 말을 들었습니까?」

「저는 어제 우연히 홀의 바깥쪽 벽을 따라 걷고 있었어요.」

「그때가 언제였습니까?」

「정확하게는 모르겠어요. 하지만, 차 마실 시간은 아니었을 거예요. 그러니까 4시 정각이나──아니면 그보다 약간 늦은 시간이었을 거예요. 그런데, 선생님──아까 제가 말씀드렸던 대로 우연히 홀의 바깥쪽 벽을 따라 걷고 있는데, 그때 바로 여기에서 몹시 크고도 성난 목소리가 들려왔어요. 솔직히 말씀드려서, 저는 엿들을 생각은 전혀 없었어요──하지만, 어쨌든 일이 그렇게 되었던 거예요. 저는 멈춰 섰지요. 내실의 문은 잠겨 있었습니다. 하지만, 마님께서 매우 날카롭고도 또렷하게 말씀하셨기 때문에 분명하게 들을 수 있었지요. ‘………나에게 거짓말을 했고, 더구나 나를 기만하기까지………’ 하고 마님께서 말씀하시더군요. 저는 잉글소프 씨가 대답하는 건 듣지 못했어요. 하지만, 마님께서는 그의 대답에 이렇게 말씀하셨어요. '어떻게 감히 그럴 수가………? 나는………이곳에 데려다가 입히고 먹이고………내 신세를 지지 않은 것이 하나도………그런데 이런 방법으로 나에게 은혜를………우리 가문에 먹칠을 하면서………' 저는 그때도 잉글소프 씨가 하는 말을 들을 수가 없었어요. 마님 목소리만 계속 들리더군요. '………어떤 말을 하더라도 달라지는 건 하나도 없을………나는 이제 내가 해야 할 일이 어떤 것인지 분명히………나는 결심했………남들에게 알려지거나, 부부 사이의 나쁜 소문을 두려워해서 내가 단념할 거라고 생각한다면 그건 오산이……!' 그 말이 끝난 뒤에, 그분들이 밖으로 나오는 소리가 들렸어요. 그래서 저는 그 자리를 재빨리 떠났지요.」

「그 방에서 들려온 남자의 목소리가 잉글소프 씨의 목소리였다고 확신합니까?」

「오, 물론이에요, 선생님. 그 사람 목소리가 아니라면, 누구였겠어요?」

「좋습니다. 그 다음에는 무슨 일이 있었죠?」

「나중에 저는 다시 홀에 갔었어요. 하지만, 그때는 아주 조용했어요. 5시 정각에 마님은 벨을 울려서 저에게 아무것이나 마실 것을 내실로 가져다 달라고 하시더군요. 마님은 겁에 질려 있는 것처럼 보였어요. 얼굴이 창백했고 당황해 하는 표정이었으니까요. 마님께서 이렇게 말씀하셨어요. '도커스──나는 지금 큰 충격을 받았어.' 그래서 저는 '걱정이에요, 마님.' 하고 말씀드렸지요. '마님, 뜨거운 차를 드시면 한결 기분이 나아지실 거예요.' 그때 마님께서 손에 뭔가를 들고 계셨어요. 그것이 편지였는지, 아니면 단지 종이 조각이었는지 그것은 모르겠어요. 하지만 그 종이에는 글이 적혀 있었어요. 마님께서는 그 종이에 적혀 있는 것을 믿기지 않는다는 표정으로 쳐다보시더군요. 그리고 제가 옆에 있는 것을 잊으셨는지 중얼거리기까지 하는 거였어요. '이 말들――하지만 모든 것이 달라졌어.' 그리고 나서 마님은 제게 말씀하셨어요. '남자를 믿지 마, 도커스. 남자란 믿어 줄 만한 가치가 없는 족속이야!' 저는 서둘러 부엌으로 가서 따끈하고 진한 차를 한잔 만들어 마님께 갖다 드렸지요. 마님은 저에게 고맙다고 말씀하셨어요. 그리고 차를 마시고 나서는 한결 기분이 좋아졌다고 하셨지요. '나는 정말 어떻게 해야 좋을지 모르겠어.' 하고 마님이 말씀하셨습니다. '부부 사이의 나쁜 소문이란 생각만 해도 끔찍한 일이야, 도커스. 그런 일은 없어야 할 텐데.' 그때 캐븐디시 부인이 내실로 들어오셨기 때문에 마님은 더 이상 말씀하시지 않았어요.」

「잉글소프 노부인이 무슨 종이 조각을 손에 들고 있었다고 했죠?」

「예, 선생님.」

「잉글소프 노부인이 나중에 그것을 어떻게 처리했을 것 같습니까?」

「글쎄요, 저는 잘 모르겠어요. 아마 마님의 보라색 상자 속에 넣고서 잠가 두셨겠지요.」

「부인은 중요한 서류들을 언제나 그곳에 보관해 두었나요?」

「예, 선생님. 마님은 매일 아침 그것을 이곳에 갖다 놓으셨다가 저녁때 다시 침실로 갖고 올라가셨어요.」

「잉글소프 노부인은 언제 그 상자의 열쇠를 잃어버렸죠?」

「어제 점심 시간에 잃어버리신 모양이에요. 그래서 저에게 그것을 좀 찾아보라고 말씀하셨답니다. 마님은 그것 때문에 몹시 걱정하셨어요.」

「하지만, 잉글소프 노부인은 똑같은 열쇠를 하나 더 갖고 있지 않았나요?」

「예, 그래요, 선생님.」

도커스는 의심스러운 눈초리로 그를 쳐다보았다. 그리고 나도 역시 마찬가지였다. 잃어버린 열쇠가 대체 무슨 소용이 있단 말인가? 포와로는 미소를 지었다.

「염려하지 말아요, 도커스 양. 비밀을 알아내는 것이 내 일이니까요. 이 열쇠가 바로 잃어버린 겁니까?」

그는 편지 상자의 자물쇠 구멍에 꽂혀 있던 열쇠를 주머니에서 꺼내 들었다.

도커스는 깜짝 놀라서 눈을 동그랗게 떴다.

「맞아요, 선생님. 바로 그것이에요. 어디에서 그 열쇠를 찾으셨지요? 그것을 찾으려고 온 집 안을 샅샅이 뒤졌는데.」

「아, 물론 이 열쇠는 어제 떨어져 있던 장소와는 다른 곳에 있었습니다. 자, 이제 다른 문제에 대해서 물어 보지요. 잉글소프 노부인에게 짙은 녹색 옷이 있습니까?」

도커스는 포와로의 느닷없는 질문에 약간 당황한 모양이었다.

「없어요, 선생님.」

「분명합니까?」

「오, 물론이에요, 선생님.」

「혹시 이 집에 녹색 옷을 갖고 있는 사람은 없나요?」

도커스는 잠시 생각했다.

「머도크 양이 녹색 야회복을 한 벌 갖고 있어요.」

「엷은 녹색입니까, 아니면 짙은 녹색입니까?」

「엷은 녹색이에요, 선생님. 시퐁의 일종이라고 하더군요.」

「오, 그렇다면 그것은 내가 찾는 것이 아닙니다. 그 밖에 다른 사람은 녹색 옷을 갖고 있지 않습니까?」

「없어요, 선생님──제가 알기로 이 집에는 그런 옷을 갖고 있는 사람은 없어요.」

포와로의 담담한 표정을 보아서는, 그가 실망했는지 어쨌는지 도무지 알 수가 없었다. 그는 단지 이렇게 말했다.

「좋습니다. 그 문제에 대해서는 이 정도로 해두고 다음 문제에 대해서 알아봅시다. 어젯밤에 잉글소프 노부인이 가루 수면제를 드셨습니까?」

「지난밤에는 드시지 않았어요, 선생님. 그건 틀림없어요.」

「어떻게 그렇게 자신 있게 말할 수 있죠?」

「약 상자가 비어 있었기 때문이지요. 마님은 이틀 전에 그 약을 다 드셨어요. 그리고는 준비해 놓지 않았어요.」

「오, 그렇습니까?」

「예, 선생님.」

「그럼, 이 문제는 정리되었습니다! 그런데 혹시 어제 잉글소프 노부인이 당신에게 어떤 서류에 서명해 달라고 부탁하지는 않던가요?」

「서류에 서명을 해달라고요? 그런 일은 없었어요, 선생님.」

「어제 저녁 헤이스팅스와 로렌스 캐븐디시 씨가 들어왔을 때, 잉글소프 노부인이 바삐 편지를 쓰고 있었다고 하던데, 그것을 누구에게 보내는 것이었는지 혹시 모릅니까?」

「죄송하지만 모르겠어요, 선생님. 저는 저녁때 밖에 나가 있었거든요. 아마 그 문제에 대해서라면 애니가 잘 알고 있을 거예요. 주의가 좀 산만한 애이긴 하지만요. 어젯밤에는 커피잔을 씻어 놓지도 않았더군요. 제가 다른 일을 좀 하느라고 집에 있지 않았더니 그 모양이에요.」

포와로가 손을 치켜들었다.

「커피잔을 씻지 않았다면, 도커스 양, 잠시 그냥 내버려두십시오. 조사해 볼 것이 있습니다.」

「잘 알겠어요, 선생님.」

「어제 저녁에 집에서 몇 시에 나갔습니까?」

「약 6시경이었어요, 선생님.」

「됐습니다, 도커스 양.」

그는 자리에서 일어나 창문 쪽으로 천천히 걸어갔다.

「꽃밭이 아주 훌륭하군요. 이 집에는 정원사가 몇 명이 있습니까?」

「지금은 세 명뿐이에요, 선생님. 전쟁 전에는 다섯 명이 있었지요. 그때는 점잖은 분이 사시는 저택이라면, 적어도 그 정도의 정원사는 있어야 했으니까요. 그때 선생님께서 이 집을 보셨더라면 좋았을 텐데. 정말 아름다웠지요. 하지만, 지금은 나이 먹은 매닝과 어린 윌리엄, 그리고 반바지 따위의 신식 옷차림을 하고 다니는 여자 정원사밖에는 없답니다. 아, 정말이지 요즘은 모든 게 너무 어려워요.」

「언젠가 다시 좋은 때가 오겠지요, 도커스 양. 우리 모두가 그렇게 바라고 있으니까요. 자, 이제 애니를 보내 주겠습니까?」

「알겠어요. 감사합니다, 선생님.」

「어떻게 잉글소프 노부인이 가루 수면제를 먹는다는 사실을 알았습니까?」

나는 도커스가 방을 나가자마자 호기심을 못 이겨 물었다.

「그리고 잃어버렸던 열쇠와 똑같은 열쇠는 어떻게 된 겁니까?」

「한 가지씩 차근차근 물어 보게. 먼저 가루 수면제에 대해서 말하겠는데, 나는 이것으로 그 사실을 알아냈다네.」

그는 갑자기 조그만 마분지 상자를 나에게 내밀었다. 그것은 약사들이 가루약을 취급할 때 사용하는 것이었다.

「어디에서 그걸 찾아냈나요?」

「잉글소프 노부인의 침실에 있는 세면대 서랍에서 찾아냈지. 이것이 바로 나의 여섯 번째 단서라네.」

「하지만, 잉글소프 노부인이 이틀 전에 그 약을 다 먹었다고 하니

내 생각에는 별로 중요하지 않은 것 같은데요.」

「그럴 수도 있겠지. 하지만——자네, 이 상자에서 이상한 것을 눈치채지 못했나?」

나는 그 상자를 눈에 바싹 갖다 대고 살펴보았다.

「아니오, 내가 보기에는 이상한 것이 없는데……..」

「설명서를 좀 살펴보게.」

나는 조심스럽게 설명서를 읽었다.

'필요한 경우 취침 때에 한 봉씩 복용할 것. 잉글소프 부인.'

「없는데요. 도대체 뭐가 이상하다는 겁니까?」

「설명서에 약사의 이름이 없잖나.」

「오!」나는 소리쳤다.「그렇군요. 그것 참 이상한데!」

「자네 이런 식으로 약사의 이름이 없는 약 상자를 본 적이 있나?」

「아니오, 그런 상자는 아직 본 적이 없는 것 같아요.」

나는 점점 더 흥분되었다. 하지만, 포와로가 한 다음 말에 내 흥분은 어느 정도 가라앉았다.

「하지만, 그것은 아주 간단한 거니까 그렇게 흥분하지는 말게, 헤이스팅스.」

문이 삐걱거리는 소리가 똑똑하게 들려서, 우리는 애니가 내실에 들어왔다는 걸 알았다. 그 바람에 나는 그의 말에 대꾸할 수 없었다.

애니는 예쁘장하며, 키가 크고 건장한 처녀였다. 그녀는 이 비극에 대한 잔인한 쾌감과 극도의 흥분 때문에 혼란스러운 모습이었다.

포와로는 직업적으로 곧장 본론에 들어갔다.

「어젯밤에 잉글소프 노부인이 썼던 편지에 관해서 아가씨가 말해줄 수 있을 것 같아서 보자고 했소, 애니 양. 어제 거기엔 편지가 몇 통 있었습니까? 그리고 혹시 그 편지에 적혀 있던 이름이나 주소를 기억할 수 있소?」

애니는 잠시 동안 생각에 잠겼다.

「모두 네 통이 있었어요, 선생님. 하나는 하워드 양에게 보내는 것이었고, 또 하나는 변호사인 웰스 씨에게 보내는 것이었고요. 그리고 나머지 두 통은 잘 생각이 나지 않아요……그래요. 그 중 한 통은 태드민스터에 있는 요리 조달처인 로스 가게로 보내는 것이었어요. 하지만, 나머지 한 통은 전혀 기억이 나지 않는데요.」

「잘 생각해 봐요.」하고 포와로가 격려했다.

애니는 골똘히 생각했지만 헛수고였다.

「죄송해요, 선생님. 하지만, 그것은 분명히 보냈어요. 물론 편지가 전달되는 것을 제가 보지는 못했지만 말이에요.」

「그것이 중요한 게 아니오.」

포와로는 실망했다는 안색을 나타내지 않고 말했다.

「이제 다른 것에 대해서 물어 보겠소. 잉글소프 노부인의 방에는 코코아가 약간 남아 있는 소스 냄비가 있더군요. 노부인은 매일 밤 그것을 들었소?」

「예, 선생님. 매일 저녁 마님의 방에 코코아를 준비해 놓았어요. 그래서 마님이 그것을 밤에——언제라도 마시고 싶을 때 따뜻하게 데워 드셨답니다.」

「그게 무엇이었소? 그저 평범한 코코아였나요?」

「예. 우유와 설탕 한 숟가락, 그리고 럼 주 두 숟가락을 넣은 거였어요..」

「누가 그것을 노부인의 방에 갖다 놓았죠?」

「제가 갖다 놓았어요.」

「언제나 아가씨가 그것을 갖다 놓았소?」

「예, 선생님.」

「대개 몇 시경에 갖다 놓죠?」

「그 방의 커튼을 치러 갈 때 가져다 놓곤 했어요.」
「그럼, 아가씨는 부엌에서 그것을 들고 곧장 잉글소프 노부인의 방으로 올라갔나요?」
「아니에요. 아시고 계시겠지만, 가스 스토브가 별로 넉넉한 편이 아니라서 요리사가 저녁식사 때 사용할 채소들을 스토브 위에 올려놓기 전에 미리 그것을 만들었어요. 그러면 그것을 들고 자동식 문 옆의 탁자 위에 놓았다가, 나중에 마님의 방에 갖다 놓곤 했지요.」
「자동식 문은 왼쪽 건물에 있지요, 그렇죠?」
「맞아요, 선생님.」
「그런데 그 탁자는 문에서 가까운 쪽에 있소, 아니면 먼 쪽——곧 하인들 방과 가까운 쪽에 있소?」
「문에서 가까운 쪽에 있어요.」
「지난밤에는 몇 시에 그것을 갖고 올라갔습니까?」
「7시 15분경이었을 거예요.」
「그리고 몇 시에 잉글소프 노부인의 방에 옮겨 놓았죠?」
「문을 잠그러 갔을 때였으니까, 8시경이었을 거예요. 마님은 제가 일을 마치기도 전에 잠자리에 드셨어요.」
「그렇다면 7시 15분에서 8시 사이에 그 코코아는 왼쪽 건물의 탁자 위에 놓여 있었겠군요?」
「그렇지요.」

애니의 얼굴이 점점 더 붉게 달아올랐다. 잠시 뒤, 그녀가 갑자기 말을 꺼냈다.
「그리고 만일 코코아 속에 소금이 들어 있다고 해도, 그것은 제가 넣은 게 아니에요. 저는 절대로 그 근처에 소금을 갖다 놓지 않았어요.」
「왜 코코아 속에 소금이 있다고 생각하는 거지요?」 하고 포와로가 물었다.

「쟁반 위에 소금이 떨어져 있었어요, 선생님.」

「쟁반 위에 소금이 있었다고?」

「예, 부엌에서 쓰는 굵은 소금 같았어요. 제가 쟁반을 들고 위층으로 올라갔을 때는 소금이 없었거든요. 그런데 그것을 마님 방에 갖다 놓으려고 다시 왔을 때 보니 쟁반 위에 소금이 떨어져 있는 거였어요. 그래서 저는 그것을 들고 다시 아래로 내려가서 요리사에게 새 코코아를 만들어 달라고 부탁하려고 했지요. 하지만, 그때 저는 매우 바빴어요. 도커스가 밖에 나가고 없었거든요. 그래서 저는 이렇게 생각했어요. '코코아에는 아무 이상이 없을 거야. 소금이 우연히 쟁반 위에 떨어졌겠지.' 하고 말이에요. 그래서 앞치마로 쟁반 위의 소금을 털어내고 마님의 방으로 들고 갔지요.」

나는 도무지 마음을 가라앉힐 수가 없었다. 애니는 자신도 모르게 우리들에게 중요한 증거 하나를 제공해 주었던 것이다. 만일 그녀가 말한 '부엌에서 쓰는 굵은 소금'이라는 것이 지금까지 세상에 알려진 극약 중에서 가장 치명적인 것의 하나인 스트리크닌이었다는 걸 깨닫는다면, 필시 그녀는 입을 딱 벌리고 놀라 쓰러지고 말 것이다. 한편으로 나는 포와로의 침착성에 감탄했다. 그의 자제력은 정말로 놀라운 것이었다. 나는 끈기 있게 그의 다음 질문을 기다렸다. 그러나 막상 그의 다음 질문이 나오자 나는 실망하고 말았다.

「아가씨가 잉글소프 노부인의 방에 들어갔을 때, 신시어 양의 방과 통하는 사잇문에 빗장이 걸려 있었소?」

「오! 물론이지요, 선생님. 그 문엔 언제나 빗장이 질러져 있어요. 지금까지 단 한 번도 열린 적이 없었거든요.」

「잉글소프 씨의 방으로 통하는 사잇문은? 그 문에도 역시 빗장이 질러져 있었나요?」

애니는 잠시 머뭇거렸다.

「정확히는 말씀드릴 수가 없군요, 선생님. 문은 닫혀 있었지만, 빗장이 질러져 있었는지 그렇지 않았는지는 잘 모르겠어요.」

「아가씨가 그 방을 나가자마자, 잉글소프 노부인이 문에 빗장을 걸었소?」

「그렇지 않아요, 선생님. 그때 마님은 빗장을 걸지 않았어요. 하지만, 나중에 걸었겠지요. 마님은 대개 밤에 빗장을 걸었으니까요. 복도와 통하는 문 말이에요.」

「어제 그 방을 청소할 때, 혹시 바닥에 촛농이 떨어져 있는 것을 보지 못했소?」

「촛농이라고요? 오, 저는 보지 못했어요. 잉글소프 마님 방에는 양초가 없어요. 마님은 단지 독서용 램프만 사용하셨는걸요.」

「그렇다면 만일 바닥에 커다란 촛농이 떨어져 있다면 아가씨가 분명히 그것을 보았을 거라고 생각합니까?」

「물론이지요. 그리고 곧장 압지와 인두를 가져와서 깨끗하게 떼어냈을 거예요.」

그녀의 대답이 끝나자, 포와로는 도커스에게 했던 것과 똑같은 질문을 애니에게 되풀이했다.

「잉글소프 노부인은 녹색 옷을 갖고 있나요?」

「없는데요, 선생님.」

「소매 없는 녹색 외투나 망토, 아니면──음, 그 뭐라고 하더라?──운동용 재킷 등도 없소?」

「초록색은 없어요.」

「이 집에서 그런 색깔의 옷은 아무도 갖고 있지 않소?」

애니는 잠시 동안 생각했다.

「없는데요.」

「틀림없나요?」
「틀림없어요.」
「좋습니다! 이제 끝났습니다. 대답해 주어서 고맙소.」
애니는 애써 참으려는 듯이 킬킬 웃으면서 삐걱거리는 문 소리를 내며 내실 밖으로 나갔다. 마침내 나의 억눌렸던 흥분이 폭발했다.
「포와로——축하합니다! 이것은 정말 대단한 발견이군요.」
나는 소리쳤다.
「뭐가 대단한 발견이란 말인가?」
「스트리크닌이 들어가 있던 것은 커피가 아니라 코코아였다는 사실 말입니다. 그것은 많은 것을 설명해 주는 거지요! 약효가 다음날 새벽까지 나타나지 않은 것도 아주 당연하고 말입니다. 잉글소프 노부인은 한밤중에 그걸 마셨을 테니까요.」
「그래서 자네는——내가 하는 말에 유의하게, 헤이스팅스——그 코코아 속에 스트리크닌이 들어 있었다고 생각하는 건가?」
「그렇고말고요! 쟁반 위에 떨어져 있던 그 소금이라는 것이 스트리크닌이 아니면 무엇이었겠습니까?」
「아니, 그것은 진짜 소금이었을 수도 있네.」 하고 포와로가 조용히 대답했다.
나는 어깨를 으쓱해 보였다. 만일 그가 그 문제를 그런 식으로 생각하고 있다면, 그와 논쟁을 벌여 보았자 소용없는 일이었다. 그때가 처음은 아니었지만, 가엾게도 포와로가 벌써 늙어 가고 있다는 생각이 퍼뜩 내 머리를 스쳤다. 나는 그가 나처럼 이해심이 많은 사람과 알고 지낸다는 것이 그에게는 천만다행한 일이라고 생각했다.
포와로는 반짝이는 눈매로 나를 훑어보았다.
「자네, 나에게 좀 유감이 있는 모양이군. 그렇지 않나, 헤이스팅스?」

제4장 포와로 수사하다

「아니, 포와로——내가 당신에게 이것저것 지시할 수는 없는 일 아닙니까? 내가 나의 의견을 좇을 권리를 갖고 있는 것과 마찬가지로, 당신도 당신의 의견대로 행동할 권리를 가지고 있지요.」

나는 냉정하게 말했다.

「매우 훌륭한 생각일세.」 포와로는 자리에서 벌떡 일어나며 말했다. 「자, 이제 이 방에서 해야 할 일은 모두 마쳤네. 그런데 저 구석에 있는 조그만 책상은 누구 것이지?」

「앨프레드 잉글소프의 것입니다.」

「오, 그런가!」

그는 접어 넣을 수 있게 되어 있는 책상 뚜껑을 흔들어 보았다.

「잠겨 있군. 어쩌면 잉글소프 노부인의 열쇠들 중의 하나로 열 수 있을지도 몰라.」 그는 능숙한 솜씨로 열쇠 몇 개를 넣어서는 비틀어 돌렸다 뺐다 해보았다. 그러더니 마침내 그의 입에서 만족스러운 탄성이 흘러나왔다.

「자, 보게! 이 열쇠가 책상에 맞는 것은 아니지만, 때맞추어 열어 주는구먼?」

그는 책상 뚜껑을 뒤로 잡아 빼서, 말끔하게 정리되어 있는 서류들을 재빨리 훑어보았다. 뜻밖에도 포와로는 그 서류들을 읽어 보지 않았다. 그는 다시 책상을 잠그면서 만족스럽다는 듯이 몇 마디 중얼거렸다.

「질서 정연한 사람이야. 이 잉글소프란 남자 말이야!」

포와로가 남을 평가하는 데 있어서 '질서 정연한 사람'이라고 하는 것은 최고의 칭찬이다.

그가 함부로 그런 말을 하는 것을 보고, 포와로는 옛날에 내가 알던 그가 아니라고 느꼈다.

「그의 책상에는 우표가 없어. 하지만, 전에는 있었을 거야. 그렇지 않나, 헤이스팅스? 전에는 있었겠지?」──그는 방을 두리번거렸다 ──「이 내실에서는 우리가 더 이상 알아낼 게 없는 것 같군. 이 방에서는 별 소득이 없어. 다만 이것밖에는.」

그는 주머니에서 꼬깃꼬깃해진 편지 봉투 하나를 꺼내어 나에게 건네주었다. 거기에는 좀 아리송한 글들이 적혀 있었다. 평범한 편지 봉투였는데, 낡아서인지 약간 더럽게 보였다. 그 봉투에는 아무렇게나 휘갈겨 쓴 듯한 몇 마디 글이 적혀 있었다. 아래에 있는 것이 그 봉투에 쓰여 있는 글을 그대로 옮긴 것이다.

possessed
I am possessed

He is possessed
I am possessed
possessed

제5장
스트리크닌이 아니다

「아니, 어디서 이것을 찾아냈습니까?」
나는 몹시 궁금해서 포와로에게 물었다.
「쓰레기통에서 주웠다네. 자네, 그 글씨를 누가 쓴 것인지 알아볼 수 있겠나?」
「물론이지요. 이것은 잉글소프 노부인이 쓴 겁니다! 그런데 도대체 이것이 무슨 뜻이지요?」
포와로는 어깨를 으쓱해 보였다.
「나도 잘 모르겠네——하지만, 뭔가를 암시해 주고 있는 것만은 틀림없어.」
바로 그때 전혀 뜻밖의 생각이 문득 떠올랐다. 혹시 잉글소프 노부인이 미친 것은 아닐까? 그 노부인이 악령의 환상에 사로잡힌 것은 아닐까? 그리고 만일 그렇다면 그녀가 자신의 목숨을 스스로 끊었을 가능성도 있지 않을까?
이러한 내 생각을 포와로에게 말하려고 했을 때, 나는 그의 말 때문에 정신을 집중할 수가 없었다.
「어서 오게. 이제 커피잔들을 조사해 보세!」
그가 말했다.
「아니, 이것 봐요, 포와로! 도대체 커피잔을 조사해 보았자 무슨 소용이 있다고 그러십니까? 우리는 지금 코코아에 대해서 이야기하고 있는 중이 아닙니까!」
「오, 이제 그 보잘것없는 코코아에 대해서는 그만하게!」
포와로가 짓궂게 소리쳤다. 그는 마치 어쩔 수 없다는 듯이 두 팔을 치켜 올리면서 유쾌하게 소리내어 웃었다. 나는 그의 그런 태도가 못마땅했지만, 애교 정도로 받아 주는 수밖에 별도리가 없었다.
「어쨌든——.」 나는 더욱더 냉정한 목소리로 말했다. 「잉글소프 노부인이 직접 커피를 위층으로 가지고 갔다는데, 도대체 무엇을 찾아내겠다는 건지 알 수가 없군요. 커피 쟁반 위에서 스트리크닌 한 봉지를 발견할 거라고 생각하지 않는다면 말입니다!」
내 말을 듣자, 포와로의 얼굴이 금방 진지해졌다.
「자, 어서 오게, 헤이스팅스.」
그는 내 팔을 잡아당겨 팔짱을 끼면서 말했다.
「나는 자네의 입장을 난처하게 만들고 싶지는 않아. 그러니 내가 차분하게 커피잔을 살펴볼 수 있도록 도와주게. 그러면 나도 코코아에 대한 자네의 생각을 인정해 줄 테니까. 이것 봐! 이것도 일종의 거래가 아닌가?」
그의 태도가 너무 우스꽝스러워서 나는 어쩔 수 없이 웃음을 터뜨리고 말았다. 우리는 함께 거실로 들어갔다. 거기에는 우리가 부탁한 대로 커피잔들과 쟁반이 손도 대지 않은 채 놓여 있었다.
포와로는 나에게 지난밤의 상황을 다시 한 번 자세히 설명해 달라고 부탁했다. 그는 내가 설명하는 것과 컵들의 위치를 맞추어 가면서 귀를 기울였다.

「캐븐디시 부인이 쟁반 옆에 앉았었군——그리고는 잔에 커피를 부었단 말이지. 흠——그리고 나서 그녀는 거실을 가로질러서 자네와 신시어가 앉아 있는 창문으로 걸어왔군. 맞아. 그럼, 여기에는 커피잔이 세 개 있었군. 그리고 벽난로 둘레 장식 위에 반쯤 마신 커피잔이 하나 있었고. 이것은 로렌스 캐븐디시의 잔이었겠군. 그럼, 쟁반 위에 있는 잔은 누구의 것이지?」

「존 캐븐디시의 것이지요. 나는 그가 잔을 쟁반 위에 내려놓는 걸 보았습니다.」

「좋아. 하나, 둘, 셋, 넷, 다섯——그런데 잉글소프의 잔은 어디에 있었나?」

「그는 커피를 마시지 않았습니다.」

「그렇다면 모두 밝혀졌군. 잠깐만 기다려 보게, 헤이스팅스.」

그는 각각의 커피잔에 남아 있는 찌꺼기를 한두 방울씩 서로 다른 시험관에 넣고 입구를 막았다. 이렇게 하면서 그 찌꺼기들마다 맛을 보았다. 그의 얼굴 표정이 묘하게 바뀌었다. 그의 그런 얼굴 표정은 절반은 당황하고, 또 절반은 안도감을 느끼고 있는 인상이라고밖에 묘사할 수가 없다.

마침내 그가 입을 열었다.

「좋아! 이제 분명해졌어! 지금까지 내가 잘못 생각하고 있었네. 그래, 내가 오해하고 있었던 거야. 하지만 뭐 조금 이상하기는 하지만 별로 중요한 것은 아니야!」

그리고 나서는 마음속으로 걱정하고 있었던 것들을 떨쳐 버리려는 듯이 그의 독특한 몸짓으로 어깨를 으쓱거렸다. 나는 처음부터 커피잔들에 대한 그의 강박 관념이 끝내는 막다른 길에 들어서게 될 것이라고 말해 줄 수도 있었다. 하지만, 나는 입을 꼭 다물고 있었다. 어쨌든 그가 나이가 들었긴 하지만, 한때는 가장 뛰어난 형사들 중의 한 사람이었으니까.

「아침식사가 준비됐습니다. 당신도 함께 식사하시겠지요, 포와로 씨?」

존 캐븐디시가 홀에서 거실로 들어오면서 말했다.

포와로는 그렇게 하겠다고 말했다. 나는 존을 찬찬히 살펴보았다. 그는 이제 마음의 안정을 되찾은 것처럼 보였다. 어젯밤의 사건으로 잠시 혼란스러워 보였지만, 이제는 정상적인 상태로 되돌아와 있었다. 그는 동생과는 반대로 상상력이 매우 부족한 사람이었다.

그날 새벽부터 줄곧 존은 바쁘게 일했다. 전보를 보내고──첫번째로 보낸 전보들 중의 하나는 에블린 하워드에게 발송되었다──서류에 자기 의견을 적어 넣으면서, 사람이 죽으면 으레 뒤따르게 되는 별로 유쾌하지 않은 일들로 분주하게 보냈다.

「죄송하지만, 일은 잘 되어가고 있습니까? 어머니가 숙환으로 돌아가신 것으로 나타났습니까──아니면──혹시 우리들이 최악의 경우를 준비해야 하는 것은 아닙니까?」 그가 물었다.

「캐븐디시 씨, 희망을 걸지 않는 것이 좋으리라고 생각합니다. 다른 식구들의 의견은 어떻습니까?」

포와로가 심각한 표정으로 물었다.

「로렌스는 우리들이 그저 아무것도 아닌 일에 공연히 야단법석을 떨고 있는 것이라고 합니다. 그 애는 모든 것으로 미루어 보아, 어머니의 죽음은 단순한 심장 마비일 거라고 하더군요.」

「동생이 그렇게 말했다고요? 그것 참 흥미있군요──아주 흥미있는 사실입니다.」

포와로는 나지막한 소리로 중얼거리듯이 말했다.

「그리고 캐븐디시 부인은 어떻게 생각하고 있습니까?」

존의 얼굴에 희미한 그림자가 드리워졌다.

「글쎄요. 아내가 어떻게 생각하고 있는지는 전혀 모르겠습니다.」

존의 이 대답에 순간적으로 우리 사이에 차가운 침묵이 흘렀다. 잠시 뒤, 이런 어색한 분위기를 깨고 존이 입을 열었다.

「잉글소프 씨가 집에 돌아와 있다고 말씀드렸던가요?」

포와로는 머리를 끄덕였다.

「그 사람 때문에 지금 우리 입장이 아주 난처하답니다. 물론 평상시와 똑같이 대해야 하겠지요──하지만, 그 빌어먹을 살인자일지도 모르는 사람하고 함께 앉아서 식사할 생각을 하니 속이 메스꺼워 견딜 수가 없습니다!」

포와로는 동정이 간다는 듯이 머리를 끄덕였다.

「이해합니다. 나도 당신이 지금 매우 난처한 입장에 있다는 것을 잘 알고 있습니다, 캐븐디시 씨. 그런데 당신에게 한 가지 물어 볼 것이 있습니다. 내가 알기로, 어젯밤에 잉글소프 씨가 집에 돌아오지 않은 이유가 빗장 열쇠를 잊어버리고 가지고 나가지 않았기 때문이라고 하는데, 맞습니까?」

「그렇습니다.」

「그렇다면 당신도 그 말을 믿습니까?」

「글쎄요. 그 열쇠를 찾아보지 않았기 때문에 확실하게 말할 수가 없군요. 우리는 언제나 그것을 홀에 있는 서랍 속에 보관한답니다. 지금 가서 서랍 속에 열쇠가 있는지 알아보지요.」

포와로가 약간 미소를 지으면서 손을 내저었다.

「아닙니다. 그럴 필요 없습니다, 캐븐디시 씨. 그러기에는 이미 시간이 늦었으니까요. 지금 서랍 안에는 분명히 열쇠가 있을 겁니다. 만일 잉글소프 씨가 그것을 가지고 나갔더라도 다시 제자리에 갖다 놓을 수 있는 충분한 시간이 있었으니까요.」

「하지만, 당신은 무슨 생각을……?」

「나는 아무것도 생각하고 있지 않습니다. 만일 누군가가 오늘 아침에 잉글소프 씨가 집으로 돌아오기 전에 우연히 서랍 속에 열쇠가 있는 것을 발견했으면, 잉글소프 씨를 위해서는 아주 다행한 알리바이가 되겠지요. 그것이 전부입니다.」

존은 당황하는 것처럼 보였다.

「하지만, 신경쓰지 마십시오. 그렇게 걱정할 만한 문제는 아닙니다. 자, 어서 아침식사나 들도록 합시다.」

포와로가 그를 진정시키듯이 말했다.

모두가 식당에 모여 있었다. 그때의 상황 아래서, 우리는 유쾌하거나 반길 만한 손님이 아니었다. 그런 커다란 충격 뒤에는 으레 괴로움이 따르게 마련이다. 우리들도 역시 고통스러워하고 있었다. 예의 범절과 좋은 혈통이라는 것이 모든 행동이 평상시와 똑같아야 한다는 것을 자연스럽게 강요했다. 하지만, 그러한 자기 억제란 정말로 어려운 문제였다. 그 누구의 눈도 충혈되어 있지 않았으며, 어딘지 슬픔에 잠겨 있는 표시도 전혀 엿볼 수가 없었다. 나는 이 비극으로 도커스 양이 가장 커다란 충격을 받은 사람이라는 나의 생각이 옳았다는 것을 느꼈다.

나는 앨프레드 잉글소프를 힐끔 쳐다보았다. 그는 아내를 잃은 홀아비처럼 행동하려고 애쓰고 있었다. 나는 그 같은 잉글소프의 태도 속에 감춰져 있는 위선을 생각하자 갑자기 속이 메스꺼워졌다. 그는 우리가 자신을 의심하고 있다는 사실을 알고 있을까? 비록 우리가 그러한 사실을 숨기려고 노력하기는 했지만, 분명히 그는 자신이 의심받고 있다는 사실을 알아차렸을 것이다. 그는 두려워하고 있는 걸까? 아니면, 자신의 범죄가 법망을 피해 처벌받지 않고 지나쳐 가리라고 확신하고 있는 걸까? 어쨌든 그는 우리들의 분위기 속에서 흘러나오는 의심이 이미 자신을 주목하고 있다는 사실을 깨달았을 것이다.

하지만, 모두가 그를 의심하고 있을까? 캐븐디시 부인은 어떻게 생각하고 있을까? 나는 그녀를 바라보았다. 그녀는 도저히 판단할 수 없는 표정으로 우아하고 침착하게 식탁의 맨 끝에 앉아 있었다. 그녀는 허리 주름 장식 띠가 그녀의 가느다란 손에까지 치렁치렁 늘어져 있는 부드럽고 따스해 보이는 회색 옷을 입고 있었다. 그녀의 모습은 매우 아름다웠다. 하지만 일단 그녀가 마음만 먹는다면, 그렇듯 아름다운 얼굴도 스핑크스처럼 변할 수 있을 것 같았다. 그녀는 입술을 꼭 다물고 조용하게 앉아 있었다. 그리고 이유는 잘 모르겠지만, 나는 그녀에게서 나오는 강렬한 힘이 우리 모두를 억누르고 있는 것 같은 느낌이 들었다.

그리고 귀여운 신시어 양은 어떻게 생각하고 있을까? 그녀도 그를 의심하고 있을까? 그녀는 매우 피곤하고 울적해 보였다. 나는 그녀에게 어디가 아픈 게 아니냐고 물어 보았다. 그랬더니 그녀는 솔직하게 대답했다.

「예, 머리가 몹시 아파요.」

「커피 한 잔 더 들겠습니까, 머도크 양? 커피를 마시면 기분이 괜찮아질 겁니다. 두통에는 뭐니뭐니 해도 커피가 제일이지요.」

포와로가 염려스럽다는 듯이 말했다. 그는 자리에서 벌떡 일어나 그녀에게 잔을 갖다 주었다.

「설탕은 넣지 마세요.」

포와로가 설탕 집게를 집어들자, 신시어 양이 그를 바라보고 있다가 말했다.

「설탕을 넣지 말라고요? 전쟁 때문에 설탕을 넣지 않는 모양이군요.」

「아니에요. 저는 원래 커피에다 설탕을 넣지 않아요.」

「오, 저런!」

포와로는 설탕 그릇을 제자리에 갖다 놓으면서 중얼거렸다.

그가 중얼거리는 소리는 오직 나 혼자만 들었다. 그 조그마한 사람의 얼굴은 흥분을 억제하느라 실룩거렸으며, 그의 두 눈은 마치 고양이의 눈처럼 파랗게 반짝였다. 그는 자신을 강렬하게 자극하는 것을 듣거나 본 것이 분명하다——도대체 그것이 무엇이었을까? 나도 절대로 우둔한 편은 아닌데, 솔직히 말해서 그때는 특별히 내 관심을 끌 만한 것을 전혀 알아차리지 못했다.

잠시 뒤에 문이 열리고 도커스가 들어와서 존에게 말했다.

「웰스 씨가 뵙자고 하십니다, 선생님.」

그것은 전날 밤에 잉글소프 노부인이 편지를 보냈던 변호사의 이름이라고 나는 기억하고 있었다.

존은 즉시 대답했다.

「내 서재로 안내해 줘요.」

그리고는 우리들 쪽으로 몸을 돌려서, 「어머니의 변호사입니다.」 하고 설명했다. 그는 목소리를 나지막하게 하고는 계속해서 말했다. 「알고 계시겠지만——그는 검시관이기도 합니다. 그를 만나보러 함께 가시지 않겠습니까?」

우리는 그렇게 하겠다며, 곧 그를 따라 식당 밖으로 나갔다. 존은 계속 몇 발자국 앞장서서 걸어갔기 때문에 나는 포와로에게 말할 기회를 가질 수 있었다.

「그렇다면 검시를 하는 건가요?」

포와로는 멍하니 고개를 끄덕였다. 그가 무슨 생각엔가 지나치게 골몰하고 있었기 때문에 나는 호기심이 부쩍 일어났다.

「이것 보세요. 내가 하는 말을 듣고 있지 않나 보군요.」

「사실은 그렇네, 헤이스팅스. 나는 지금 몹시 걱정이 된다네.」

「예?」
「신시어 양이 커피에 설탕을 넣지 않는다는 것을 알았기 때문이지.」
「뭐라고요? 아까는 별로 중요하게 생각하지 않았잖습니까?」
「하지만, 지금은 매우 심각해. 거기엔 내가 이해하지 못한 것이 있어. 내 직관이 옳았어.」
「무슨 직관 말인가요?」
「내가 커피잔들을 조사해 보도록 나를 이끌어 준 직관 말일세. 쉿! 나중에 이야기하세!」

우리는 존을 따라 그의 서재로 들어갔다. 그는 우리가 들어오자 뒤에서 문을 닫았다.

웰스는 명랑하게 보이는 중년 남자였다. 그는 변호사의 전형적인 날카로운 눈매와 입을 갖고 있었다. 존은 우리 둘을 그에게 소개하고는, 우리가 함께 온 이유를 설명했다.

「웰스 씨, 당신도 잘 알겠지만——.」하고 그는 덧붙여 말했다. 「이것은 매우 비밀스러운 일입니다. 우리는 지금 어떤 것이든지 더 이상 조사해 볼 필요가 없다고 밝혀졌으면 하고 바라고 있습니다.」

「이해합니다. 물론 그렇겠지요. 나 역시 여러분들에게 고통을 주거나, 이 사건을 널리 알리고 싶지는 않습니다. 하지만, 의사의 사망 진단서가 없을 경우에는 검시란 불가피한 것입니다.」

웰스는 그를 위로하듯이 말했다.
「알고 있습니다.」
「바워스타인 씨는 정말 뛰어난 분입니다. 독극물에 대해서는 대가라고 알려져 있지요.」
「그렇습니다.」하고 말하는 존의 태도는 어딘지 모르게 경직되어 있었다. 그리고 나서 그는 약간 머뭇머뭇하면서 덧붙였다.

「우리들이 증인으로 참석해야 합니까? 내 말은 우리 모두를 말하는 겁니다.」

「물론입니다. 여러분과, 그리고 흠——잉——잉글소프 씨도 참석해야 합니다.」

그 변호사가 다시 위로하는 듯한 태도로 입을 열 때까지 잠시 침묵이 흘렀다.

「다른 증거들은 단순히 확증적인 역할만 하게 될 겁니다. 이건 단지 형식적인 절차에 지나지 않는 것이니까요.」

「알겠습니다.」

어렴풋하게 존의 얼굴에 안도의 표정이 스쳐갔다. 그것을 보고 나는 약간 어리둥절했다. 왜냐하면 존이 그렇게 행동해야 할 이유가 무엇인지 알 수 없었기 때문이다.

「여러분들이 특별한 사정이 없다면——금요일에 심리를 열까 하고 생각해 보았습니다. 그때라면 우리가 의사의 보고서를 충분히 살펴볼 수 있을 테니까요. 그렇게 되면 검시는 오늘밤에 해야 되는데 괜찮겠습니까?」

웰스가 물었다.

「괜찮습니다.」

「그럼, 내가 말한 대로 심리 날짜를 결정해도 괜찮겠습니까?」

「좋습니다.」

「굳이 이런 말을 할 필요는 없겠지만, 캐븐디시 씨, 나도 이 비극적인 사건에 대해서 매우 마음이 아픕니다.」

「우리가 이 문제를 해결하는 데 좀 도움을 주실 수 있겠습니까, 웰스 씨?」

우리가 그 방에 들어간 이후 처음으로 포와로가 입을 열었다.

「나에게 하는 말입니까?」

「그렇습니다. 어젯밤 잉글소프 노부인이 당신에게 편지를 보냈다고 하던데, 오늘 아침에 그 편지를 받았습니까?」

「예, 아침에 받아 보았습니다. 하지만, 뭐 특별한 내용은 없었습니다. 노부인께서는 매우 중요한 문제로 내 조언을 듣고 싶다며, 오늘 아침에 방문해 달라고만 적혀 있었습니다.」

「혹시 그 중요한 문제가 무엇인지 암시 같은 걸 적어 놓지는 않았습니까?」

「불행하게도 그렇지 않았습니다.」

「그것 참 유감이군요.」 존이 말했다.

「대단히 유감스럽습니다.」

포와로는 심각한 표정으로 그의 말에 맞장구를 쳤다.

다시 침묵이 흘렀다. 잠시 동안 포와로는 생각에 빠져 있었다. 마침내 그가 다시 변호사에게 몸을 돌렸다.

「웰스 씨, 질문이 하나 있습니다. 직업상의 예절에 어긋나는 것인지 모르겠지만——잉글소프 노부인이 사망하면, 누가 부인의 재산을 물려받게 됩니까?」

변호사는 잠시 머뭇거리다가 대답했다.

「거기에 대한 문제는 곧 발표될 겁니다. 캐븐디시 씨가 반대하지만 않는다면——.」

「나는 괜찮습니다.」

존이 그의 말 중간에 끼여들어 말했다.

「그렇다면 포와로 씨 질문에 대답해 드려도 괜찮겠군요. 작년 8월에 작성된 부인의 마지막 유언장에 따르면, 하인들과 기타 사람들에게 약간씩 재산을 나눠 준 뒤, 나머지 모두를 장남인 존 캐븐디시 씨에게 물려주겠다고 하셨습니다.」

「죄송한 질문을 한 가지 해야겠습니다, 캐븐디시 씨——그러한 유언은 차남인 로렌스 캐븐디시에게는 너무 불공평한 것이 아닙니까?」
「아닙니다. 그렇지 않습니다. 아시겠지만, 두 분 아버님의 유언장에 따르면, 존 캐븐디시 씨가 토지를 물려받도록 되어 있는 반면에, 로렌스 캐븐디시는 계모의 사망시에 상당한 금액의 돈을 받도록 되어 있습니다. 그런데 잉글소프 노부인은 존 캐븐디시 씨가 스타일즈 집안을 이끌어 가야 할 것이라고 생각했기 때문에 부인의 돈을 장남에게 물려주시기로 한 거지요. 제가 생각하기에 그것은 매우 공평하고 정당한 분배입니다.」
포와로는 생각에 잠기면서 고개를 끄덕였다.
「알겠습니다. 하지만, 영국의 법률에 따라서 그 유언장은 잉글소프 노부인의 재혼과 동시에 자동적으로 무효가 되는 것이 아닙니까? 그렇지 않나요?」
웰스는 머리를 숙였다.
「나도 바로 그 점을 말하려고 했습니다. 그 유언장은 이제 완전히 무효입니다.」
「뭐라고요!」
포와로가 소리쳤다. 그는 잠시 생각에 잠겼다가 다시 물어 보았다.
「잉글소프 노부인도 그 같은 사실을 알고 있었습니까?」
「그건 잘 모르겠습니다. 하지만, 아마 알고 계셨을 겁니다.」
「어머니도 그 사실을 알고 계셨습니다.」 존이 불쑥 끼여들었다. 「어머니와 나는 어제 어머니의 재혼 때문에 무효가 된 유언장에 대한 문제를 이야기했거든요.」
「오! 한 가지 더 물어 보겠습니다, 웰스 씨. 당신은 '부인의 마지막 유언장'이라고 말했습니다. 그렇다면 잉글소프 노부인이 그전에도 유언장을 만든 적이 있단 말입니까?」

「부인은 적어도 1년에 한 번씩은 유언장을 새로 작성하셨습니다. 부인은 재산 분배에 대한 마음이 자주 바뀌셨던 모양입니다. 한번은 어떤 사람에게 많은 재산을 물려주겠다고 하셨다가도, 이내 다른 사람에게 그렇게 하겠다고 바꾸곤 했습니다.」

웰스는 침착하게 대답했다.

「만일 —— 잉글소프 노부인이 이 집 식구가 아닌 어떤 사람 —— 가령 당신도 모르게 하워드 양에게 이롭게 되어 있는 새 유언장을 만들어 놓았다면 당신은 깜짝 놀라겠지요?」

포와로가 물었다.

「천만에요. 나는 전혀 놀라지 않을 겁니다.」

「흠 ——.」

포와로는 이제 질문을 모두 마친 모양이었다. 존과 변호사가 잉글소프 노부인의 서류들을 조사해 보는 문제에 대해서 이야기하고 있는 사이에 나는 포와로 곁으로 다가갔다.

「당신은 잉글소프 노부인이 자기의 전재산을 하워드 양에게 물려주겠다는 유언장을 만들었다고 생각하는 모양이군요?」

나는 호기심 어린 표정으로 나지막하게 물었다.

포와로가 조용히 미소를 지으며 대답했다.

「아닐세.」

「그럼, 왜 그런 걸 물어 보았습니까?」

「쉿!」

존 캐븐디시가 포와로를 향해 몸을 돌렸다.

「함께 가시겠습니까, 포와로 씨? 지금 어머니의 서류들을 조사해 보기로 했습니다. 잉글소프 씨도 웰스 씨와 내가 그렇게 하도록 허락했습니다.」

「그런 문제들은 매우 간단하게 해결될 겁니다.」 변호사가 중얼거리듯이 말을 계속했다.「물론 전문적인 측면에서 보면 그 사람은 자격이 ──.」

그는 말을 끝맺지 않았다.

「먼저 내실에 있는 책상부터 조사한 다음에 ──.」존이 설명했다.「어머니의 침실로 올라갑시다. 어머니는 중요한 서류들을 모두 보라색 편지 상자 속에 넣어서 보관하셨습니다. 그러니까 그것을 매우 주의깊게 살펴보아야 할 겁니다.」

「그렇지요. 내가 가지고 있는 유언장 외에 나중에 작성된 다른 유언장이 있을 가능성도 있으니까요.」변호사가 말했다.

「그 상자에는 나중에 만들어진 유언장이 들어 있습니다.」

포와로가 불쑥 내뱉듯이 말했다.

「뭐라고요?」존과 변호사는 깜짝 놀라서 그를 쳐다보았다.

「정확하게 말해서 ──.」포와로는 침착하게 말을 이어나갔다.「거기에는 유언장이 있었습니다.」

「거기에 유언장이 있었다니 ── 무슨 말씀입니까? 그러면 지금은 어디에 있다는 겁니까?」

「불타 버렸습니다!」

「불타 버렸다고요?」

「그렇습니다. 이것을 좀 보십시오.」

그는 잉글소프 노부인의 방에 있는 벽난로의 연료받이에서 발견한, 반쯤 타 버린 종이 조각을 보여 주면서, 언제 어디서 그가 그것을 발견했는지에 대해 간단히 설명하고 나서 변호사에게 건네주었다.

「하지만, 이것은 옛날에 작성된 유언장일지도 모르지 않습니까?」

「나는 그렇게 생각하지 않습니다. 그리고 그것은 어제 오후 이전에는 만들어지지 않았다고 확신합니다.」

「뭐라고요?」

「그럴 리가!」

거의 동시에 존과 변호사가 소리쳤다.

포와로는 존을 바라보며 말했다.

「정원사를 불러 주시면, 그것을 증명해 보이겠습니다.」

「오, 물론 그렇게 하죠——하지만, 나는 도무지 이해가 가지 않습니다.」

포와로가 손을 치켜 들었다.

「지금은 내가 부탁하는 대로 해주십시오. 나중에 얼마든지 물어 볼 수 있을 겁니다.」

「잘 알겠습니다.」

존은 벨을 울렸다.

잠시 뒤 도커스가 방으로 들어왔다.

「도커스, 매닝에게 이 방으로 오라고 해요. 물어 볼 것이 있으니까.」

「알겠습니다, 선생님.」

도커스가 나갔다.

우리는 긴장된 침묵 속에서 그를 기다렸다. 오직 포와로만이 편안해 보였다. 그는 여유 있는 태도로 책상 한구석의 먼지를 털어내기도 했다.

징이 박힌 부츠로 자갈을 밟는 무거운 발걸음 소리가 점점 가까이 들려와서, 우리는 매닝이 오고 있다는 것을 알았다. 존은 미심쩍은 표정으로 포와로를 바라보았다. 포와로가 머리를 끄덕였다.

「들어와, 매닝. 자네와 할 이야기가 좀 있네.」

존이 말했다.

매닝은 천천히, 그리고 머뭇거리면서 프랑스 식 문을 통해 들어와서는 문에 바싹 붙어 섰다. 그는 손에 모자를 들고 있었는데, 몹시 초조한 듯이 그것을 비틀어 꼬았다. 그는 겉보기처럼 나이가 많이 들지는 않았지만, 허리는 몹시 구부러졌다. 하지만, 초롱초롱하게 반짝이는 두 눈으로 보아, 더듬거리며 자신 없이 말하는 것이 그의 원래 모습이 아니라는 것을 알 수 있었다.

「매닝, 이분이 자네에게 몇 가지 질문을 할 텐데, 사실대로 대답해 주게.」

존이 말했다.

「알겠습니다, 선생님.」

매닝이 중얼거리듯이 대답했다.

포와로는 힘차게 그의 앞으로 걸어갔다. 매닝은 약간 경멸하는 듯한 눈초리로 그를 훑어보았다.

「어제 오후에 당신은 남쪽에 있는 꽃밭에 베고니아를 심었습니다. 그때, 잉글소프 노부인이 나와서 당신들을 불렀지요. 맞습니까?」

「그렇습니다, 선생님.」

「그 다음에 무슨 일이 있었는지, 정확하게 말해 주시오.」

「글쎄요, 뭐 대단한 일은 아니었습니다. 마님은 윌리엄에게 자전거를 타고 마을로 내려가서 유서용 서류인가 하는 것을——정확히는 모르겠습니다——가져오라고 말씀하셨습니다. 마님은 그것을 종이에 적어 주셨거든요.」

「그래서요?」

「윌리엄은 마님이 시키신 대로 했지요.」

「그리고 그 다음에는 무슨 일이 있었습니까?」

「우리는 계속 베고니아를 심었습니다, 선생님.」

「잉글소프 노부인이 당신을 다시 부르진 않았습니까?」

「마님은 저와 윌리엄을 함께 부르셨습니다.」

「그리고는?」

「들어오라고 하시더니, 기다란 종이 밑에다 우리 이름을 적어 넣으라고 말씀하셨습니다——마님이 서명하신 곳의 아래에다 말입니다.」
「노부인의 서명 위에 적혀 있는 내용을 보았습니까?」
포와로가 날카롭게 물었다.
「보지 못했습니다, 선생님. 그 부분에는 압지가 눌러져 있었으니까요.」
「그래서 노부인이 말한 대로 서명했습니까?」
「예, 제가 먼저 서명을 했고 윌리엄이 나중에 했습니다.」
「다음에 노부인은 그 종이를 어떻게 했습니까?」
「글쎄요, 마님은 그 종이를 기다란 봉투 속에 넣으시더니, 책상 위에 놓여 있던 보라색 상자에 집어넣으셨습니다.」
「맨 처음 노부인이 당신을 불렀던 때가 언제였나요?」
「4시경이었을 겁니다, 선생님.」
「그보다 좀 이르지 않았습니까? 혹시 3시 반경이 아니었나요?」
「그렇지 않습니다. 적어도 4시가 조금 지났으면 지났지——그보다 이르지는 않았습니다.」
「고맙소, 매닝. 이제 됐습니다.」 포와로가 유쾌하게 말했다.
정원사가 존을 쳐다보자, 그는 머리를 끄덕였다. 그리고 나서 매닝은 나지막하게 중얼거리면서 손가락으로 이마를 만지더니 조심스럽게 프랑스 식 문을 통해 밖으로 나갔다.
우리는 모두 서로를 쳐다보았다.
「하느님 맙소사! 이게 무슨 괴이한 우연이지!」
존이 중얼거렸다.
「우연이라니——무슨 뜻입니까?」
「어머니가 돌아가시던 바로 그날 유언장을 만들어 놓았다는 것 말입니다.」

웰스가 목청을 가다듬고 냉담하게 물었다.

「그것이 단순한 우연의 일치라고 생각합니까, 캐븐디시 씨?」

「무슨 말씀입니까?」

「당신이 말씀하시지 않았습니까——어제 오후에 잉글소프 노부인이 누구와 심하게 말다툼을 했다고 말입니다.」

「대체 당신은 무슨 뜻으로 그런 말을 하는 겁니까?」

존이 언성을 높여 말했다. 그의 목소리는 가냘프게 떨렸으며, 안색은 창백해졌다.

「그 말다툼 때문에 당신 어머니는 갑자기 새 유언장을 만드셨을 가능성도 있습니다. 그 유언장이 어떤 내용이었는지를 어쩌면 우리는 영원히 알 수 없을지도 모릅니다. 왜냐하면 노부인은 아무에게도 그 유언장에 대해서 말씀해 주지 않았으니까요. 분명히 오늘 아침에 노부인은 그 문제로 나와 상의하려고 했을 겁니다——하지만 불행하게도 노부인은 그럴 기회를 잃으셨지요. 그리고 그 유언장은 이제 사라져 버렸고, 노부인은 그 비밀을 자신의 무덤으로 가져가셨습니다. 캐븐디시 씨, 나는 이 문제에 그 같은 우연의 일치가 개입되지 않은 것이 아닌가 해서 매우 걱정이 됩니다. 포와로 씨, 당신도 이러한 사실이 매우 암시적인 거라고 생각하고 있으리라 확신합니다.」

「암시적일 수도 있고, 그렇지 않을 수도 있겠지요.」 하고 존이 끼여들었다. 「우리는 포와로 씨가 이 문제를 해결하려고 애쓰시는 데 대해 매우 고맙게 생각하고 있습니다. 그리고 포와로 씨가 아니었다면 우리는 그 유언장에 대해서 모르고 지나쳤을 겁니다. 포와로 씨, 한 가지 궁금한 것이 있는데——어떻게 해서 그 같은 사실을 알게 됐습니까?」

포와로는 입가에 미소를 띠우면서 대답했.

「휘갈겨 쓴 글씨가 적혀 있는 낡은 봉투 하나와 새롭게 단장된 베고니아 꽃밭 때문이었지요.」

존은 무슨 말인가를 물어 보려고 했다. 하지만, 바로 그 순간에 자동차 소리가 커다랗게 들려서, 우리는 모두 문이 있는 곳으로 다가갔다.

「에비?」존이 소리쳤다.「죄송합니다, 웰스 씨.」

그는 허둥지둥 홀로 나갔다.

포와로는 뭔가 묻고 싶은 듯이 나를 쳐다보았다.

「하워드 양입니다.」내가 설명해 주었다.

「오, 그녀가 집으로 돌아오다니 정말 기쁘군. 지성과 감성을 모두 갖춘 여자지, 헤이스팅스. 하지만, 불행하게도 신은 그녀에게 아름다움까지 주지는 않았어!」

나는 존의 뒤를 따라서 홀에 들어갔다. 하워드 양은 머리를 감쌌던 부피가 큰 헝겊들을 벗겨 내느라고 애쓰고 있었다. 그녀의 시선이 나에게 향하자마자, 나는 갑자기 양심의 가책을 느꼈다. 왜냐하면 그녀가 전에 그렇게 진지하게 나에게 경고해 주었는데도, 어리석게도 나는 그녀의 경고에 전혀 주의를 기울이지 않았기 때문이다! 얼마나 빨리, 그리고 얼마나 우습게 나는 그것을 내 마음에서 지워 없애 버렸던가. 이렇듯 비극적인 상황에서 그녀가 옳았다는 것이 밝혀진 것에 대해 나는 말할 수 없는 부끄러움을 느꼈다. 오직 그녀만이 앨프레드 잉글소프를 바로 보고 있었던 것이다. 만일 그녀가 스타일즈 저택에 계속 있었다면 이러한 비극이 일어났을까——아니 어쩌면 그 남자는 그녀의 눈초리가 두려워서 살인 계획을 중도에서 포기했을지도 모른다고 나는 생각해 보았다.

하지만 다시 그녀가 내 손을 꽉 잡았을 때, 나는 어느 정도 안도감을 느꼈다. 나와 마주친 그녀의 두 눈은 슬픈 듯이 보였지만, 책망하는 듯한 눈길은 아니었다. 그녀는 얼마나 울었는지 눈꺼풀이 빨갛게 부풀어올랐다. 하지만, 퉁명스럽고 거친 그녀의 태도는 조금도 변하지 않았다.

「전보를 받자마자 달려왔어요. 어젯밤에 야근도 하지 않고 차를 빌려 타고 가장 빠른 길로 온 거예요.」

「아침식사는 했어요, 에비?」 존이 물었다.

「아니오.」

「나도 그럴 거라고 생각했소. 자, 이리 와요. 아직 아침 식탁을 치우지 않았고, 또 식당에 가면 신선한 차도 들 수 있을 겁니다.」

그는 나에게로 몸을 돌렸다.

「하워드 양을 좀 돌봐 주겠나, 헤이스팅스? 지금 웰스 씨가 기다리고 있거든. 아참, 이분이 포와로 씨입니다. 이분은, 당신도 알고 있겠지만 우리를 도와주고 있어요, 에비.」

하워드 양은 포와로와 악수를 나누었다. 하지만, 그녀는 어깨너머로 의심스럽다는 표정을 지으며 존을 쳐다보았다.

「우리를 도와주다니――그게 무슨 뜻이에요?」

「우리가 조사하는 걸 도와준다는 말이오.」

「조사할 것이 있다니요? 아직도 그를 체포하지 못했나요?」

「누구를 체포한다는 말입니까?」

「누구긴요? 앨프레드 잉글소프지요!」

「오, 에비, 좀 조심해요. 로렌스는 어머니가 심장 마비로 돌아가셨다고 보고 있소.」

「로렌스 씨는 정말 어리석군요!」 하워드 양이 쏘아붙이듯이 말했다. 「그전에 내가 말했던 대로――앨프레드 잉글소프가 가엾은 마님을 살해한 것이 틀림없어요!」

「오, 에비, 그렇게 소리지르지 말아요. 우리가 무엇을 생각하고 의심하든지, 당분간은 말하지 않는 것이 좋습니다. 심리를 금요일에 하기로 했습니다.」

「심리라고요? 당치도 않은 소리예요!」

하워드 양은 경멸하는 듯이 코웃음을 쳤다.

「당신들은 모두 제정신이 아닌 모양이군요. 금요일쯤이면 그는 이미 외국으로 도망쳐 버릴 거예요. 그가 조금이라도 생각이 있는 사람이라면, 여기서 얌전히 교수형당하기를 기다리겠어요?」

존 캐븐디시는 어쩔 수 없다는 듯이 그녀를 쳐다보았다.

그녀는 존에게 나무라듯이 말했다.

「일이 어떻게 되어가고 있는지 대충 알겠어요. 당신들은 의사들의 말에 주의를 기울이고 있는 모양이군요. 절대 그렇게 하지 말아요. 도대체 의사들이 무엇을 알겠어요? 아무것도 몰라요——안다고 해봤자 그것은 도리어 난처한 지경으로 몰아넣을 거예요. 나는 그러한 사실을 잘 알고 있어요——우리 아버지가 의사였으니까요. 그 조그만 윌킨스라는 의사는 지금까지 내가 본 사람 중에서 가장 어리석은 사람 중의 하나예요. 심장 마비라니, 터무니없는 말이에요! 조금이라도 사정을 아는 사람이라면, 누구든지 그 남편이란 악당이 마님을 독살했다는 사실을 금방 알 거예요. 내가 언젠가는 그 사람이 마님을 침대 속에서 살해할 거라고 말했었지요. 가엾은 분! 이제 그는 그 일을 행동에 옮긴 거예요. 그런데 당신들은 고작 심장 마비니 금요일에 심리가 열린다니 하는 어리석은 소리나 중얼거리고 있다니. 당신은 부끄러운 줄 알아야 해요, 존 캐븐디시 씨.」

존이 못 참겠다는 듯이 엷은 웃음을 지으며 말했다.

「그럼, 나보고 대체 어떻게 하란 말이오? 그렇다고, 에비, 내가 그의 멱살을 잡아끌고 가서 경찰에 처박아 넣을 수는 없는 일 아닙니까?」

「글쎄요. 하지만, 다른 방법으로 할 수는 있을 거예요. 어쨌든 그가 어떻게 그 일을 저질렀는지 밝혀내세요. 그는 매우 교활한 사람이에요. 아마 그 사람은 끈끈이 종이를 담갔을지도 몰라요. 믿지 못하겠다면, 요리사에게 가서 끈끈이 종이가 없어지지 않았는지 물어 보세요.」

바로 그 순간, 내 머릿속에 하워드 양과 앨프레드 잉글소프는 한 지붕 밑에서 조용하게 지낼 수 없는 사이라는 생각이 강하게 떠올랐다. 나는 존에게 동정이 갔다. 그의 얼굴 표정을 보고 나는 그가 얼마나 어려운 입장에 처해 있는지 충분히 짐작할 수 있었다. 잠시 뒤에, 그는 피난처를 찾아나서기라도 하는 것처럼 다급히 밖으로 나갔다.

도커스가 차를 가지고 들어왔다. 그녀가 밖으로 나가자, 포와로는 줄곧 서 있던 문 옆에서 떨어져 하워드 양의 맞은편에 가서 앉았다.

그는 엄숙한 목소리로 말했다.

「하워드 양 ── 당신에게 물어 볼 것이 있습니다.」

「물어 보세요.」

하워드 양은 못마땅하다는 시선으로 그를 쏘아보면서 말했다.

「당신의 도움이 필요합니다.」

「앨프레드를 교수형에 처하는 일이라면 기꺼이 돕겠어요.」하고 그녀는 퉁명스럽게 대답했다.「헤이스팅스 씨는 그에게 너무 친절하게 대해 주더군요. 그는 옛날처럼 말에다 팔다리를 묶어 끌고 다녀도 시원치 않은 사람이에요.」

「그 점에 있어서는 우리의 의견이 일치하는군요. 나도 역시 범인을 잡아 교수형에 처하고 싶으니까요.」

포와로가 말했다.

「앨프레드 잉글소프를 말이죠?」

「그 사람일 수도 있고, 다른 사람일 수도 있겠지요..」

「다른 사람들은 전혀 문제가 되지 않아요. 가엾은 마님은 그가 이 집에 오기 전까지는 결코 살해당할 위험 같은 것은 없었어요. 물론 굶주린 상어들에게 둘러싸여 있기는 했지요――이건 사실이에요. 하지만, 그들이 노렸던 것은 단지 마님의 지갑뿐이지 마님의 생명에는 아무런 위험이 없었어요. 그런데 앨프레드 잉글소프가 이 집에 들어왔어요. 그리고 두 달도 채 되지 않았는데――자, 보세요. 결국 어떻게 되었지요?」

「나를 믿으십시오, 하워드 양. 잉글소프 씨가 노부인을 살해한 범인이라면, 절대로 내게서 도망치지는 못할 겁니다. 명예를 걸고 말하는데, 내가 그를 하만(페르시아의 관리로서 유태인을 몰살시키려고 계획했다가, 아하수에로 왕에게 알려짐으로써 교수형에 처해짐.)처럼 하늘 높이 매달아 놓겠습니다!」

포와로는 매우 진지하게 말했다.

「그렇게 말씀하시니까 한결 마음이 놓이는군요.」

하워드 양은 더욱더 격렬하게 말했다.

「하워드 양, 나를 믿어 주시오. 이제 당신이 나에게 아주 결정적인 도움을 주게 될지도 모릅니다. 그 이유는――이 집 식구들 중에서 오직 당신만이 슬픔에 잠겨 눈물을 흘렸기 때문입니다.」

하워드 양은 눈을 깜빡거렸다. 그러더니 이내 퉁명스러운 목소리로 바꿔 이야기했다.

「내가 마님을 좋아했다는 뜻으로 한 말씀이라면――맞는 말이에요. 그래요, 나는 마님을 좋아했어요. 당신도 아시겠지만, 마님은 어떻게 보면 꽤나 이기적인 노부인이셨지요. 그분은 매우 관대하셨지만 언제나 그 대가를 원하셨어요. 또한 마님이 사람들을 위해 해준 것을 그들이 잊어버리도록 결코 내버려두지 않으셨어요. 그래서 마님은 사랑을 잃기도 하셨지요. 마님은 비록 애정의 부족을 느끼셨을지는 모르지만, 진정한 애정이 무엇인지 깨닫지는 못하셨을 거예요. 어쨌든 나는 그렇지 않기를 바랐어요. 나는 마님과는 다른 입장이었으니까요. 나는 처음부터 내 입장을 확실하게 했어요. '저는 마님에게 보수를 받고 있는 사람이에요. 그러니까 마님이 주시는 보수에 대하여 충분한 역할을 해야 해요. 하지만, 저는 그밖에 단 한푼도——장갑 한 켤레, 극장표 하나도 바라지 않아요.' 하고 말이에요. 마님께서는 나의 이런 마음을 이해하지 못하셨어요. 그래서 때로는 매우 화를 내기도 했지요. 마님은 내가 어리석게도 자존심이 강한 여자라고 비난하셨어요. 물론 사실은 그렇지 않아요——하지만, 나는 마님이 이해하실 수 있도록 어떻게 설명할 수가 없었어요. 아무튼 나는 자존심을 지켰습니다. 그렇기 때문에 식구들 중에서 나 혼자만이 마님에게 애착을 느끼는 건지도 모르지요. 나는 정성껏 마님을 돌보아 드렸어요. 그리고 마님의 재산을 노리는 숱한 사람들에게서 마님을 지키려고 애썼어요. 그런데 바로 그때 그 건달이 이 집에 왔던 거예요. 그리고는 맙소사! 내가 마님에게 헌신했던 세월들이 모두 허사가 되어 버린 거지요.」

포와로는 그녀의 말에 동감하고 있다는 듯이 고개를 끄덕거렸다.

「이해합니다, 하워드 양. 당신 심정을 충분히 이해할 수 있어요. 당신이 화를 내는 것은 당연한 일이지요. 당신은 우리들이 미적지근하고 소극적이라고 생각하겠지요——하지만, 나를 믿어 주시오. 내가 그렇지 않다는 것을 보여 드리겠습니다.」

바로 그때 존이 방안으로 머리를 내밀면서 내실에 있는 책상 조사를 끝냈으니 함께 잉글소프 노부인의 방으로 올라가자고 했다.

우리가 층계를 올라갈 때, 존은 부엌 쪽을 한번 힐끔 돌아보더니 무슨 비밀스러운 이야기라도 하듯이 목소리를 낮추어 말했다.

「만일, 그 두 사람이 대면하게 된다면 무슨 일이 벌어질까?」

나는 알 수 없다는 듯이 고개를 내저었다.

「메어리에게 될 수 있는 대로 두 사람을 떼어 놓으라고 말했다네.」

「부인이 그런 일을 할 수 있을까요?」

「그건 아무도 모르지. 다만 한 가지 확실한 것은 잉글소프는 그녀를 만나고 싶어서 안달하지는 않을 거라는 사실일세.」

「아직 그 열쇠들을 갖고 있지요, 포와로?」

우리들이 잠겨 있는 그 방문에 다다랐을 때 내가 물었다.

존이 포와로에게서 열쇠를 건네받아 방문을 열었다. 우리 모두는 안으로 들어갔다. 변호사는 곧바로 책상 쪽으로 걸어갔으며, 존은 그의 뒤를 따라갔다.

「내가 알기로, 어머니는 자신의 소중한 서류들을 대부분 이 편지 상자 속에 넣어 보관하셨습니다.」

포와로가 주머니에서 조그만 열쇠 꾸러미를 끄집어냈다.

「죄송합니다. 내가 오늘 아침에 부주의로 그만 그것을 열어 보았습니다.」

「하지만, 이 상자는 지금 잠겨 있지 않은데요.」

「그럴 리가!」

「자, 보십시오.」하고 존은 말하면서 편지 상자의 뚜껑을 들어올렸다.

「오, 저런!」 포와로는 깜짝 놀라서 소리쳤다. 「내 주머니 속에 열쇠 두 개가 모두 들어 있었는데!」

그는 편지 상자에 몸을 굽히고 자세히 살펴보았다. 그리고는 갑자기 온몸을 부르르 떨었다.

「이런! 누군가 이 상자를 억지로 열었군!」

「뭐라고요?」

포와로는 편지 상자를 내려놓았다.

「도대체 누가 이것을 열었을까요? 왜 이런 짓을 했을까요? 언제 그랬을까요? 방문은 잠겨 있었는데 말입니다!」
 이러한 질문과 탄성들이 우리들에게서 흘러나왔다.
 포와로는 그에 대하여 명확하게——거의 기계적으로 대답했다.
「누구냐고요? 바로 그것이 문제입니다. 왜 그런 짓을 했느냐고요? 오, 그걸 내가 알고 있으면 얼마나 좋겠습니까. 그리고 언제 이런 일이 벌어졌느냐고요? 그것은 한 시간 전에 내가 이곳에 있었던 이후일 겁니다. 잠겨 있는 문에 대해 말씀드리자면, 그 문의 자물쇠는 매우 평범한 거지요. 따라서 아마 이 복도 쪽에 나 있는 문의 어떤 열쇠가 이 방문 자물쇠 구멍에 맞을지도 모릅니다.」
 우리는 멍한 표정으로 서로를 쳐다보았다. 포와로는 벽난로 둘레 장식이 있는 곳으로 걸어갔다. 그는 전혀 당황해 하는 것 같지 않았다. 하지만 나는 오랜 경험으로, 기계적인 동작으로 벽난로 둘레 장식 위에 놓여 있는 항아리 모양의 종이 심지 그릇들을 정리하고 있는 그의 두 손이 격렬하게 떨리는 것을 알아차렸다.
「잠깐 여기 좀 보십시오. 지금까지의 상황은 이렇습니다.」마침내 그가 입을 열었다.「저 편지 상자 속에는 무엇인가가 들어 있었습니다——그것은 하찮은 것이었지만 살인자를 범죄와 연결시켜 줄 수 있는 충분한 단서가 될 만한 증거의 일종이었을 겁니다. 따라서 범인에게는 그것이 발견되어 사람들의 주목을 끌기 전에 없애 버리는 일이 매우 중요했지요. 그러므로 그의 모험, 곧 몰래 이 방에 들어오는 엄청난 모험을 했던 겁니다. 그리고는 잠겨 있는 편지 상자를 억지로 열고 나서 자신이 이곳에 들어왔다는 증거들을 없애 버렸겠지요. 이렇게 엄청난 모험을 한 걸로 봐서, 그가 가져간 그 물건은 매우 중요한 걸 겁니다.」
「도대체 그것이 무엇이었을까요?」

「오!」 포와로는 화난 몸짓으로 소리쳤다. 「나도 바로 그것을 모르고 있습니다! 틀림없이 그것은 어떤 서류였을 겁니다. 어쩌면 도커스 양이 어제 오후 잉글소프 노부인이 들고 있는 것을 보았다는 바로 그 종이였을지도 모르지요. 하지만 나는…….」 마침내 그의 분노가 폭발하고 말았다——「나는 정말 형편없는 사람입니다! 나는 아무것도 눈치채지 못하고, 그저 바보처럼 행동해 왔습니다. 내가 편지 상자를 여기에 남겨 둔 것은 정말 커다란 실수였습니다. 그것을 갖고 다녔어야 하는 건데 말입니다. 오, 그런데 이 바보 같은 인간이 그럴 생각을 못했다니! 그리고 이제 그것은 사라져 버렸습니다. 아마 영원히 없어졌을지도 모릅니다——하지만 과연 정말로 그것이 없어져 버렸을까요? 아직 우리가 찾아낼 수 있는 기회가 있지 않을까요——어떻게 해서라도 그것을 찾아야 합니다.」

그는 마치 미친 사람처럼 방을 뛰쳐 나갔다. 나도 정신을 차리고 이내 그의 뒤를 쫓아서 방을 나갔다. 그러나 내가 계단에 이르렀을 때 이미 그는 보이지 않았다.

메어리 캐븐디시가 계단이 갈라지는 곳에 서 있었다. 그녀는 포와로가 사라진 홀 쪽을 물끄러미 바라보고 있었다.

「당신이 모시고 온 분에게 무슨 일이 생겼나요, 헤이스팅스 씨? 마치 성난 황소처럼 지나가던데요.」

「무엇엔가 좀 당황한 모양입니다.」

나는 힘없이 대답했다. 캐븐디시 부인의 입가에 희미한 미소가 떠오르는 것을 보고 애써 화제를 바꾸었다.

「그들은 아직 만나지 않았나 보지요?」

「누구 말씀이세요?」

「잉글소프 씨와 하워드 양 말입니다.」

그녀는 좀 불안해 하는 듯한 태도로 나를 쳐다보았다.

「그들이 만나게 되면, 무슨 일이라도 벌어질 거라고 생각하시는 모양이군요?」
「글쎄요. 부인은 그렇게 생각하지 않습니까?」
내가 다소 당황해 하며 말했다.
그녀는 평소와 마찬가지로 조용하게 미소 지었다.
「그래요. 나는 떠들썩한 잔치놀이가 보고 싶어요. 아마 우리 집의 분위기가 한결 밝아질 거예요. 우리 식구들은 모두 너무 많은 것을 생각하는 반면, 말은 너무 적게 하고 있으니까요.」
「부인의 남편은 그렇게 생각하지 않습니다. 그는 그들 두 사람을 떼어 놓겠다고 하더군요.」 내가 말했다.
「오, 존!」
그녀의 말투에 담겨 있는 표현하기 힘든 불안에 자극을 받아, 나는 얼떨결에 입을 열었다.
「존은 정말로 좋은 사람입니다.」
그녀는 잠시 동안 나를 뚫어지게 바라보더니, 놀랍게도 이렇게 말했다.
「당신은 친구에게 아주 충실하군요. 나는 당신의 그런 점이 좋아요.」
「부인도 역시 내 친구가 아닙니까?」
「하지만, 나는 몹시 나쁜 친구예요.」
「왜 그렇게 말씀하십니까?」
「정말로 나쁜 친구니까요. 나는 어느 날은 친구들에게 아주 상냥하게 대해 주지요. 하지만, 그 다음날에는 그들에 대한 모든 것을 까맣게 잊어버린답니다.」
지금도 나는 그때 무엇 때문에 그렇게 행동했는지 모르겠다. 나는 너무 당황한 나머지 어리석게도 이렇게 말하고 말았다.

「하지만, 부인은 바워스타인 박사에게는 언제나 상냥하게 대하시더군요!」

말을 마치자마자, 나는 곧 내가 한 말에 대해서 후회했다. 그녀의 얼굴이 갑자기 굳어 버렸다. 나는 쇠로 만들어진 묵직한 커튼이 한 여인을 감춰 버리는 듯한 인상을 받았다. 그녀는 아무 말 없이 돌아서서 재빨리 계단을 올라가 버렸다. 나는 입을 벌린 채 멍청하게 서서 그녀의 뒷모습을 바라보았다.

그때 아래층에서 떠들썩한 소리가 들려오는 바람에 비로소 캐븐디시 부인에 대한 생각에서 벗어날 수 있었다. 포와로가 뭐라고 소리치면서 설명하는 소리가 들렸다. 나는 포와로에게 이 사건을 맡아 달라고 부탁한 것이 결국 허사로 돌아갔다고 생각하며 불안해 했다. 그는 온 집안 식구들에게 모든 것을 이야기하고 있는 것 같았다. 나는 그의 그러한 행동은 현명하지 못한 거라고 생각했다. 나는 포와로가 흥분하면 정신이 이상해지는 경향이 있다는 사실에 유감을 나타내지 않을 수 없었다. 나는 힘차게 계단을 뛰어내려갔다. 포와로는 나를 보자마자 곧 말을 멈추었다. 나는 그를 한쪽 구석으로 데리고 갔다.

「이것 보세요, 포와로, 이것이 현명한 방법이라고 생각합니까? 당신도 분명히 이 집 식구 모두가 이 사건에 대해 아는 것을 원하지는 않겠지요? 당신은 지금 범인에게 이로운 행동을 하고 있단 말입니다.」

「자네는 그렇게 생각하나, 헤이스팅스?」

「물론 그렇고말고요.」

「좋아 좋아, 헤이스팅스. 이제 앞으로는 자네가 시키는 대로 하겠네.」

「하지만, 불행하게도 그러기에는 이미 때가 늦었습니다.」

「그건 그렇군.」

그는 내가 몹시 미안하게 느낄 정도로 풀이 죽고 겸연쩍어했다. 하지만, 나는 그에 대한 나의 비난이 정당하고 현명한 것이라는 생각을 바꾸지 않았다.
잠시 뒤에 그가 입을 열었다.
「자——그만 가세, 헤이스팅스.」
「여기에서 할 일은 모두 마쳤습니까?」
「지금으로서는 그런 셈이지. 자네, 나와 함께 마을로 가지 않겠나?」
「기꺼이 가지요.」
그는 조그만 편지 상자를 집어들었다. 우리는 거실의 열려 있는 프랑스 식 문을 거쳐서 밖으로 나왔다. 바로 그때 신시어 머도크가 거실 안으로 들어가고 있어서, 포와로는 그녀가 지나갈 수 있도록 옆으로 비켜섰다.
「죄송합니다만, 머도크 양, 잠깐 이야기 좀 할 수 있을까요?」
「무슨 이야기요?」
그녀는 의아한 표정으로 그에게 몸을 돌렸다.
「전에 잉글소프 노부인의 약을 조제한 적이 있습니까?」
그녀는 얼굴을 조금 붉히면서 부자연스럽게 대답했다.
「아니오..」
「하지만, 가루약은 조제한 적이 있지 않습니까?」
포와로의 이 질문에 그녀는 얼굴을 붉히면서 대답했다.
「오, 맞아요. 전에 한 번 잉글소프 노부인에게 가루 수면제를 조제해 드린 적이 있어요.」
「이겁니까?」
포와로는 가루약이 담겨 있던 빈 상자를 그녀에게 내밀었다.
신시어는 고개를 끄덕였다.

「그럼, 이 약의 성분이 무엇인지 말해 주겠습니까? 설퍼날(수면제의 일종)이었습니까, 아니면 베로날(수면제의 일종)이었습니까?」

「아니에요. 그것은 진정제였어요.」

「오, 그렇습니까? 고맙습니다, 머도크 양. 안녕히 가십시오.」

우리가 집을 나와 걸어가는 동안, 나는 여러 번 그를 힐끔힐끔 훔쳐보았다. 그가 무엇인가에 흥미를 느끼면, 그의 두 눈이 마치 고양이 눈처럼 파랗게 반짝이는 거였다. 그런데 지금 그의 두 눈은 마치 에메랄드 보석처럼 반짝이고 있었다.

「여보게, 헤이스팅스.」 마침내 그가 입을 열었다. 「내게 생각이 하나 있는데, 어쩌면 전혀 가당치 않은 것일지도 몰라. 그런데 지금까지──그 생각이 여러 가지 사실들과 잘 들어맞고 있단 말이야.」

나는 어깨를 으쓱했다. 나는 포와로가 가끔 엉뚱한 생각들에 지나치게 골몰한다는 것을 알고 있었다. 이번 경우에도 진실은 너무도 명백하고 눈에 환히 보이는 것이었다.

「그렇다면, 당신의 그 생각은 약 상자의 설명서를 설명해 줄 수 있겠군요. 당신이 말한 대로 매우 단순한 것이겠지만요. 그 같은 것을 나는 생각도 못 했다니 정말 이상한 일입니다.」

포와로는 내 말에 귀를 기울이고 있지 않았다.

「그들은 저기에서 한 가지를 더 발견했다네.」

그는 갑자기 엄지손가락을 그의 어깨너머로 움직여 스타일즈 저택 쪽을 가리키면서 말했다.

「웰스 씨가 계단을 올라가면서 말해 주더군.」

「무엇을요?」

「그들은 내실에 있는 책상 속에 넣어져 잠겨진 채로 보관되어 있던 잉글소프 노부인의 유언장을 찾아냈다네. 그 유언장의 날짜는 노부인이 결혼하기 전으로 되어 있고, 거기에는 자신의 전재산을 앨프레드 잉글소프에게 물려준다고 쓰여 있다네. 그 유언장은 노부인이 약혼했을 당시에 만들어졌던 것이 틀림없어. 웰스 씨도 그것을 보고는 깜짝 놀랐다더군——물론 존 캐븐디시도 마찬가지였겠지. 그것은 인쇄된 유언장 양식에 쓰여졌고, 하인들 두 명의 서명이 있었다네——하지만, 도커스 양의 것은 없었어.」

「잉글소프는 그 같은 사실을 알고 있나요?」

「모른다고 한다더군.」

「하지만, 그의 말을 곧이곧대로 받아들일 수는 없지 않겠습니까?」 나는 의심스럽다는 표정을 지으며 말했다. 「원래 유언장이란 몹시 골치 아픈 물건이니까요. 그건 그렇고, 봉투에 아무렇게나 휘갈겨 쓴 글씨를 보고 어떻게 그 유언장이 어제 오후에 만들어졌다는 것을 알아냈습니까?」

포와로는 미소를 지었다.

「여보게, 헤이스팅스, 자네도 편지를 쓰다가 단어의 철자를 몰라서 잠시 망설여 본 적이 있지 않나?」

「물론이죠. 나는 자주 그런답니다. 아마 그런 경험은 누구에게나 있을걸요.」

「맞아. 그런데 자네는 그런 경우에 그 단어가 올바른지 알아보려고 압지의 귀퉁이나 여분의 쪽지에다 한두 번 그 단어를 적어 보겠지? 잉글소프 노부인도 바로 그렇게 한 거야. 자네도 지금쯤은 눈치채고 있겠지만, '소유했다(possessed)'라는 단어가 처음에는 's'가 하나로 쓰여져 있는데, 나중에는 두 개로——다시 말해서 올바르게 쓰여져 있네. 더욱 확실히 알아보기 위해서, 그녀는 문장 속에다 그 단어를 넣어 사용해 보았던 거야. '나는 가졌다.(I am possessed.)'라는 식으로 말일세. 자, 그것은 무엇을 말하는 것일까? 그것은 잉글소프 노부인이 그날 오후에 '소유했다'라는 단어를 쓰고 있었다는 사실을 내게 말해 주는 것일세. 그리고 벽난로의 연료받이에서 발견된 쪽지가 내 머릿속에 떠오르면서 그것은 유언장——아니면 그것과 거의 똑같은 어떤 기록물일 거라는 생각이 문득 들었네. 이런 추측은 다른 사실에 의해서 확실해졌지. 그 집의 내실은 그날 아침 이후로 청소를 하지 않았네. 그런데 내실의 책상 근처에 황갈색의 흙이 묻은 발자국이 몇 개 있었다네. 하지만, 요즘은 날씨가 매우 화창했기 때문에, 평범한 신발 같으면 내실에 그렇게 많은 흙을 남기지는 않을 걸세.

그래서 나는 창문이 있는 곳으로 천천히 걸어갔네. 그리고 꽃밭의 베고니아들이 새로 심어졌다는 사실을 이내 알게 되었지. 꽃밭의 흙은 내실에 묻어 있던 흙과 거의 똑같더군. 그리고 나는 자네에게서 베고니아가 바로 어제 오후에 심어졌다는 이야기를 들었네. 그때 나는 한 명, 아니 어쩌면 두 명의 정원사들이——왜냐하면 꽃밭에 두 사람의 발자국이 찍혀 있었으니까——내실에 들어왔을 거라고 확신했지. 만일, 잉글소프 노부인이 단지 그들과 이야기를 나누고 싶어했다면 그녀가 창문 곁으로 가지, 정원사들이 내실로 들어오지는 않았을 걸세. 따라서 나는 그녀가 새로운 유언장을 만들었으며, 그녀의 서명을 중언하기 위해서 두 정원사를 내실로 불러들였다는 것을 확신하게 되었지. 그리고 그것은 이 여러 가지의 내 추측이 옳다는 것을 증명해 주었네.」

「정말 놀라운 추리군요.」

나는 추리에 관한 한 그의 천재성을 인정하지 않을 수 없었다.

「내가 낡은 봉투 위에 휘갈겨 쓰여 있던 단어들을 보고 추론해 냈던 것과는 전혀 다르군요. 그러나 당신 생각이 옳은 것 같습니다.」

그는 미소를 지었다.

「자네는 지나치게 자유롭게 상상을 했던 모양이군. 상상이라고 하는 것은 훌륭한 하인이지만, 주인으로서는 좋지 못한 것일세. 가장 간단한 설명이 언제나 가장 정확한 것이지.」

「한 가지 더 궁금한 점이 있는데——어떻게 편지 상자의 열쇠가 분실되었다는 사실을 알았습니까?」

「처음엔 그 사실을 몰랐었네. 그것은 나중에 밝혀진 것이었어. 자네는 그 열쇠의 손잡이 부분에 얇은 철사가 감겨져 있었다고 말했지. 그 말을 듣고 나는 누군가 그 열쇠를 약한 열쇠 고리에서 잡아 뺏을 거라고 생각했네. 그런데 만일 그 열쇠를 잃어버렸다가 되찾았다면 잉글소프 노부인은 곧 그것을 열쇠 꾸러미에 다시 끼워 두었을 거야. 하지만, 나는 그녀의 열쇠 꾸러미에서 분명히 같은 것으로 보이는 열쇠를 발견했네. 그것은 한 번도 사용하지 않았는지 반짝거렸네. 그 열쇠를 보고 나는 누군가 다른 사람이 원래의 열쇠를 편지 상자의 열쇠 구멍에 끼워 넣었을지도 모른다고 생각하게 되었지.」

「맞았어요.」나는 소리쳤다.「생각할 것도 없이, 그는 앨프레드 잉글소프였을 겁니다!」

포와로는 이상한 눈초리로 나를 쳐다보았다.

「자네는 그가 범인이라고 확신하는 모양이군.」

「아니, 그게 당연한 일이 아닙니까? 모든 새로운 사실들이 더욱더 명확하게 그 추측을 입증해 주지 않습니까?」

「자네 말과는 반대로——.」포와로가 조용하게 말했다.「잉글소프에게 이로운 단서들도 여러 개 있어.」

「그래요?」

「그렇다네.」

「나도 한 가지는 알고 있습니다.」

「그게 뭔가?」

「그가 어젯밤에 집에 없었다는 사실입니다.」

「영국인들이 흔히 말하듯이 '전혀 엉뚱한 짐작'이로구먼! 그

제5장 스트리크닌이 아니다 117

건 내가 생각하기에는 그에게 불리한 사실이네.」

「왜 불리하다는 겁니까?」

「왜냐하면 만일 자기 아내가 전날 밤에 독살되리라는 것을 잉글소프가 알았다면, 그는 분명히 집에 없도록 일을 꾸몄을 걸세. 그리고 변명을 둘러대겠지. 그것은 우리에게 두 가지 가능성을 말해 주네. 즉, 그가 무슨 일이 일어날지 미리 알고 있었다는 것과 그가 그의 부재에 대한 나름대로의 이유를 가지고 있을 거라는 가능성이지.」

「그 이유가 어떤 겁니까?」

나는 의심스러운 표정으로 물었다.

포와로는 어깨를 으쓱해 보였다.

「그걸 내가 어떻게 알겠는가? 하지만, 뭐 분명히 남부끄러운 일이겠지. 잉글소프가 성실하지 못한 사람일지는 모르지만, 그렇다고 해서 반드시 살인자라고는 말할 수 없는 걸세.」

나는 그의 말이 믿어지지 않아 머리를 가로 저었다.

「우리의 생각이 일치하지 않는군. 좋아, 지금은 그 점에 대해서 더 이상 언급하지 말도록 하세. 시간이 흐르면 누가 옳았는지 자연히 알게 되겠지. 그건 그렇고, 잉글소프 노부인의 침실 문이 모두 안쪽에서 잠겨 있다는 사실에 대해서는 어떻게 생각하나?」

포와로가 말했다.

「글쎄──.」 나는 잠시 생각에 잠겼다. 「좀더 철저하게 알아봐야 되지 않을까요?」

「나도 동감이네.」

「지금 나는 이렇게 생각할 수밖에 없습니다. 잉글소프 노부인의 방문들은 틀림없이 잠겨 있었습니다──그것은 우리들의 눈으로 똑똑히 확인했으니까요. 그리고 바닥 위에 촛농이 떨어진 것과 유언장이 태워진 것은 그날 밤에 누군가가 그 방에 들어갔다는 사실을 말해 주는 거지요. 당신도 여기까지는 내 말에 동의하겠지요?」
「물론이지. 자네 추리도 놀랄 만큼 조리가 있군. 어서 계속해 보게.」
「좋습니다.」 나는 그의 칭찬에 용기를 얻어 말을 이었다. 「그런데 그 방에 들어간 사람은 창문을 통해서 들어갔던 것도 아니고, 어떤 마술을 써서 들어간 것도 아니기 때문에, 그 문은 방의 안쪽에서 잉글소프 노부인이 직접 열었다는 이야기가 되는 거지요. 바로 이런 추리가 문제의 인물이 그녀의 남편이었을 거라는 확신을 더욱 분명히 해주는 겁니다. 남편이라면 그녀가 순순히 문을 열어 주었을 테니까요.」
포와로는 머리를 가로 저었다.
「왜 그녀가 문을 열어 주었을까? 그녀는 잉글소프의 방과 통하는 사이문에 빗장을 질러 놓았어——이것은 그녀 편에서 보면 매우 특별한 행동이지. 왜냐하면 그녀는 바로 그날 오후에 남편과 매우 격렬하게 말다툼을 했으니까. 그러니까 자네의 생각은 옳지 않아. 그녀가 잉글소프에게 문을 열어 주었을 리가 없다네.」
「그렇지만 당신은 그 문은 잉글소프 노부인이 직접 열었을 거라고 한 내 말에 동의하지 않았습니까?」
「거기에도 다른 가능성이 있네. 그녀는 침실에 들어가면서 깜박 잊고 복도와 통하는 문을 잠그지 않았을 수도 있어. 그래서 나중에 새벽녘에 잠자리에서 일어났다가 그때 빗장을 질러 놓았을 가능성도 있지.」
「포와로, 당신은 정말로 그렇게 생각합니까?」
「아니야. 나는 그것이 확실하다고는 말하지 않았네. 다만 그럴 수도 있다는 것뿐이야. 자, 이제 다른 문제에 대해 이야기해 보도록 하세. 자네가 우연히 엿들은 캐븐디시 부인과 노부인 사이의 대화에 대해서 어떻게 생각하는가?」

「참! 내가 그 사실을 잊고 있었군.」

나는 생각에 잠기면서 말했다.

「정말 그것은 이해하기 어려운 일입니다. 캐븐디시 부인처럼 자존심이 강하고 침착한 여자가 자신의 일도 아닌 것에 그처럼 열을 내며 참견하다니 정말 믿기 어려운 일이에요.」

「그렇지. 그녀처럼 예의바른 사람이 그렇게 흥분했다는 것은 깜짝 놀랄 사건이지.」

「맞아요. 그것은 분명히 이상한 일입니다.」 나는 그의 말에 동의했다. 「하지만, 그건 별로 중요하지도 않고, 또 특별히 고려해 봐야 할 필요도 없는 것 같은데요.」

포와로의 입에서 신음소리가 새어 나왔다.

「내가 그 동안 줄곧 자네에게 뭐라고 했지? 모든 것을 전부 고려해 봐야 하네. 그리고 그 사실이 추론과 일치되지 않는다면 —— 그때에 가서는 그 추론을 포기해야 하는 걸세.」

「글쎄, 앞으로 두고 보기로 하지요.」

나는 약이 올라서 말했다.

「그러지. 앞으로 두고 보기로 하세.」

우리는 리스트웨이스 커티지에 다다랐다. 포와로는 나를 위층의 자기 방으로 데리고 갔다. 그는 자신이 즐겨 피우는 조그만 러시아 제 담배 한 개비를 나에게 권했다. 나는 그가 불을 끈 성냥개비를 매우 조심스럽게 조그만 중국산 단지 속에 집어넣는 것을 보는 순간 마음이 확 풀어졌다. 나의 순간적인 분노는 이미 사라져 버렸다.

포와로는 마을의 거리가 내려다보이는 열려진 창문 앞으로 의자 두 개를 가져다 놓았다. 밖에서 따스하고 상쾌한 공기가 들어왔다. 밖의 날씨가 더운 모양이라고 생각했다.

그 순간 내 눈길은 거리를 성큼성큼 걸어 내려오고 있는 홀쭉한 젊은 남자에게 쏠렸다. 그는 무척 이상한 표정을 짓고 있었다 ──그것은 공포와 흥분이 뒤섞여 있는 기묘한 표정이었다.

「저기 좀 보세요, 포와로!」

나는 소리쳤다.

포와로가 창문 밖으로 머리를 내밀었다.

「오! 약국에서 일하는 메이스라는 사람인데, 지금 이곳으로 오고 있을 거네.」

그 젊은이는 리스트웨이스 커티지 앞에서 발걸음을 멈췄다. 그리고는 잠시 머뭇거리더니 문을 '쾅쾅' 두드렸다.

「잠깐만 기다리시오.」하고 포와로는 창문에서 소리쳤다.「지금 나가겠소.」

그는 나에게 뒤따라오라고 손짓하고 재빨리 계단을 내려가서 문을 열었다. 메이스는 문이 열리자마자 말을 꺼냈다.

「오, 포와로 씨, 이렇게 폐를 끼쳐 드리게 되어 죄송합니다. 하지만, 방금 전에 당신이 스타일즈 저택에서 돌아왔다는 말을 들었습니다.」

「그렇습니다. 우리는 지금 막 돌아왔습니다.」

젊은이는 입술에 침을 바르고 나서 이상하게 얼굴을 씰룩거렸다.

「잉글소프 노부인이 갑자기 돌아가셨다는 소문이 지금 마을 전체에 퍼져 있습니다. 사람들은──.」그는 조심스럽게 목소리를 낮추어 말했다──.「그 부인이 독약을 먹고 죽었다고 하는데, 그것이 사실입니까?」

포와로의 표정은 전혀 바뀌지 않았다.

「글쎄요. 그것은 의사들만이 말할 수 있는 겁니다, 메이스 씨.」

「예, 그렇지요──물론 그렇겠지요.」

그 젊은이는 자기의 흥분을 감당하기 어려운 듯이 잠시 머뭇거렸다. 그리고는 포와로의 팔을 꽉 붙잡더니 거의 속삭이다시피 목소리를 낮추었다.

「이것만 말씀해 주십시오, 포와로 씨. 그것은——그것은 스트리크닌이 아닌가요?」

나는 포와로가 뭐라고 대답했는지 거의 들을 수 없었다. 그러나 그는 분명히 모호하게 대답했을 것이다. 그 젊은이는 밖으로 몸을 돌렸다. 포와로가 문을 닫을 때, 그의 눈길이 나와 마주쳤다.

「그래——.」그는 심각하게 머리를 끄덕이면서 말했다.「그는 심리에서 제시할 증거를 갖고 있을 걸세.」

우리는 다시 천천히 위층으로 올라갔다. 내가 입을 열려고 하자, 그가 손짓을 해서 내 말을 가로막았다.

「지금은 그만두게. 지금은 아무 말도 하지 말게, 헤이스팅스. 좀 깊이 생각해 봐야겠어. 머릿속이 혼란 속에 빠져 있는 것 같네——도대체 마음이 편안하지가 않단 말이야.」

10여 분 동안 그는 마치 죽은 듯이 조용하게 자리에 앉아 있었다. 그의 몸은 전혀 움직이지 않았다. 다만, 눈썹이 몇 번 의미심장하게 움직였을 뿐이었다. 그리고 그 사이에 그의 두 눈은 점점 파랗게 바뀌었다. 마침내, 그는 괴로운 듯이 깊은 한숨을 내쉬었다.

「이제 됐어. 불쾌한 순간은 지나갔네. 이제 모든 것이 깨끗하게 정리되고 분류되었네. 절대로 머리가 혼란해서는 안 돼. 이 사건은 아직까지 명확하게 밝혀지지 않았어——그래. 정말 복잡한 사건일세. 바로 그것 때문에 내가 당황하고 있는 거라네. 나, 이 에르큘 포와로가 말일세! 하지만, 매우 의미 있는 사실이 두 가지 있다네.」

「그게 뭡니까?」

「첫번째는 바로 어제의 날씨일세. 그것은 매우 중요한 단서야.」

「어제는 매우 화창했습니다! 포와로, 나를 놀리는 겁니까!」

나는 그의 말을 가로막으며 말했다.

「천만에, 그런 게 아닐세. 어제는 응달에서도 80℉(26.6℃)를 가리켰네. 이것을 잊지 말게, 헤이스팅스. 이것이 수수께끼를 풀 수 있는 열쇠야!」

「그리고 두 번째 단서는 뭡니까?」

내가 물었다.

「두 번째 단서는, 잉글소프가 유별난 옷을 입고 검은 턱수염을 기르고 있으며 안경까지 끼고 있다는 사실일세.」

「포와로, 지금 농담하고 있는 겁니까?」

「아니야. 나는 진지하게 말하고 있는 것일세, 헤이스팅스.」

「하지만, 그건 너무 유치한 거 아닙니까?」

「아닐세, 그건 매우 중요한 단서야.」

「그렇다면 검시 배심원들이 앨프레드 잉글소프가 의도적 살인을 저질렀다는 판정을 내린다고 가정해 보지요. 그렇게 되면 당신의 추론은 어떻게 되는 겁니까?」

「아니, 그렇더라도 내 추론은 조금도 흔들리지 않을 걸세. 왜냐하면 만일 자네 말처럼 된다면 그것은 12명의 사람이 어리석게도 모두 함께 실수를 저지르는 것이기 때문이지! 하지만, 그렇게는 되지 않을 거야. 한 가지 예를 든다면, 배심원들은 그런 일에 책임을 지려 들지도 않을 거고, 또한 이제 잉글소프는 시골의 대지주라는 위치에 서 있으니 말일세. 게다가──.」 그는 침착하게 덧붙여 말했다. 「내가 그런 일을 용납하지 않을 걸세!」

「당신이 그런 일을 용납하지 않겠다고요?」

「그렇다네.」

나는 한편으로는 화가 나고, 또 다른 한편으로는 재미있는 마음으로 유별나게 조그마한 포와로를 바라보았다. 그는 더할 나위 없이 자신을 믿고 있었다. 그는 마치 내 생각을 읽기라도 한 듯이 천천히 머리를 끄덕였다.

「오, 그래, 헤이스팅스. 나는 지금 내가 한 말을 실천에 옮길 걸세.」

그는 자리에서 일어나 손을 내 어깨 위에 얹었다. 그의 얼굴은 뜻밖의 변화를 나타냈다. 그의 눈에는 눈물이 글썽글썽했다.

「나는 지금 일이 어떻게 되었든지, 유명을 달리한 가엾은 잉글소프 노부인을 생각하고 있다네. 그녀는 다른 사람들에게서 많은 사랑을 받지는 못했어——그래. 하지만, 우리 벨기에 사람들에게는 커다란 친절을 베풀었다네——나도 그녀에게 빚을 지고 있는 셈이지.」

나는 그의 말을 멈추게 하려고 했지만, 포와로는 계속 말을 이어나갔다.

「이 사실만은 분명히 말해 두겠네, 헤이스팅스. 만일 내가 그녀의 남편인 앨프레드 잉글소프가 체포되도록 내버려둔다면 그녀는 아마 나를 용서하지 않을 걸세——내가 한마디만 하면 그를 구해 낼 수 있는 지금에 말이야!」

제6장
심　리

  심리가 있기 전 며칠 동안 포와로는 쉴 새 없이 일을 했다. 그는 두 차례나 웰스와 은밀히 이야기를 나누었다. 또한, 스타일즈 지방의 여기저기를 돌아다녔다. 나는 그가 자신의 속마음을 내게 털어놓지 않는 데 대하여 다소 불쾌하게 여기고 있었다. 더구나 도무지 그가 무슨 생각을 하고 있는 건지 짐작할 수 없었기 때문에 나는 더욱더 화가 났다.

  수요일 저녁 리스트웨이스 커티지로 그를 만나러 갔을 때, 문득 어쩌면 그가 레이크스의 농장에서 조사를 하고 있을지도 모른다는 생각이 떠올랐다. 나는 그를 만나게 되기를 바라면서 들판을 따라 레이크스의 농장으로 걸어갔다. 그러나 그곳에는 포와로의 그림자도 보이지 않았다. 나는 곧장 농장으로 올라갈까, 아니면 그만둘까 하고 잠시 동안 머뭇거렸다. 그렇게 서성거리고 있다가, 나이 든 어떤 초라한 농부를 만났다. 그는 나를 곁눈으로 흘겨보고는 물었다.

「스타일즈 저택에서 오신 분인가요?」

「맞습니다. 사람을 찾으러 나왔습니다. 내 생각에는 그 사람이 이 길로 지나갔을 것 같은데요.」

「자그마한 사람 말입니까? 말할 때 손을 흔드는 남자 말이지요? 마을에 묵는 벨기에인들 중의 한 사람이지요?」

「그렇습니다.」 나는 귀가 번쩍 뜨여서 대답했다. 「그렇다면 그 사람이 여기에 왔다갔습니까?」

「오, 물론이지요. 여기에 왔다갔고말고요. 그것도 한 번이 아니라오. 그 사람을 잘 압니까? 아, 역시 스타일즈 저택에서 온 분이었군요. 어쩐지 말쑥하다고 생각했지요!」

그리고 그는 아까보다 더욱더 우스꽝스러운 눈초리로 나를 쳐다보았다.

「오, 그래요? 그렇다면 스타일즈 저택에 사는 남자들이 이곳에 자주 오는 모양이군요?」

나는 가능한 한 무관심하게 보이려고 애쓰면서 물어 보았다.

그는 알고 있다는 듯이 나를 향해 눈을 깜박거렸다.

「어떤 남자분이 자주 오지요. 하지만 유감스럽게도 그 사람의 이름을 전혀 모른다오. 그렇지만 매우 마음이 좋아 보이는 신사입니다! 틀림없습니다.」

나는 걸음을 재촉했다. 그렇다면 에블린 하워드 양의 말이 옳았던 것이다. 앨프레드 잉글소프가 다른 여자의 돈으로 선심을 쓰고 다녔다는 것을 생각하니 갑자기 역겨운 감정이 솟구쳤다. 그러면 그 집시 같은 여자가 이 사건의 원인이었단 말인가? 아니면 돈이 필요했던 더 근본적인 이유가 있었을까? 아마도 그 두 가지가 교묘하게 섞여 있을 것이다.

포와로는 한 가지 문제에 지나칠 정도로 사로잡혀 있는 것 같았다. 그는 말다툼이 벌어진 시간에 대해서 도커스가 잘못 알고 있다고 몇 차례 나에게 말한 적이 있었다. 그는 도커스에게 그녀가 다투는 소리를 들은 시간은 4시 정각이 아니라, 4시 30분이 아니냐고 몇 번이고 되물었다.

하지만 도커스는 자신의 말을 번복하지 않았다. 그녀는 다투는 소리를 들었을 때와, 잉글소프 노부인에게 차를 갖다 줬던 5시 정각 사이에는 정확하게 한 시간, 또는 그 이상의 차이가 있었다고 분명하게 말했다.

심리는 금요일에 마을에 있는 스타일라이트 암스에서 열렸다. 포와로와 나는 나란히 앉아 있었는데, 우리들은 증언해 달라는 요청을 받지 않았다.

예비 심리가 끝났다. 배심원들은 시체를 살펴보았으며, 존 캐븐디시는 시체가 잉글소프 노부인이 분명하다고 증언했다.

그는 몇 가지 질문을 받고서, 그날 새벽에 자신이 잠에서 깨어난 경위와 어머니가 임종할 때의 상황에 대해서 설명했다.

다음에는 의학적인 증거가 제출되었다. 사람들 사이에서는 숨소리도 들리지 않았으며, 그들의 시선은 모두 유명한 런던의 전문가에게로 쏠렸다. 그는 독극물 분야에서는 최고의 권위자라고 인정받고 있는 사람이었다.

그는 몇 마디로 간단하게 검시 결과를 설명했다. 그 설명 중에서 의학 용어와 전문적인 사항을 빼면, 그것은 다음과 같다. 즉, 잉글소프 노부인은 스트리크닌 중독으로 사망했다는 것이다. 시체에서 채취된 스트리크닌의 양으로 판단하건대, 그녀는 적어도 3/4그레인(1그레인 = 0.0648g) 이상의 스트리크닌을 먹었으며, 어쩌면 1그레인 이상을 먹었을지도 모른다고 말했다.

「노부인이 우연히 그 약을 먹을 수도 있습니까?」 검시 배심원이 물었다.

「그런 일은 없을 거라고 생각합니다. 스트리크닌은 몇몇 극약들처럼 가정용 약품으로서는 사용되지 않고 있으며, 또한 그 약을 팔 때는 제한 사항이 많이 있으니까요.」

「당신은 그 극약이 어떻게 넣어졌는지에 대해서도 조사해 보았습니까?」

「그것은 알아내지 못했습니다.」

「당신이 윌킨스 박사보다 먼저 스타일즈 저택에 도착했다고 하던데, 맞습니까?」

「그렇습니다. 나는 그 저택 문을 막 빠져나오다가 자동차와 마주쳤습니다. 그래서 재빨리 저택으로 뛰어갔습니다.」

「그 다음의 일을 자세하게 설명해 주십시오.」

「나는 잉글소프 노부인의 방으로 들어갔습니다. 그때, 노부인은 파상풍 경련을 일으키고 있었습니다. 그녀는 나에게 얼굴을 돌리고 헐떡이는 목소리로, '앨프레드──앨프레드──.' 하고 말했습니다.」

「저녁식사 뒤에 잉글소프 씨가 부인에게 가져다 주었다는 커피 속에 스트리크닌이 넣어질 수 있었을까요?」

「그럴 수도 있겠지요. 하지만 스트리크닌은 약효가 매우 빠른 극약입니다. 일단 그 약이 인체 내에 들어가면, 한두 시간 안에 증세가 나타나는 것이 일반적인 현상입니다. 가끔 그 증세가 조금 지연되는 특별한 상황이 있기는 하지만, 이 사건에서는 그런 상황이 있었던 것 같지 않습니다. 그래서 나는 이렇게 추측해 보았습니다. 잉글소프 노부인은 8시경에 저녁식사를 마친 뒤, 커피를 들고 자신의 방으로 갔습니다. 그러나 스트리크닌 중독 증세는 다음날 새벽녘에서야 비로소 나타났습니다. 따라서 그 극약은 그날 밤 늦은 시간에 복용되었다고 생각할 수밖에 없습니다.」

「잉글소프 노부인은 한밤중에 코코아를 마신다고 했습니다. 그렇다면 코코아 속에 스트리크닌이 들어 있을 가능성도 생각할 수 있지 않을까요?」
「그렇지 않습니다. 내가 직접 소스 냄비에 남아 있던 코코아를 분석해 보았는데, 스트리크닌은 없었습니다.」
나는 옆에 앉아 있는 포와로가 만족스럽다는 듯이 웃고 있는 소리를 들었다.
「당신도 알고 있었나요?」
나는 나지막한 목소리로 물었다.
「가만히 듣기나 하게.」
「솔직히 말해서——.」하고 박사는 계속 말을 이었다.「그 코코아에서 스트리크닌이 발견되었다면 나는 상당히 놀랐을 겁니다.」
「왜 그렇습니까?」
「스트리크닌은 몹시 쓴맛을 갖고 있습니다. 그 맛은 1/70,000 용액 속에서도 뚜렷하게 느낄 수 있지요. 그런데 그 쓴맛은 강한 단맛을 내는 물질에 의해 상쇄될 수 있습니다. 하지만 그러한 맛을 없애기에 코코아는 맛이 너무 약합니다.」
어떤 배심원이 커피의 경우에도 마찬가지로 그 쓴맛이 없어지지 않느냐고 물었다.
「아닙니다. 커피는 그 자체에 쓴맛이 있습니다. 따라서 스트리크닌의 쓴맛을 감출 수 있지요.」
「그럼, 스트리크닌은 커피 속에 들어 있었으며, 어떤 이유로 해서 그 약효가 지연된 거라고 생각합니까?」
「그렇습니다. 하지만, 그 커피잔이 완전히 산산조각이 나버렸기 때문에 내용물을 분석해 볼 수가 없습니다.」
이것으로 바워스타인 박사의 진술이 끝났다. 윌킨스 박사는 여러 가지 사실로써 바워스타인 박사의 증언을 확실하게 해주었다. 그는 자살 가능성에 대한 질문을 받자, 단호하게 부인했다. 그는 비록 잉글소프 노부인이 심장이 약해서 고생하긴 했지만, 그 외에는 건강 상태가 아주 양호했으며, 유쾌하고 원만한 성격을 가지고 있었으므로 자살과는 거리가 먼 사람이라고 했다.

다음에는 로렌스 캐븐디시의 이름이 불려졌다. 그의 증언은 별로 특별한 것이 없었다. 왜냐하면 자기 형인 존의 증언을 되풀이한 것에 지나지 않았기 때문이다. 그는 증언대에서 내려가려고 하다가, 멈춰 서더니 조금 망설이면서 말했다.

「내 의견을 한 가지 말해도 되겠습니까?」

그는 애원하듯이 검시 배심원을 바라보았다. 배심원은 큰소리로 대답했다.

「물론입니다, 캐븐디시 씨. 지금 우리는 이 사건의 진실을 알아내기 위해서 여기에 모인 것이므로 사건에 관계된다면 어떤 것이라도 환영합니다.」

「이것은 단지 내 생각에 지나지 않습니다.」하고 로렌스는 설명하기 시작했다. 「물론 내가 잘못 생각하고 있을 수도 있겠지요. 하지만 나는 어머니가 자연사하신 거라고 생각합니다.」

「왜 그렇게 생각하게 되었습니까, 캐븐디시 씨?」

「어머니는 돌아가시기 전 얼마 동안 스트리크닌이 포함되어 있는 강장제를 복용하셨습니다.」

「오, 그렇습니까!」

검시 배심원이 소리쳤다.

배심원들은 그의 말에 관심 있다는 듯이 머리를 들어 그를 쳐다보았다.

「어떤 약이든 장기간 동안 복용하게 되면 그 약의 효과가 누적되어 ──.」로렌스는 말을 이었다. 「끝내는 목숨을 잃게 되는 경우가 종종 있지요. 또한 어쩌면 어머니는 무의식중에 한꺼번에 과량을 복용하셨을 수도 있지 않겠습니까?」

「우리는 잉글소프 노부인이 사망할 당시에 스트리크닌을 복용하고 있었다는 사실은 전혀 알지 못했습니다. 말씀해 주셔서 매우 고맙습니다, 캐븐디시 씨.」

윌킨스 박사는 다시 나서서 로렌스의 말에 반박했다.

「지금 캐븐디시 씨가 말한 내용은 절대로 불가능합니다. 어떤 의사라도 여러분에게 똑같은 말을 할 것입니다. 캐븐디시 씨 말대로 스트리크닌이 누적되는 성질이 있는 극약이라는 것은 사실입니다. 하지만 그것 때문에 이렇게 갑자기 죽는다는 것은 불가능한 일입니다. 만일 로렌스의 말대로라면, 부인에게는 장기간에 걸쳐서 만성적인 증세가 나타났을 겁니다. 하지만 그런 증세가 나타났다면, 내가 알지 못할 리가 없지 않겠습니까? 따라서 로렌스의 생각은 전혀 터무니없는 것입니다.」

「그러면 캐븐디시 씨의 두 번째 의견에 대해서는 어떻게 생각하십니까? 잉글소프 노부인이 무심코 과량의 약을 복용했을지도 모른다는 의견에 대해서 말입니다.」

「3회, 심지어는 4회 분량의 약을 한꺼번에 복용했다고 해도, 죽음까지 가지는 않습니다. 잉글소프 노부인은 태드민스터에 있는 현금 거래 가게인 쿠트 약국과 거래할 때에도 거의 언제나 과량의 약을 복용했었습니다. 그러나 검시에서 채취된 스트리크닌의 양을 설명하기 위해서는 부인이 약병째 마셨다고 생각할 수밖에 없습니다.」

「그렇다면 당신은 부인의 죽음이 강장제와는 전혀 무관한 것이라고 우리가 믿어도 좋다는 말씀입니까?」

「그렇습니다. 그런 추측은 정말 터무니없는 것입니다.」

조금 전 진술 도중에 끼여들었던 바로 그 배심원이 혹시 약을 조제한 약사가 실수를 했을지도 모르지 않느냐고 물었다.

「그와 같은 일은 언제나 가능한 것이지요.」 윌킨스 박사가 대답했다.

하지만, 다음 증인으로 호출된 도커스는 그 가능성마저도 부정했다. 그녀는 그 약은 새로 조제된 것이 아니라고 했다. 그리고 그와는 반대로 잉글소프 노부인은 사망하던 바로 그날 마지막 남은 약을 먹었다고 했다.

그래서 강장제에 대한 문제는 더 이상 거론하지 않고 심리를 계속해 나갔다. 도커스는 자기가 잉글소프 노부인이 누른 요란한 벨소리에 잠에서 깨어났고, 또 곧바로 집안 식구들을 깨웠다고 말했다. 그러자 배심원은 전날 오후에 있었던 말다툼에 대해서 질문했다.

이것에 대한 도커스의 증언은 포와로와 내가 전에 들었던 것과 거의 똑같았다. 그러므로 나는 여기에서 그 증언을 되풀이하지 않겠다.

다음으로 호명된 증인은 메어리 캐븐디시였다. 그녀는 똑바로 서서, 나지막하지만 명확하고 침착한 목소리로 말했다. 그녀는 검시 배심원의 질문에 대한 대답에서, 자신은 평상시와 마찬가지로 자명종 소리를 듣고 4시 30분에 자리에서 일어나 옷을 입고 있었는데, 바로 그 순간 뭔가 무거운 물체가 '쿵' 하고 떨어지는 소리에 깜짝 놀랐다고 했다.

「그 소리는 침대 옆에 있는 탁자가 쓰러지는 소리였겠군요?」

검시 배심원이 덧붙여 물었다.

「저는 문을 열고서———.」 메어리는 계속 말을 이었다. 「가만히 귀를 기울였지요. 몇 분 동안 벨이 요란스럽게 울렸어요. 그리고는 도커스가 뛰어내려와서 남편을 깨웠습니다. 그래서 우리는 모두 어머니 침실로 갔습니다만, 문이 잠겨 있었어요.」

검시 배심원이 그녀의 말을 가로막았다.

「그 문제에 대해서는 더 이상 부인을 괴롭히지 않겠습니다. 그 뒤에 일어난 일에 대해서는 우리도 모두 알고 있으니까요. 그것보다는 그전날 우연히 엿듣게 되었다는 말다툼에 대해서 말씀해 주시면 고맙겠습니다.」

「제가요?」

그녀의 목소리에는 희미한 오만함이 깃들어 있었다. 메어리는 손을 들어 목 둘레의 주름 장식에 달려 있는 레이스를 매만졌다. 그러면서 그녀는 머리를 옆으로 살짝 돌렸다. 바로 그 순간에 어떤 생각이 번뜩 뇌리를 스쳐갔다——'저 여자는 지금 시간을 끌고 있는 거야!'

「그렇습니다.」하고 조심스럽게 검시 배심원이 말을 이었다.「우리는 부인이 내실의 기다란 창문 밖에 있는 벤치에 앉아서 책을 읽고 있었다고 들었습니다. 그렇지 않습니까?」

이것은 나에게는 전혀 새로운 사실이었다. 나는 곁눈으로 포와로를 쳐다보고서, 그에게도 역시 새로운 사실일 거라고 생각했다.

잠시 동안 침묵이 흘렀다. 그런 뒤에 메어리가 입을 열었다.

「예, 그랬어요.」

「그리고 내실의 창문은 열려 있었지요?」

이 물음에 대답할 때, 그녀의 얼굴은 눈에 띌 정도로 창백해졌다.

「예.」

「그렇다면 부인은 내실 안에서 들려오는 목소리를 분명하게 들을 수 있었겠군요. 특히 화가 나서 목소리가 높아졌을 때는 말입니다. 사실 내실에서 나는 소리는 홀에서보다 부인이 있었던 곳에서 더욱 잘 들렸을 겁니다.」

「아마 그럴 거예요.」

「그때, 부인이 들었던 것을 자세하게 말씀해 주시겠습니까?」

「솔직히 말씀드려서, 아무것도 기억이 나지 않아요.」

제6장 심 리 133

「내실에서 나는 목소리를 듣지 못했다는 말입니까?」

「오, 그런 게 아니에요. 분명히 소리를 듣기는 했지만, 도대체 무슨 말인지 알아들을 수가 없었어요.」

그때 그녀의 양볼이 약간 상기되었다.

「저는 남들의 개인적인 대화는 듣지 않으려고 애쓰는 편이니까요.」

검시 배심원은 계속 말했다.

「전혀 기억이 없다는 말입니까? 아무것도 말입니까, 캐븐디시 부인? 그것이 개인적인 대화였다고 부인이 깨달을 수 있도록 해준 어떤 단어 하나도 기억이 나지 않습니까?」

그녀는 아무 말도 하지 않았다. 그녀는 평상시와 마찬가지로 침착하게 보였지만, 무엇인지 깊이 생각하고 있는 것 같았다.

「그래요, 이제 기억이 나는군요. 무슨 말이었는지 정확하게 기억할 수는 없지만, 어머니는 부부 사이의 나쁜 소문에 대해서 말씀하시는 것 같았어요.」

「아하!」 검시 배심원은 만족스럽다는 듯이 몸을 뒤로 젖혔다. 「그것은 도커스 양이 들었다는 것과 일치하는군요. 그런데 죄송하지만——한 가지만 더 물어 보겠습니다, 캐븐디시 부인. 당신은 그것이 개인적인 대화라는 것을 알았으면서도 그 자리를 떠나지 않았나요? 다시 말해서, 그곳에 계속 머물러 있었습니까?」

그녀가 눈을 치켜 뜰 때 황갈색 눈동자가 잠깐 빛났다. 그 순간 그녀가 무언가를 알아차린 듯이 보이는 조그만 검시 배심원을 쥐어뜯고 싶어한다는 것을 느꼈다. 하지만, 그녀는 매우 조용하게 대답했다.

「예, 그래요. 제가 앉아 있던 곳이 매우 편안했으니까요. 그리고 저는 책을 읽는 데에 마음을 쏟고 있었어요.」

「그것이 전부입니까?」

「예, 전부예요.」

캐븐디시 부인에 대한 심리는 그것으로 끝났다. 하지만, 검시 배심원이 만족했는지에 대해서는 확신할 수 없었다. 내가 생각하기에, 그는 메어리 캐븐디시가 보다 더 많은 사실을 진술할 수 있었을 거라고 여기는 것 같았다.

다음으로는 가게 점원인 에이미 힐이 심문을 받았다. 그녀는 17일 오후에 스타일즈 저택의 정원사인 윌리엄 얼에게 유언장 양식을 팔았다고 증언했다.

그녀 다음에 윌리엄 얼과 매닝이 심리를 받았는데, 그들은 서류를 보았다고 증언했다. 매닝은 그때가 약 4시 30분경이었다고 진술했으며, 윌리엄은 그것보다 조금 이른 시간이었던 것 같다고 했다.

다음에 신시어 머도크가 증언대에 올라갔다. 그러나 그녀는 별로 말할 것이 없었다. 왜냐하면 그녀는 캐븐디시 부인이 깨우고 나서야 비로소 그 비극을 알게 되었기 때문이었다.

「당신은 탁자가 넘어지는 소리를 듣지 못했습니까?」

「듣지 못했어요. 저는 그때 깊이 잠들어 있었으니까요.」

검시 배심원은 미소를 지어 보였다.

「마음에 걸리는 것이 없는 사람은 잠도 달게 자는 법이지요. 감사합니다, 머도크 양. 이제 됐습니다.」

「하워드 양.」

하워드 양은 자기 앞으로 온 편지를 제출했다. 그 편지는 잉글소프 노부인이 쓴 것이었고, 날짜는 17일 저녁으로 되어 있었다. 물론 포와로와 나는 이미 그전에 그것을 보았다. 따라서 우리는 그 편지로 해서 이 비극에 대해 조금이라도 더 알게 되는 것은 없었다. 다음 쪽에 그 편지를 그대로 옮겨 놓았다.

그 편지는 배심원들에게 건네졌으며, 그들은 편지를 세밀히 살펴보았다.

「유감스럽게도 이 편지는 이 사건을 해결하는 데 별 도움이 되지 않을 것 같군요.」

검시 배심원이 한숨을 내쉬며 말을 이었다.

July 17th   Styles Court
                             Essex

My dear Evelyn,
    Can we not bury the hatchet? I have found it hard to forgive the things you said against my dear husband but I am an old woman & very fond of you.
    Yours affectionately
        Emily Inglethorp

「그날 오후의 일들에 대해서는 전혀 언급하지 않았으니 말입니다.」

「그렇지만 제게는 너무도 분명하게 보이는데요.」하고 하워드 양이 날카롭게 말했다.「그 편지에는 저의 오랜 친구가 자신이 어리석었다는 사실을 막 발견했다는 뜻이 분명하게 나타나 있어요.」

「이 편지에는 그런 말이 전혀 없지 않습니까?」하고 검시 배심원이 지적했다.

「물론 그 편지 속에는 그런 말이 없지요. 왜냐하면 마님은 자신을 난처한 지경에 몰아넣을 수 없었으니까요. 하지만 저는 마님이 어떤 사람인지 잘 알고 있습니다. 마님은 제가 다시 스타일즈 저택으로 돌아오기를 원하셨던 거예요. 그러나 마님은 제가 옳았다는 것을 인정하지는 않았지요. 사실, 마님은 그 문제에 대해서 망설이고 계셨을 거예요. 대부분의 사람들이 모두 그렇지요. 하지만 저는 그런 것을 별로 좋아하지 않아요.」

웰스 변호사가 조용하게 미소를 지었다. 배심원들 몇 사람도 그렇게 미소를 지었다. 하워드 양은 그 마을에서 제법 알려져 있는 사람이었다.

「아무튼 이런 것은 모두 시간 낭비에 지나지 않아요.」하고 하워드 양은 말하면서 배심원들을 마치 경멸하듯이 위아래로 노려보았다.「말——말——모두 말뿐이에요! 지금 우리는 모두 너무도 분명하게 알고 있어요.」

검시 배심원은 더 이상 견디지 못하겠다는 듯 그녀의 말을 가로막았다.

「감사합니다, 하워드 양. 이제 됐습니다.」

그녀가 검시 배심원의 말대로 증언대에서 내려가자, 그가 커다랗게 안도의 한숨을 내쉬던 것이 지금도 기억난다.

그 다음은 그날 심리에서 최대의 파문을 일으킬 차례였다. 검시 배심원은 약국에서 보조 약사로 일하는 앨버트 메이스를 불렀다.

그는 얼굴이 창백했으며, 몹시 흥분하고 있었다. 검시 배심원의 질문에 대해, 그는 자신이 자격증이 있는 약제사이며, 전에 그곳에서 일하던 조수가 얼마 전에 군대에 갔기 때문에 자신이 이 약국에 온 지는 얼마 되지 않았다고 설명했다.

예비 심리가 끝나고 나자, 검시 배심원이 메이스에 대해 본격적인 심리를 시작했다.

「메이스 씨, 최근에 누구에게 스트리크닌을 판 적이 있습니까?」

「있습니다.」

「언제였습니까?」

「지난 월요일 밤이었습니다.」

「월요일? 혹시 화요일이 아니었습니까?」

「아닙니다. 분명히 16일 월요일이었습니다.」

「누구에게 팔았습니까?」

검시 배심원의 이 질문에 사람들은 모두 쥐죽은 듯이 조용하게 대답을 기다렸다.

「잉글소프 씨에게 팔았습니다.」

사람들의 눈이 거의 동시에 목석처럼 냉정하게 앉아 있는 앨프레드 잉글소프에게 쏠렸다. 그 젊은 약사의 입에서 무시무시한 말들이 쏟아져 나오자 그는 약간 몸을 움직였다.

나는 혹시 그가 의자에서 벌떡 일어나지나 않을까 하고 생각했다. 그러나 그는 잠시 훌륭하게 꾸며진 놀라움의 표정을 지었을 뿐 여전히 자리에 앉아 있었다.

「지금 당신이 말한 것이 틀림없습니까?」

검시 배심원이 근엄하게 물었다.

「확신합니다.」

「당신은 평소에도 아무에게나 스트리크닌을 팔았나요?」

그 가엾은 젊은이는 검시 배심원의 불쾌한 표정을 보고는 풀이 죽어서 말했다.

「오, 아닙니다——물론 평소에는 그렇게 팔지 않습니다. 하지만, 그때는 스타일즈 저택에 사는 잉글소프 씨였기 때문에 아무 이상이 없을 거라고 생각했습니다. 게다가 잉글소프 씨는 그 약을 개를 죽이는 데에 사용할 거라고 말했으니까요.」

나는 그를 충분히 이해할 수 있었다. '시골의 대지주'에게 애써 호소하는 것이——게다가 쿠트라는 작은 약국과 지방 세력 가문과의 거래 문제에 있어서 그런 것은 흔히 있는 일이다.

「극약을 구입하는 사람은 장부에 서명하는 것이 관습적인 일 아닙니까?」

「그렇습니다. 잉글소프 씨도 장부에 서명을 했습니다.」

「그 장부를 갖고 왔습니까?」

「예.」

장부가 제출되었다. 그리고 나서 몇 마디의 가혹한 비난과 함께 검시 배심원은 주눅이 들어 있는 메이스를 증언대에서 내려 보냈다.

그 다음에는 숨소리도 들리지 않는 고요함 속에서 앨프레드 잉글소프의 이름이 불려졌다. 나는 그가 밧줄이 얼마나 가까이 자기 목 둘레에 감겨져 있는지 깨닫고나 있을까 몹시 궁금했다.

검시 배심원은 곧바로 본 심리에 들어갔다.

「지난 월요일 저녁에 당신은 개를 죽이기 위해서 스트리크닌을 샀습니까?」

잉글소프는 더할 나위 없이 침착하게 대답했다.

「아니오, 그런 적이 없습니다. 스타일즈 저택에는 개라고는 한 마리도 없습니다. 다만 집 밖에 양을 지키는 개가 한 마리 있기는 하지만, 그 개는 매우 건강합니다.」

「그렇다면 지난 월요일에 앨버트 메이스 씨에게서 스트리크닌을 샀다는 것은 사실이 아닙니까?」

「그렇습니다.」

「그럼, 당신은 이것도 부정하겠습니까?」

검시 배심원은 그에게 그의 서명이 있는 장부를 건네주었다.

「물론 부정합니다. 이 글씨체는 내 것과는 전혀 다른 것입니다. 지금 이 자리에서 내 서명을 보여 드리지요.」

그는 주머니에서 낡은 편지 봉투를 한 장 꺼내더니, 그 위에 자신의 이름을 적어서 배심원들에게 건네주었다. 확실히 그의 글씨체는 장부에 서명되어 있는 것과 전혀 달랐다.

「그렇다면 당신은 메이스 씨의 말에 대해서 뭐라고 설명하겠습니까?」

앨프레드 잉글소프는 여전히 냉정한 태도로 대답했다.

「메이스 씨가 분명히 뭔가 착각하고 있는 걸 겁니다.」

검시 배심원은 잠시 머뭇거리다가 말했다.

「잉글소프 씨, 이것은 단지 형식적인 문제에 지나지 않습니다만, 월요일 즉, 7월 16일 저녁에 어디에 있었는지 정확하게 말씀해 주겠습니까?」

「솔직히 말씀드려서——잘 기억이 나지 않습니다.」

「그것 참 이상하군요, 잉글소프 씨.」하고 검시 배심원이 날카롭게 말했다.「다시 한 번 생각해 보십시오.」

잉글소프는 머리를 가로 저었다.

「기억이 나지 않습니다. 다만 그때 밖에서 산책하고 있었다는 생각만 떠오르는군요.」

「어느쪽으로 산책했습니까?」

「정말 기억이 나지 않습니다.」

검시 배심원의 얼굴이 점점 더 어둡게 바뀌었다.

「다른 사람과 함께 있었습니까?」

「아니오.」

「혹시 산책 도중에 누군가를 만나지는 않았습니까?」

「만나지 않았습니다.」

「그것 참 유감이로군요.」하고 검시 배심원이 차갑게 말했다.「그렇다면 메이스 씨가 당신이 스트리크닌을 사러 약국에 왔었다고 하는 그 시간에 당신이 어디에 있었는지 밝히기를 거부하는 거라고 간주해도 되겠습니까?」

「당신이 굳이 그렇게 생각하겠다면, 나로서도 어쩔 도리가 없군요.」

「말씀을 조심하십시오, 잉글소프 씨.」

포와로는 신경질을 부리면서 안절부절못했다.

「저런! 저 멍청한 남자는 체포되기를 바라고 있는 건가?」

그가 중얼거렸다.

사실 잉글소프는 사람들에게 나쁜 인상을 받도록 행동했다. 그의 부정은 사실 어린애도 납득시킬 수 없는 것이었다. 그러나 검시 배심원은 별로 개의치 않고 다음 문제로 넘어갔다. 그리고 포와로는 긴 안도의 한숨을 내쉬었다.

「당신은 화요일 오후에 부인과 말다툼을 했지요?」

「죄송합니다만 ——.」앨프레드 잉글소프는 그의 말을 가로막았다.「당신은 뭔가 잘못 알고 있군요. 나는 사랑하는 아내와 말다툼 같은 것을 하지 않았습니다. 그것에 대한 이야기는 모두 사실이 아닙니다. 나는 그날 오후에는 내내 집에 있지 않았습니다.」

「그것을 증명해 줄 수 있는 사람이 있습니까?」

「당신은 무조건 내 말이 옳지 않다고 생각하는 모양이군요.」 잉글소프가 거만하게 말했다.

그렇지만 검시 배심원은 끈질기게 그를 추궁했다.

「당신이 잉글소프 노부인과 말다툼하는 소리를 들었다고 진술한 증인이 두 명이나 있습니다.」

「그 사람들이 뭔가 잘못 알고 있는 겁니다.」

나는 어리둥절했다. 잉글소프가 너무도 자신만만하게 말했기 때문에 내 마음까지도 흔들렸다. 나는 포와로를 쳐다보았다. 그의 얼굴에는 내가 도저히 이해할 수 없는 흡족한 표정이 나타나 있었다. 포와로는 앨프레드 잉글소프의 유죄를 확신한 것일까?

「잉글소프 씨, 당신은 지금 부인이 임종할 때의 상황을 여러 사람을 통해서 들었습니다. 당신도 그것에 대해서 설명해 줄 수 있겠습니까?」

검시 배심원이 물었다.

「물론 설명할 수 있습니다.」

「그래요?」

「그렇습니다. 아내의 방은 불빛이 매우 희미합니다. 바워스타인 박사는 나와 체격이 매우 비슷하며, 또 나처럼 턱수염을 기르고 있습니다. 그러한 어두운 불빛 아래서, 더구나 아내는 몹시 고통을 받고 있었기 때문에 그를 나로 착각했던 것입니다.」

「오호! 그러나 그건 생각일 뿐이야!」

포와로는 혼잣말로 중얼거렸다.

「잉글소프의 말이 정말이라고 생각합니까?」

나는 나지막한 목소리로 그에게 물었다.

「그렇게 생각지는 않네. 하지만, 저건 정말로 천재적인 추측이야.」

「당신은 아내가 임종할 때 한 말을 나에 대한 비난으로 해석하는 모양인데.」──잉글소프는 계속 말을 이어나갔다──「하지만 그와는 반대로 그 말은 내게 보내는 호소였을 겁니다.」

검시 배심원은 잠시 동안 생각하다가 말했다.

「잉글소프 씨, 우리는 그날 저녁에 당신이 직접 부인에게 커피를 가져다 주었다고 들었습니다. 맞습니까?」

「내가 커피를 잔에 따르기는 했지만, 아내에게 가져다 주지는 않았습니다. 물론 나는 그것을 아내에게 가져다 줄 생각이었습니다. 그런데 그때 홀 밖에 친구가 와 있다는 말을 들었습니다. 그래서 잔을 홀에 있는 탁자 위에 내려놓고 나갔지요. 몇 분 뒤에 들어와 보니 이미 잔은 거기에 없었습니다.」

그의 이러한 진술은 사실일 수도 있고 그렇지 않을 수도 있겠지만, 내가 보기에는 그것이 잉글소프 자신에게 유리하도록 꾸며진 것 같지는 않았다. 사정이 어찌 되었든간에 그에게는 커피에 스트리크닌을 집어넣을 수 있는 충분한 시간이 있었던 것이다.

바로 그때, 포와로가 가볍게 내 옆구리를 팔꿈치로 찌르고는 문 가까이에 앉아 있는 두 남자를 손으로 가리켰다.

한 남자는 키가 조그맣고 날카롭게 생겼으며, 까무잡잡한 피부에 마치 흰 족제비 같은 인상을 주었다. 다른 남자는 키가 훤칠하고 잘생긴 사람이었다.

나는 조용하게 그들이 누구냐고 포와로에게 물었다. 그는 내 귀에 입을 갖다 대고 말했다.

「자네, 저기 조그만 남자가 누군지 모르나?」

나는 머리를 가로 저었다.

「런던 경시청의 형사인 제임스 재프인가 지미 재프인가 하는 사람일세. 그의 옆에 있는 남자도 런던 경시청에 있는 사람이야. 생각보다 일이 빨리 돌아가고 있구먼, 헤이스팅스.」

나는 두 남자를 뚫어지게 바라보았다. 그들에게서는 경찰관이라는 인상이 조금도 풍기지 않았다. 나는 포와로가 말해 주지 않더라면, 그들이 공무원이라고도 생각지 못했을 것이다.

나는 계속 그들을 바라보았다. 그러다가 다음과 같은 판결문을 듣고서야 깜짝 놀라 정신을 차렸다.

「한 사람, 또는 두 사람 이상에 의한 의도적인 살인.」

제7장
포와로 빚을 갚다

 우리가 스타일라이트 암스의 밖으로 걸어나올 때, 포와로는 내 팔을 가볍게 잡아당기더니 한쪽으로 데리고 갔다. 나는 이미 그의 속셈을 알아차렸다. 그는 런던 경시청에서 나온 두 남자를 기다리고 있었던 것이다.
 몇 분 뒤에 그들이 나타났다. 그러자 포와로는 곧바로 그들 앞으로 걸어가더니 키가 작은 남자에게 가까이 가서 말을 걸었다.
「나를 기억할지 모르겠군요, 재프 주임 경감.」
「어! 이거 포와로 씨 아닙니까!」
 그 경감이 큰소리로 말했다. 그는 옆사람에게 몸을 돌렸다.
「제가 늘 말하던 바로 그 포와로 씨입니다. 1904년에 우리는 함께 일을 했습니다──애버크롬비 위조 문서 사건이었지요──그때 우리는 브뤼셀에서 범인을 체포했습니다. 정말 훌륭했지요, 포와로 씨. 참, 그리고 '알타라 남작' 사건 기억납니까? 그때 정말 당신에게 걸맞는 악당이 한 명 있었지요! 그는 전유럽 경찰의 절반이나 되는 포위망을 용케도 빠져나갔답니다. 하지만 포와로 씨와 제가 앤트워프에서 그를 체포했지요──모두가 여기 있는 포와로 씨 덕분이었습니다.」

포와로와 재프가 이런 정다운 회상에 빠져 들고 있는 사이에 나는 그들에게로 다가갔다. 이내 나는 재프에게 소개되었으며, 재프는 다시 우리 둘을 서머하예 총경에게 소개해 주었다.

「당신들이 무슨 일로 여기에 오셨는지 굳이 물어 볼 필요도 없겠군요.」 포와로가 말했다.

재프는 그의 말을 알아들었다는 듯이 한쪽 눈을 깜박거렸다.

「아니, 별로 할 일도 없을 것 같습니다. 너무 분명한 사건이라서 말입니다.」

그러나 포와로는 엄숙하게 대답했다.

「그 점에서 나와는 의견이 서로 다르군요.」

「오, 뭐라고요!」 서머하예 총경이 처음으로 입을 열었다. 「이 사건은 마치 대낮처럼 너무도 분명한 겁니다. 그는 범행 현장에서 붙잡힌 거나 다름없지요. 나는 그 사람이 왜 그런 바보 같은 짓을 했는지 알 수가 없습니다!」

하지만 재프는 조심스럽게 포와로를 바라보았다.

「잠깐만 기다려 보십시오, 총경님.」 그는 익살맞게 말했다. 「포와로 씨와 저는 함께 일을 한 적이 있습니다. 그리고──저는 그 누구보다도 포와로 씨의 판단을 믿고 있습니다. 제가 만일 엄청나게 틀리지만 않았다면, 포와로 씨는 지금 분명히 무엇인가를 알면서도 말하지 않고 있는 겁니다. 그렇지 않습니까, 포와로 씨?」

포와로는 미소를 지었다.

「사실──지금 나는 몇 가지 결론에 이르고 있는 중입니다.」

서머하예는 여전히 의심스러운 표정으로 그를 지켜보았으며, 재프는 계속해서 포와로에게 이것저것 물어 보았다.
재프가 말했다.
「사정이 이렇습니다. 지금까지 우리는 이 사건을 다만 외부에서만 바라보았습니다. 그것은 이와 같은 사건에서 어쩔 수 없이 런던 경시청이 감수해야 하는 것이지요. 다시 말하면, 심리가 끝난 뒤에야 살인자가 나타나는 경우를 말하는 겁니다. 범죄 사건에서는 무엇보다도 현장에 있었느냐 그렇지 않았느냐에 따라서 많은 것이 좌우되는 법이지요. 그런데 바로 그 점에서 당신은 우리보다 한 수 앞질러 있습니다. 만일 사건의 현장에 있던 말쑥한 의사가 아니었더라면, 우리는 지금 이 시간에 여기에 있지 못했을 겁니다. 그 의사가 우리들에게 검시 배심원을 찾아가 보라고 귀띔해 주더군요. 하지만 당신은 처음부터 줄곧 현장에 있었으니까, 지금쯤이면 사건의 해결에 도움이 될 만한 몇 가지 단서를 알아냈을 겁니다. 심리에서 나왔던 증언들로 미루어 보건대, 잉글소프가 자기 아내를 죽였다는 것은 지금 내가 여기에 서 있다는 것만큼이나 분명한 것 같습니다. 따라서 만일 당신이 아닌 다른 어떤 사람이 그런 말을 했다면, 나는 그 사람의 면전에다 지독한 말을 해주었을 겁니다. 솔직히 말해서, 나는 아까 배심원들이 '앨프레드 잉글소프의 의도적인 살인'이라고 판결하지 않은 것에 적잖이 불쾌했습니다. 만일 검시 배심원이 아니었더라면, 배심원들은 그렇게 판결을 내렸을 겁니다——그 사람은 배심원들을 진정시키려고 애쓰고 있더군요.」
「지금 당신 주머니 속에는 그를 체포할 수 있는 영장이 들어 있겠지요?」하고 포와로가 넌지시 말했다.
그때 표정이 풍부한 재프의 얼굴에는 공직자라는 일종의 목재 덧문이 내려와서 그 모습을 감춰 버리는 것 같았다.
「그럴 수도 있겠고, 그렇지 않을 수도 있겠지요.」

그는 냉담하게 대꾸했다.

포와로는 무엇인가 골똘히 생각하면서 그를 바라보았다.

「두 분에게 실례가 되는 말일지 모르겠지만, 나는 그가 체포되지 않았으면 하고 바라고 있습니다.」

「무슨 말입니까!」

서머하예 총경이 차가운 목소리로 단호하게 말했다.

그 말에 재프는 익살스러운 표정을 짓기는 했지만, 이해할 수 없다는 듯이 포와로를 바라보았다.

「좀더 자세하게 설명해 주시겠습니까, 포와로 씨? 당신이 하는 것이라면 ── 한 번의 눈짓이라 할지라도 우리에게는 명령이나 다름없는 겁니다. 당신은 그 동안 줄곧 현장에 있었고 ── 그리고 런던 경시청에서는, 당신도 잘 알겠지만, 어떤 실수도 용납하지 않습니다.」

포와로는 엄숙하게 머리를 끄덕였다.

「내가 생각하고 있던 것도 바로 그것입니다. 그래서 하는 말인데, 재프 경감, 당신이 가지고 있는 영장으로 잉글소프 씨를 체포하시오. 그러면 당신은 아주 우스꽝스러운 사람이 되고 말 겁니다 ── 그가 유죄 판결을 받은 사건은 곧바로 기각되어 버릴 테니까요! 그러면 당신의 입장이 어떻게 될까요?」

이렇게 말하고 나서, 포와로는 여유 만만하게 '딱' 소리를 내며 손가락 마디를 꺾었다.

서머하예 총경은 의심스럽다는 듯이 거칠게 콧김을 내뿜었지만, 재프의 얼굴은 점점 심각해져 갔다.

나로 말할 것 같으면, 놀라움 때문에 글자 그대로 꿀먹은 벙어리가 되어 버리고 말았다. 나는 단지 포와로가 이제 제정신이 아니라고 생각할 수밖에 없었다.

재프는 호주머니에서 손수건을 꺼내어 천천히 이마에 맺힌 땀을 닦아 냈다.

「내가 어떻게 그렇게 할 수 있겠습니까, 포와로 씨? 당신 말에 따르겠습니다. 하지만 대체 어떻게 할 생각이냐고 나를 힐책할 윗사람들이 있다는 점을 고려해 주십시오. 그리고 앞으로 우리가 어떻게 해야 좋을지에 대해서 설명해 줄 수 없겠습니까?」

포와로는 잠시 동안 깊이 생각에 잠겼다.

「아니, 설명해 줘야죠.」 마침내 그가 말했다. 「그렇지만 솔직히 말해서 나는 그렇게 하고 싶지가 않소. 왜냐하면, 그것은 내 손에 있는 카드를 내놓는 격일 테니까요. 그러니 당분간은 아무도 모르게 나 혼자서 수사하고 싶습니다. 그러나 당신의 말은 지극히 정당한 것이오. 이제는 한창때가 지나 버린 벨기에의 형사 말을 어떻게 무조건 믿겠습니까? 아무튼 앨프레드 잉글소프를 지금 체포해서는 안 됩니다. 그 점에 대해서는 여기 있는 내 친구 헤이스팅스가 알고 있겠지만, 틀림없는 거요. 재프 경감, 지금 당장 스타일즈 저택으로 가보지 않겠소?」

「글쎄, 그건 30분 뒤라야 가능하겠군요. 먼저 검시 배심원과 의사를 만나보기로 했습니다.」

「좋소. 그러면 그곳으로 가는 도중에 나에게 들르시오――마을의 맨 끝에 있는 집입니다. 나도 함께 가도록 하지요. 스타일즈 저택에서 잉글소프가, 만일 그가 거절한다면――그럴 수도 있지요――내가 더 이상 그의 유죄 판결이 지속될 수 없다는 사실을 당신에게 확신시켜 줄 만한 증거들을 보여 주겠소. 이 정도면 되겠습니까?」

「됐습니다.」 하고 재프가 힘차게 말했다. 「그리고 런던 경시청을 대표해서 당신에게 깊은 감사의 뜻을 표합니다. 하지만, 솔직히 말해서 현재로서는 잉글소프가 그 판결을 피할 수 있는 최소한의 가능한 방법도 없을 거라고 확신하고 있습니다. 그러나 당신은 언제나 뜻밖의 일을 하는 분이었으니까요! 그럼, 이만 가보겠습니다. 헤이스팅스 씨, 안녕히 가십시오.」

그 두 사람은 우리에게서 점점 멀어져 갔다. 서머하예는 여전히 믿기지 않는다는 웃음을 짓고 있었다.

「여보게, 헤이스팅스——.」

내가 미처 말을 꺼내기 전에 포와로가 소리쳤다.

「지금 뭘 생각하나? 정말이지 나는 심리 도중에 불쾌해서 혼났네. 잉글소프가 모든 것을 다 부정할 정도로 그렇게 외고집일 줄은 전혀 몰랐거든. 그것은 너무 어리석은 작전이야.」

「흠! 글쎄, 그것이 정말로 어리석은 작전이었을까요! 내가 보기에는 무언가 깊은 의미가 있는 작전 같았는데.」 하고 나는 거칠게 말했다. 「만일 그가 유죄 판결을 받는다면, 그는 묵비권을 행사하는 것밖에 자신을 보호할 수 있는 방법이 없지 않겠습니까?」

「아닐세! 수천 가지 기발한 방법으로 자신을 지킬 수 있었을 걸세. 만일 내가 이 살인을 저지른 살인범이라면, 나는 정말 그럴듯한 이야기를 7가지는 생각해 낼 수 있을 거야! 그것은 잉글소프의 그렇게 고집스러운 범행 부인보다도 훨씬 더 설득력이 있을 것일세!」

포와로가 큰소리로 말했다.

나는 그의 말에 웃음을 터뜨리고 말았다.

「오, 포와로——당신이라면 그런 이야기를 70개라도 꾸며낼 수 있을 겁니다. 솔직하게 말해 보시지요——그 형사들에게 그렇게 큰소리치기는 했지만, 앨프레드 잉글소프가 무죄라는 증거가 없는 게 분명하지 않습니까?」

「전에도 믿었는데, 왜 지금이라고 그것을 믿지 않겠나? 변한 것은 아무것도 없다네.」

「하지만, 그가 유죄라는 증거가 너무 분명하다고 생각하지 않나요?」

「그래, 너무 분명할 정도지.」

우리는 리스트웨이스 커티지의 대문을 들어섰다. 그리고는 이제 낯익은 층계를 올라갔다.

「맞았어, 그래. 너무도 결정적인 증거들일세.」하고 포와로는 혼잣말을 하듯이 중얼거렸다.「진짜 증거라는 것은 대개 모호하고 만족스럽지 않은 법이야. 따라서 그런 것들은 조사해 봐야 해——그것도 엄밀하게 말일세. 하지만 지금까지 알려진 것들은 모두 판에 박은 듯이 너무 정확하고, 오히려 진부하기조차 하다네. 헤이스팅스, 이런 증거는 누군가가 아주 교묘하게 만들어 낸 것이라네.」

「무슨 뜻이지요?」

「왜냐하면 그의 유죄를 입증하는 증거들은 모호하고 흐리멍덩하기는 하지만, 논박하기는 거의 불가능한 것이었네. 하지만, 범인은 지나치게 걱정한 나머지 그물을 너무 가깝게 쳐놓았어. 따라서 그 그물의 한 군데만 틈이 벌어진다면 잉글소프는 자유롭게 될 걸세.」

나는 아무 말도 하지 않았다. 잠시 뒤, 포와로는 다시 말을 이었다.

「이런 관점에서 이 문제를 살펴보기로 하세. 가령, 아내를 독살하려고 하는 어떤 남자가 있다고 생각해 보세. 그는 흔히 사람들이 말하듯이 온갖 잔재주를 부려 그럭저럭 살아왔네. 그러므로 어느 정도의 머리가 있는 사람이겠지. 어쨌든 그는 바보는 아니란 말이야. 그렇다면 과연 어떻게 그 계획을 실천에 옮길까? 그는 대담하게 마을의 약국으로 가서 서명을 하고 스트리크닌을 살 걸세. 언젠가는 엉터리라는 것이 밝혀질 게 분명한 이야기를 꾸며 대고서 말이야. 그렇지만 당장 그날 밤에 그 극약을 사용하지는 않았겠지. 아니야, 그는 아내와 격렬한 말다툼을 하게 될 때까지 기다리는 거야. 그렇게 되면 온 집안 식구들이 그 싸움에 대해서 알게 될 것이고, 자연히 그는 집 식구들에게 의심을 받게 되겠지. 하지만, 그는 아무런 보호책도 마련해 놓지 않는다네 ── 한 가지의 알리바이도 말일세. 그리고 그는 약국의 보조 약사가 위의 사실들을 법정에서 이야기하리라는 것도 생각해 두고 있지. 홍! 내가 그렇게 바보 짓을 하리라고 누가 믿겠는가 하는 생각으로 ──.」

「도대체 나는 무슨 말인지 통 모르겠는데.」

「그건 나도 마찬가지일세. 여보게, 헤이스팅스, 솔직히 말하네만, 나도 그것 때문에 어리둥절해 있다네. 나 ── 바로 이 에르큘 포와로가 말이야!」

「그러나 당신이 잉글소프의 무죄를 믿는다면, 그가 스트리크닌을 샀다는 것을 어떻게 설명하겠습니까?」

「그건 간단한 일이지. 그는 스트리크닌을 사지 않았네.」

「그러나, 메이스가 그에게 팔았다고 하지 않았습니까!」

「자네에게는 미안한 일이지만, 그는 잉글소프처럼 검은 턱수염을 기르고, 또한 잉글소프와 똑같은 안경을 쓰고, 잉글소프의 옷 중에서 눈에 띄는 것을 입고 있는 다른 남자를 보았던 걸세. 메이스는 멀리 떨어져 있는 사람을 정확하게 구별하지 못할 걸세. 왜냐하면 자네도 알고 있겠지만 그는 이 마을에 온 지 이제 겨우 보름밖에 되지 않았거든. 그리고 태드민스터에 있는 쿠트 약국과 거래를 했던 사람은 잉글소프 노부인이었으니까 말이야.」

「그렇다면 당신은 ──.」

「여보게, 헤이스팅스, 자네는 전에 내가 강조했던 두 가지 사실을 기억하고 있나? 일단 첫번째는 보류해 두기로 하고, 두 번째가 무엇이었지?」

「앨프레드 잉글소프가 유별난 옷을 입고 검은 턱수염을 기르고 있으며, 안경까지 낀다는 사실이지요.」

나는 그가 했던 말을 그대로 옮겼다.

「맞았어. 자, 그럼 이제 어떤 사람이 존이나 로렌스 캐븐디시처럼 변장하려 한다고 가정해 보세. 그런 일이 수월할까?」

「아니——물론 배우라면 몰라도——.」

나는 생각에 잠기면서 말했다.

하지만 잔인하게도 포와로는 내 말을 가로막았다.

「왜 쉽지 않을까? 내가 그 이유를 설명해 주지, 헤이스팅스. 그건 그들 두 사람 모두 깨끗하게 면도를 하는 사람이기 때문이라네. 밝은 대낮에 그 두 사람처럼 보이기 위해서는 뛰어난 분장술과 연기력, 그리고 어느 정도 얼굴이 닮아야 할 필요가 있을 거야. 그러나 앨프레드 잉글소프의 경우에는 전혀 사정이 다르지. 그의 옷과 턱수염, 그리고 눈을 가리고 있는 안경——이것들은 잉글소프의 인상을 나타내 주는 대표적인 특징일세. 자, 다음으로 범죄자의 최초의 본능은 무엇이라고 생각하나? 그것은 자신에게서 혐의를 완전히 제거하는 걸 거야, 그렇지 않나? 그렇다면 그는 어떻게 해야 할까? 그것은 자신의 혐의를 다른 사람에게 뒤집어씌우는 것이지. 이 사건의 경우에는 공교롭게도 범인이 손쉽게 이용할 수 있는 한 남자가 있었네. 사람들은 모두 잉글소프가 유죄라는 걸 믿는 쪽으로 잔뜩 기울어져 있었네. 그가 혐의를 받게 되리라는 것은 모두 알고 있는 사실이었네. 하지만 그런 혐의를 더욱 확실하게 하기 위해서는 확고부동한 증거가 있어야 했지——예를 들면, 그가 실제로 극약을 사들였다고 하는 따위의 증거가 말이야. 게다가 다행스럽게도 잉글소프처럼 독특한 모습으로 분장하기란 그렇게 어려운 일이 아니라네. 그리고 기억해 둬야 할 것은——그 메이스라는 젊은이가 잉글소프에게 말을 걸지 않았다는 사실이야. 그는 잉글소프의 옷을 입었고 턱수염을 기르고 안경까지 낀 사람이 앨프레드 잉글소프가 아니라고는 상상도 못 했을 걸세.」

「그럴 수도 있겠군요.」 나는 포와로의 웅변에 도취되어 대답했다.

「하지만——만일, 그렇다면 그는 왜 지난 월요일 저녁 6시에 자신이 어디에 있었는지에 대해서 말하지 않는 걸까요?」

「글쎄, 정말 왜 그랬을까?」 포와로는 다시 가라앉은 목소리로 말했다. 「만일 그가 체포된다면 그 이유를 말하겠지. 하지만, 나는 일이 그렇게 되는 것을 원치 않네. 나는 그가 지금 자신이 얼마나 위험한 입장에 있는지 깨닫도록 해줘야 해. 물론 그의 침묵 뒤에는 차마 말할 수 없을 정도로 남부끄러운 무엇인가가 있을지도 모르지. 설령 그가 자기 아내를 살해하지 않았다고 할지라도 분명히 그는 악한이며, 살인과는 전혀 거리가 먼 것일지라도 반드시 숨겨야 할 어떤 비밀 같은 것을 갖고 있을 수도 있어.」

「과연 그것이 무엇일까요?」

나는 그때까지 밝혀진 추론이 분명히 맞을 거라고 생각하고 있었지만, 그 순간 포와로가 늘어놓은 설명에 대해 곰곰이 생각해 보았다.

「그게 무엇인지 짐작도 못 하겠나?」

포와로가 미소를 지으면서 내게 물었다.

「글쎄——당신은 짐작할 수 있습니까?」

「오, 물론이지. 얼마 전부터 나는 한 가지 생각을 하고 있다네. 그런데 지금 그것이 옳다는 것이 밝혀졌어.」

「하지만 지금까지 나에게 말해 주지 않았잖습니까?」

나는 책망하듯이 말했다.

그는 용서해 달라는 듯이 두 손을 펼쳐 보였다.

「좀 진정하게, 헤이스팅스. 자네는 솔직히 그에게 별로 동정적이지 않잖나! 이제는 그가 체포되어서는 안 된다는 사실을 이해하겠나?」

그가 간절한 표정으로 나를 바라보며 말했다.

「그럴 것도 같군요.」

나는 의심스럽다는 듯이 말했다. 왜냐하면 사실 나는 앨프레드 잉글소프의 운명 따위에는 전혀 관심이 없었으며, 깜짝 놀랄 일이 생긴다고 해도 그에게는 전혀 해가 되리라고 생각하지 않았기 때문이다.

포와로는 나를 찬찬히 쳐다보더니 한숨을 내쉬었다.

「이것 보게, 헤이스팅스──.」 그는 화제를 바꾸었다. 「잉글소프에 대한 이야기는 그만두고, 심리에서 진술된 증언들에 대해서 느낀 것을 말해 보게.」

「오, 그것은 내가 기대했던 것과 거의 다름이 없었습니다.」

「특별하게 이상하다고 느낀 것도 없었나?」

나는 메어리 캐븐디시가 문득 떠올랐지만, 말을 해야 하나 하고 망설였다.

「가령 예를 들자면?」

「글쎄──예를 들어서, 로렌스 캐븐디시의 증언은 어땠나?」

포와로의 말에 나는 안심이 됐다.

「오, 로렌스! 그의 증언이 특별히 이상했다고 생각진 않았습니다. 그는 신경이 예민한 사람이니까요.」

「그는 잉글소프 노부인이 평소에 먹고 있던 강장제 때문에 죽었을지도 모른다고 말했네. 자네는 그것이 좀 이상하다고 여겨지지 않던가──응?」

「아니오, 그렇지 않았습니다. 물론 의사들은 그의 말을 비웃었었지요. 하지만, 그런 것은 의약품에 대해 전혀 모르는 사람이라면 얼마든지 생각할 수 있는 거 아닐까요?」

「그러나 로렌스는 의약품에 대해서 전혀 모르는 사람이 아니야. 그는 의학을 전공했으며, 의사 자격증까지 가지고 있다고 직접 내게 말해 주었잖나?」

「그래, 맞아요. 그것을 까맣게 잊고 있었군. 그것 참 이상한 일인데.」

제7장 포와로 빚을 갚다　155

나는 다소 얼떨떨했다.

포와로는 머리를 끄덕였다.

「처음부터 그의 행동은 줄곧 미심쩍었어. 스타일즈 집안의 식구들 중에서 스트리크닌 중독 증세를 식별할 수 있는 사람은 단지 그 사람뿐인데, 그 혼자만이 유일하게 잉글소프 노부인이 자연사한 거라고 강력하게 주장하고 있으니 말이야. 만일 존 캐븐디시가 그렇게 주장했다면, 나는 그것을 충분히 이해했을 거네. 그는 의약에 대해 전문적인 지식이 조금도 없으며, 또한 상상력도 부족한 사람이니까 말이야. 하지만 로렌스의 경우에는 그렇지가 않아! 게다가 오늘은 그 자신도 우스꽝스럽다고 생각하는 터무니없는 의견을 내놓았다네. 이런 것으로 보아, 그도 역시 충분히 생각해 봐야 할 인물이야, 헤이스팅스!」

「정말 뭐가 뭔지 모르겠군요.」

나는 그의 말에 동의하며 말했다.

「그리고 또 캐븐디시 부인의 증언도 생각해 봐야 하네.」 포와로는 말을 이었다. 「분명히 그녀는 자신이 알고 있는 것을 모두 말하지 않았어. 자네는 그녀의 태도에서 뭔가 눈치챈 것이 없나?」

「글쎄——뭐 특별히 어떻다고 말할 수는 없군요. 그런데 그녀가 앨프레드 잉글소프를 보호해 준다는 것은 좀 어색한 일이 아닙니까? 하지만 이상하게도 나는 그녀의 태도에서 그런 느낌을 받았습니다.」

포와로는 무엇인가를 깊이 생각하면서 머리를 끄덕였다.

「그래, 그것 참 이상한 일이야. 한 가지 분명한 것은, 그녀가 말한 것보다 훨씬 많이 그 '개인적인 대화'를 엿들었다는 사실일세.」

「그렇기는 하지만 그녀는 일부러 몸을 숙여 남의 말을 엿들을 그런 여자는 아닙니다!」

「그렇지. 캐븐디시 부인의 증언으로 나는 한 가지 사실을 깨닫게 되었다네. 내가 잘못 생각했던 거야. 도커스의 말이 옳았어. 그녀가 말한 그 말다툼은 내가 생각했던 것보다 더 이른 시간에, 곧 4시경에 일어났네.」

나는 이상한 표정으로 그를 바라보았다. 나는 왜 그가 그 문제에 대해서 집착하고 있는지 이해할 수가 없었다.

「오늘 심리에서 뜻밖의 사실들이 많이 밝혀졌어.」 포와로가 말을 계속했다. 「그리고 이번에는 바워스타인 박사에 대한 이야기인데, 도대체 그는 그날 아침 그렇게 이른 시간에 자리에서 일어나 옷까지 갈아입고 무슨 일을 하고 있었을까? 놀랍게도 심리에서 그 사실에 대하여 언급하는 사람이 한 명도 없더군.」

「불면증 때문이 아니었을까요?」

내가 자신 없는 목소리로 말했다.

「그것은 매우 훌륭한 설명일 수도 있고, 아니면 아주 그른 설명일 수도 있지. 그 말이 모든 것을 말해 주는 것 같지만, 사실은 아무것도 설명해 주는 것이 아니야. 나는 앞으로 그 현명한 바워스타인 박사를 눈여겨볼 생각이네.」

포와로가 단호하게 말했다.

「증언에서 어떤 결점 같은 걸 발견할 수 없었나요?」

나는 비꼬듯이 물었다.

「여보게 ──.」 포와로가 엄숙하게 말했다. 「사람들이 자네에게 진실을 말하지 않고 있다고 생각될 때에는 ── 조심하게! 그리고 내가 크게 잘못 보지 않았다면, 오늘 있었던 심리에서는 단 한 사람만이 ── 또는 기껏해야 두 사람만이 진실을 말했네.」

「아니, 그게 정말입니까, 포와로! 로렌스나 캐븐디시 부인은 뭐라고 말할 수 없지만, 존과 하워드 양은 그렇지 않은 것 같은데요? 그들 두 사람은 분명히 진실을 말했을 겁니다. 그렇지 않습니까?」

「그들 둘 다 말인가, 헤이스팅스? 한 사람에 대해서는 자네 말이

제7장 포와로 빚을 갚다 157

옳다고 인정하지만, 둘 다는——!」

그의 이 말은 나에게 불쾌한 충격을 주었다. 비록 사소한 것이기는 했지만, 하워드 양은 분명하고도 강력하게 증언했기 때문에 그녀의 진실성에 대해서는 의심할 꿈도 꾸지 않았다. 하지만 나는 포와로의 추리에 커다란 존경심을 갖고 있었다——다만, 나 혼자 그를 묘사할 때 사용하는 말처럼, '어리석을 정도로 외고집일 경우'를 제외하고는 말이다.

「정말로 그렇게 생각하고 있습니까?」 내가 그에게 물었다. 「나는 하워드 양은 선천적으로 정직한 사람이라고 생각했는데요——지나칠 정도로 말입니다.」

포와로는 이상한 눈초리로 나를 바라보았다. 나는 그가 왜 그러는지 추측할 수 없었다. 그는 무엇인가 말하려고 하다가 이내 입을 다물었다.

「그리고 머도크 양도 정직했다고 생각합니다. 그녀에게는 의심할 만한 점이 하나도 없지 않습니까?」 내가 물었다.

「그래. 하지만 바로 잉글소프 노부인의 옆방에서 자면서 아무 소리도 듣지 못했다는 것은 좀 이상한 일이네. 다른 건물에 있던 캐븐디시 부인도 탁자가 뒤집어지는 소리를 분명하게 들었다고 하지 않았나!」

「글쎄——하지만 그녀는 젊지 않습니까? 아마 깊은 잠이 들었겠지요.」

「아하, 맞아, 그렇겠군. 그녀는 깊이 잠들어 있었을 거야. 바로 그걸세!」

나는 그가 말하는 어조가 마음에 들지 않았다. 바로 그 순간 누군가 세게 문을 두드리는 소리가 들렸다. 창 밖을 내다보니, 아까 만났던 두 형사가 아래에서 우리를 기다리고 있었다.

포와로는 모자를 집어들고는 너무한다는 생각이 들 정도로 콧수염을 비틀어 꼬아 모양을 냈다. 또, 소매에서 보이지도 않는 먼지를 조심스럽게 솔로 털어 내고는 나에게 함께 아래층으로 내려가자고 손짓했다. 우리는 포와로의 집 앞에서 두 형사를 만나 스타일즈 저택으로 향했다.

런던 경시청에서 나온 두 형사의 등장은 스타일즈의 식구들에게 충격을 준 것 같았다. 물론 이제는 판결이 났기 때문에 존은 시간이 가면 모든 것이 해결되리라고 생각하는 줄 알았는데, 다른 사람들보다도 그가 더 많은 충격을 받은 것처럼 보였다. 더구나 다른 어떤 것보다도 그 두 형사의 출현은 그에게 이 사건의 사태를 절실히 느끼게 해주었던 것 같다.

위층으로 올라가면서 포와로는 나지막한 목소리로 재프와 이야기를 나누었다. 그리고 바로 뒤에 재프는 하인들을 제외한 집안 식구 모두에게 거실로 모여 달라고 부탁했다. 나는 그런 것이 무엇을 의미하는지 알아차렸다. 그가 큰소리친 것을 입증하느냐 못 하느냐 하는 것은 전적으로 포와로에게 달려 있었기 때문이다.

개인적인 이야기이지만 나는 원래 낙천적인 사람은 아니었다. 포와로는 자기 나름대로 잉글소프가 무죄라는 것을 뒷받침해 줄 수 있는 훌륭한 이유들을 가지고 있겠지만, 서머하예 총경 같은 사람은 만져서 알 수 있는 확실한 증거들을 요구할 것이다. 그래서 나는 포와로가 과연 그것들을 제공할 수 있을지 의심스러웠다.

오래 지나지 않아서 우리들은 모두 거실에 모였으며, 재프가 거실의 문을 닫았다. 포와로는 예의바르게 모든 사람들을 위해 의자를 마련해 두었다. 그 방에 모인 사람들의 시선은 런던 경시청에서 나온 두 형사에게로 집중되어 있었다. 내가 생각하기에, 그 순간 처음으로 우리는 이 모든 일이 단지 악몽이 아닌 생생한 현실이라는 것을 깨달았던 것 같다. 우리는 이런 것을 책으로 읽어서만 알고 있었다——하지만 이제는 우리들 자신이 그러한 연극의 배우들이었던 것이다. 내일이면 영국의 모든 신문이 다음과 같은 머리 기사와 함께 이 소식을 발표할 것이다.

'에식스에서 일어난 불가사의한 비극
부유한 노부인이 독살되다'

그 신문에는 스타일즈 저택의 사진들과, 심리를 마치고 나서는 스타일즈 가족들의 스냅 사진들도 실리게 될 것이다——왜냐하면, 이 마을의 사진사들은 절대로 게으른 사람들이 아니니까! 사람들은 신문에서 그런 종류의 기사를 수없이 많이 읽었을 것이다——하지만 그것은 다른 사람의 일이었지, 자기 자신에게 일어난 일은 아니었다. 그런데 지금 이 집에서 의문의 살인사건이 벌어진 것이다! 우리들 앞에는 '이 사건을 맡고 있는 형사들'이 있었다. 포와로가 일을 시작하기 전 얼마 동안 내 마음속에서는 이런 사실들이 재빨리 떠올랐다가는 사라졌다.

먼저 말을 꺼낸 사람이 그 두 형사 중의 한 사람이 아니라 포와로였을 때, 거실에 모인 사람들이 약간 놀라는 것 같았다.

「신사 숙녀 여러분——.」

포와로는 마치 강의를 시작하려는 명사나 되는 것처럼 허리를 굽혀 인사했다.

「나는 한 가지 목적이 있어서 여러분을 이곳으로 모여 달라고 부탁드렸습니다. 그 목적이란 것은 앨프레드 잉글소프 씨와 관계되는 겁니다.」

잉글소프는 다른 사람들과 떨어진 곳에 혼자 앉아 있었다——내가 보기엔, 무의식적으로 다른 사람들이 그의 주위에서 약간씩 의자를 끌어갔던 모양이다――그는 포와로가 자기 이름을 말하자 약간 놀라는 기색이었다.

포와로는 그를 똑바로 바라보며 말했다.

「잉글소프 씨, 이 집에는 매우 어두운 그림자가 드리워져 있습니다. 바로 살인이라는 그림자지요.」

잉글소프는 슬픈 표정을 지으며 머리를 가로 저었다.

「가엾은 아내――가엾은 에밀리! 이건 너무 끔찍한 일이오.」

그가 중얼거렸다.

「잉글소프 씨, 당신은 아직 이 일이――당신에게 얼마나 끔찍한 결과를 가져다 줄지 깨닫지 못한 것 같습니다.」

포와로는 싸늘하게 말했다. 그래도 잉글소프가 자신의 말을 이해하는 것처럼 보이지 않자 포와로는 덧붙여 말했다.

「잉글소프 씨, 당신은 지금 매우 위험한 입장에 놓여 있습니다.」

두 형사는 포와로의 행동에 조바심을 내고 있었다. 나는 '당신이 말하는 모든 것은 당신에게 불리한 증거로 사용될 수 있다.'라는 경고가 서머하예의 입에서 지금 금방이라도 쏟아져 나올 것 같다고 생각했다. 포와로는 말을 계속했다.

「이제 내 말을 이해할 수 있겠습니까, 잉글소프 씨?」

「글쎄요――대체 무슨 말인지 전혀 모르겠군요.」

「내 말은――당신이 지금 아내를 독살한 혐의를 받고 있다는 사실입니다.」

포와로는 조심스럽게 말했다.

이런 노골적인 말에 거실에 모여 있는 사람들은 숨막힐 듯한 탄성을 질렀다.

잉글소프는 깜짝 놀라 벌떡 일어서며 소리쳤다.

「하느님 맙소사! 그 무슨 터무니없는 말입니까! 내가 사랑하는 에밀리를 독살하다니!」

포와로는 그를 날카롭게 노려보며 말했다.

「당신이 심리에서 진술했던 증언이 모두, 당신에게 더욱 좋지 않은 영향을 주었습니다. 잉글소프 씨, 이래도 여전히 월요일 오후 6시에 어디에 있었는지 대답하지 않겠습니까?」

잉글소프는 신음소리를 내며 의자에 털썩 주저앉더니 두 손으로 얼굴을 감쌌다. 포와로는 그에게로 다가가서 그를 내려다보았다.

「말씀하십시오!」

그는 마치 위협하듯이 소리쳤다.

잉글소프는 천천히 손에서 얼굴을 떼고 고개를 들었다. 그리고 나서는 조심스럽게 머리를 가로 저었다.

「말씀하지 않겠습니까?」

「그렇습니다. 나는 그 누구도 당신이 말하는 이유로 나를 욕할 거라고는 믿지 않습니다.」

포와로는 무엇인가 결정을 내리듯이 신중하고 무겁게 머리를 끄덕거렸다.

「좋습니다! 그렇다면 내가 당신을 대신해서 말하지요.」

앨프레드 잉글소프는 다시 자리에서 벌떡 일어났다.

「나를 대신해서 말하겠다고? 도대체 무슨 말을 어떻게 하겠다는 겁니까? 당신은 아무것도 모릅니다.」

그는 갑자기 말을 끊었다.

포와로가 우리들 쪽으로 몸을 돌렸다.

「신사 숙녀 여러분! 여러분에게 아주 중대한 사실을 말씀드리겠습니다. 이쪽으로 귀를 기울여 주십시오! 나 에르퀼 포와로는 지난 월요일 6시 정각에 약국에서 스트리크닌을 샀던 사람은 잉글소프 씨가 아니라는 것을 분명히 말할 수 있습니다. 왜냐하면 그날 6시 정각에 잉글소프 씨는 레이크스 부인을 근처의 농장에서 그녀의 집으로 데려다 주고 있었기 때문입니다. 나는 6시 정각, 또는 그보다 조금 늦은 시간에 그 두 사람이 함께 있는 것을 보았다고 맹세할 수 있는 목격자를 다섯 명 정도 만났습니다. 그리고 여러분께서도 알 것이라고 생각합니다만——레이크스 부인의 집인 애비 농장은 적어도 마을에서 2.5마일(약 4km) 정도 떨어져 있습니다. 그러므로, 잉글소프 씨의 알리바이는 전혀 의심할 여지가 없는 겁니다!」

제8장
새로운 혐의

 잠시 동안 거실에 모든 것이 마비된 듯한 침묵이 흘렀다. 재프 형사가 별로 놀란 기색이 보이지 않는 얼굴로 침묵을 깨뜨렸다.
 갑자기 그가 소리쳤다.
「역시——당신은 정말 대단한 사람입니다, 포와로 씨! 당신은 실수라는 것을 모르지요. 당신이 말한 그 목격자들은 모두 틀림없으리라고 나는 믿습니다.」
「나는 그 목격자들의 명단을 만들었습니다——여기에 그들의 이름과 주소가 적혀 있습니다. 하지만 조사해 보지 않아도 틀림없을 겁니다.」
「나도 분명히 그러리라고 확신합니다.」 재프는 목소리를 낮추어서 말을 이었다. 「정말 고맙습니다, 포와로 씨. 그를 체포했더라면 우리가 정말 우스운 꼴이 될 뻔했군요.」
 그리고는 잉글소프에게로 몸을 돌려서 말했다.
「그런데, 잉글소프 씨, 왜 심리에서 그런 말을 하지 않았습니까?」

「그 이유도 내가 대신 여러분에게 말씀드리겠습니다.」 포와로가 그의 말을 가로막았다. 「거기에는 어떤 소문이 있었습니다.」

「그것은 사실과는 다른 소문입니다.」

앨프레드 잉글소프가 흥분된 목소리로 포와로의 이야기 도중에 끼여들었다.

「그리고 잉글소프 씨는 당분간 그런 소문이 떠돌아다니지 않도록 조심해야 했습니다. 내 말이 맞지요?」

「그렇습니다.」 잉글소프는 머리를 끄덕이며 말했다. 「가엾은 에밀리가 아직 땅에 묻히기도 전에, 더 이상 헛된 소문들이 떠돌아다니지 않기를 바란다는 것은 지극히 당연한 일이 아니겠습니까?」

「이건 나 개인적인 이야기입니다만, 잉글소프 씨──.」 하고 재프가 말했다. 「나라면 살인 혐의를 쓰고 체포당하느니보다는 차라리 소문을 달게 받겠습니다. 그리고 주제넘은 말인지 모르겠으나 아마 돌아가신 잉글소프 노부인께서도 나와 똑같이 느낄 것이라 믿습니다. 또한, 만일 여기 계신 포와로 씨가 아니었더라면 당신은 분명히 체포되었을 겁니다!」

「내가 어리석었소. 그러나 당신은 모를 겁니다. 내가 그 동안 그러한 소문 때문에 얼마나 많은 고통과 비난을 받아 왔는지를 말입니다.」

잉글소프가 중얼거리듯이 말했다. 말을 마치고 그는 에블린 하워드 양을 험악하게 노려보았다.

「자, 이제는──.」 재프가 빠른 몸짓으로 존을 바라보며 말했다. 「잉글소프 노부인의 침실을 좀 살펴봐야 하겠습니다. 그리고 그 다음에는 이 집에서 일하고 있는 하인들과 몇 마디 이야기를 나누고 싶습니다. 하지만 당신은 아무것도 신경쓰실 필요 없습니다. 여기에 계신 포와로 씨가 모두 안내해 줄 테니까요.」

재프가 빠른 몸짓으로 존을 바라보며 말했다.

사람들이 거실 밖으로 나가자, 포와로는 나에게 몸을 돌리면서 함께 위층으로 올라가자는 신호를 했다. 위층으로 올라가자, 그는 내 팔을 잡고 한쪽 구석으로 데려갔다.

「빨리 저쪽 건물로 가게. 그런 다음 거기——나사(羅沙 : 모직물의 한 종류)가 입혀진 문 옆에 서 있게. 내가 그곳으로 갈 때까지 절대로 움직여서는 안 되네.」

말을 마치자마자 그는 재빨리 뒤로 돌아서 두 형사에게로 갔다.

나는 그가 지시한 그 문 옆에 서 있었다. 그리고는 포와로가 도대체 왜 이런 부탁을 했을까 골똘히 생각해 보았다. 내가 왜 이런 이상한 곳에서 신경을 곤두세운 채 꼼짝없이 서 있어야 하는 걸까? 나는 이런 생각에 깊이 잠긴 채 앞에 있는 복도를 내려다보았다. 바로 그때 문득 한 가지 생각이 떠올랐다. 신시어 머도크 양의 방을 제외하고는 모든 방들이 왼쪽 건물에 있었던 것이다. 내가 지금 여기 서 있는 이유도 이런 사실과 관련된 것이 아닐까? 나는 누가 오고 누가 지나갔는지 그에게 말해야 하는 건가? 나는 그 자리에서 꼼짝않고 서 있었다. 몇 분이 지났다. 아무도 지나가지 않았으며, 아무 일도 일어나지 않았다.

내가 20분쯤 지났을 거라고 생각했을 때 포와로가 왔다.

「그 동안 움직이지는 않았겠지!」

「물론이죠. 여기에서 바위처럼 꼼짝하지 않고 있었습니다. 하지만, 아무 일도 일어나지 않았습니다.」

「오호!」

포와로는 기뻐서인지, 아니면 실망했기 때문인지 도무지 종잡을 수 없는 야릇한 탄성을 질렀다.

「자네는 아무것도 보지 못했다는 말인가?」

「그렇습니다.」
「그러나 무슨 소리는 들었겠지? 쿵 하는 커다란 소리 따위 말이야——안 그런가, 헤이스팅스?」
「아니, 아무것도 듣지 못했는데요.」
「그럴 리가 있나——그렇다면 무척 유감이로군! 나는 평소에 덤벙거리는 편이 아닌데, 아까 나는 정말 살짝 움직였다네——.」나는 포와로의 몸짓을 잘 알고 있다.「왼손을 말일세. 그런데 그만 침대옆에 있는 탁자가 뒤집어져 버리지 뭔가!」

그는 정말 어린애처럼 초조하고 의기소침해 보였다. 그래서 나는 재빨리 그를 위로했다.

「걱정하지 마십시오, 포와로. 그게 뭐 대단한 일은 아니잖습니까? 아래층에서 있었던 뜻밖의 승리 때문에 약간 흥분해 있었던 건 아닙니까? 솔직히 말해서, 아까 당신의 말은 우리 모두에게 굉장한 충격을 주었습니다. 하지만 잉글소프와 레이크스 부인의 문제에는 우리가 생각했던 것보다 더 많은 비밀이 숨겨져 있는 것이 분명합니다. 그러기 때문에 잉글소프가 그렇게 입을 다물고 있는 게 아닐까요? 그건 그렇고, 이제는 어떻게 할 생각입니까? 오——그리고 런던 경시청에서 온 사람들은 어디에 있나요?」

「하인들과 이야기하겠다며 아래층으로 내려갔다네. 나는 그들에게 모든 증거들을 보여 주었어. 그런데 나는 재프에게 몹시 실망했네. 그는 도대체가 질서 정연한 체계를 갖고 있지 않더군!」

「아니, 잠깐만요!」

나는 창 밖을 내다보면서 소리쳤다.

「저기 바워스타인 박사가 있군요. 나는 저 사람에 대해서 당신이 한 말이 옳다고 생각합니다. 포와로, 나는 바워스타인 박사가 마음에 들지 않아요.」

「그는 명석한 사람일세.」

포와로가 명상에 잠기면서 잘라 말했다.

「맞습니다. 그는 정말 악마처럼 명석한 사람이죠! 솔직히 말해서, 나는 화요일에 그가 난처한 지경에 빠진 것을 보고 미칠 듯이 기뻤었지요. 당신은 그런 장관을 보지 못했을 겁니다!」

나는 포와로에게 바워스타인 박사의 이야기를 들려주었다.

「그는 정말 허수아비 같았답니다! 머리에서 발끝까지 온통 진흙투성이가 되어 버렸거든요.」

「그때 자네가 그를 보았나?」

「그럼, 물론이죠. 처음에 그는 안으로 들어오지 않으려고 했거든요――저녁식사가 끝난 뒤였어요――하지만, 잉글소프가 들어오라고 잡아 끌었습니다.」

「뭐라고?」

포와로는 내 어깨를 잡고 난폭하게 흔들었다.

「바워스타인 박사가 정말 화요일 저녁에 여기 있었단 말인가? 바로 여기에? 자네는 나에게 그런 일에 대해서는 한 마디도 하지 않았잖나? 왜 그 사실을 말하지 않았나? 왜? 왜?」

그는 걷잡을 수 없는 흥분에 들떠 있었다.

「아니, 포와로, 나는 당신이 그 일에 그렇게 흥미를 가지리라고는 생각하지 못했어요! 그리고 그것이 중요한 의미가 있는 사실인 줄은 정말 몰랐습니다.」

내가 타이르듯이 말했다.

「중요한 의미? 다른 어떤 것보다도 훨씬 더 중요한 거라네! 그렇다면 화요일 밤에――살인이 일어났던 그날 밤에 바워스타인 박사가 여기에 있었단 말이지? 헤이스팅스, 자네, 이래도 모르겠나? 그것 때문에 모든 것이 달라져 버렸단 말이야――모든 것이.」

갑자기 그는 어떤 결심을 하는 것처럼 보였다.

「자, 가세! 지금 당장 조치를 취해야 해. 캐븐디시는 지금 어디에 있지?」

존은 흡연실에 있었다. 포와로는 곧바로 그에게 다가갔다.

「캐븐디시 씨, 지금 태드민스터에 중요한 볼일이 있어서 그러는데, 차 좀 빌려 주겠습니까?」

「오, 물론이지요. 지금 당장 필요한 겁니까?」

「가능하다면, 지금 당장 떠나고 싶습니다.」

존은 벨을 울려서 자동차를 준비시켜 놓으라고 지시했다. 그리고 나서 10분쯤 지난 뒤, 나는 포와로와 주차장으로 달려 내려가 태드민스터로 향하는 큰길을 따라 차를 몰았다.

「잠깐만요, 포와로, 무엇 때문에 이러는 것인지 내게 말해 줄 수 없겠습니까?」

내가 항복했다는 듯이 말을 꺼냈다.

「글쎄, 헤이스팅스──자네 나름대로 마음껏 추측해 보게. 잉글소프가 살인 혐의에서 벗어난 지금, 이 사건의 모든 상황이 바뀌었다는 것을 자네도 깨달았을 거네. 이제 우리는 아주 새로운 문제와 직면하게 되었어. 즉, 한 사람은 스트리크닌을 사지 않았다는 사실을 알고 있지. 지금까지 우리는 누군가 만들어 놓은 거짓 단서들을 제거해 왔네. 그러나 이제부터는 진짜 단서들을 조사해 봐야 해. 자네와 테니스를 친 캐븐디시 부인을 제외한 이 집 식구들 중의 누군가가 월요일 저녁에 잉글소프로 분장했을 거라고 나는 확신하고 있네. 그와 똑같은 방법으로 우리는 그가 홀의 탁자에 커피잔을 내려놓았다는 진술을 들었어. 심리에서는 아무도 이 사실에 관심을 갖지 않았지──하지만 지금은 이 사실이 전과는 다른 중요성을 갖게 되었네. 그러므로 우리는 과연 나중에 누가 그 커피를 잉글소프 노부인에게 갖다 주었으며, 그 커피잔이 거기에 놓여 있는 동안에 누가 홀을 지나갔는지를 밝혀내야 한다네. 자네 말에 의하면, 그 커피잔 근처에 있지 않았다고 우리가 자신 있게 말할 수 있는 사람은 단지 두 사람뿐이야 —— 바로 캐븐디시 부인과 신시어 머도크 양이지.」

「맞아요. 그건 사실입니다.」

나는 어떻게 설명할 수는 없지만 가슴속이 환하게 밝아오는 것을 느꼈다. 메어리 캐븐디시는 분명히 누명을 쓰고 그냥 있을 여자가 아니었다.

「앨프레드 잉글소프의 혐의를 제거하면서 ——.」하고 포와로가 말을 이어나갔다. 「나는 내가 계획했던 것보다 훨씬 빨리 수사 방향을 분명히 결정해야 했네. 내가 그에게 쫓기고 있는 동안에 범인은 다소 경계를 풀고 있었을 거야. 하지만 이제 그는 전보다 갑절이나 신경을 곤두세우겠지. 그래 —— 갑절이나 경계를 하며 조심스럽게 행동할 거야.」그는 갑자기 나에게 몸을 돌렸다. 「말해 보게, 헤이스팅스. 자네는 누구에게 혐의를 두고 있나?」

나는 바로 대답을 하지 못하고 머뭇거렸다. 솔직히 말해서, 그날 아침에 한두 번 어떤 생각이 뇌리를 스쳐가기는 했었다. 그러나 그 생각은 전혀 체계가 없었으며 허황된 것이었다. 그래서 나는 그 생각을 터무니없는 것이라고 묵살시켜 버렸었다. 하지만, 아직까지도 그것이 마음 한구석에 남아 있었다.

「글쎄 —— 뭐 혐의라고까지는 할 수 없을 겁니다. 너무 어리석은 것이니까요.」

나는 중얼거리듯이 말했다.

「어서 말해 보게, 헤이스팅스.」포와로는 주저하고 있는 나를 재촉했다. 「두려워하지 말게. 그저 자네 마음속에 있는 생각을 그대로 말하면 되는 거야. 사람들은 언제나 자신의 본능이나 직관에 주의를 기울여야 하네.」

「좋아요, 그렇다면——.」 나는 불쑥 말을 꺼냈다. 「너무 우스꽝스럽기는 하지만——나는 하워드 양이 자기가 알고 있는 것을 모두 말하지 않았다고 생각합니다.」

「하워드 양이?」

「그래요——내 생각을 비웃을지도 모르지만……나는——단지 그녀가 그날 저녁 스타일즈 저택에 없었다는 이유 때문에 너무 성급하게 그녀를 혐의 대상에서 제외시킨 것이 아닌가 하는 느낌을 떨쳐 버릴 수가 없습니다. 게다가 그녀는 스타일즈에서 단지 15마일(약 24km)밖에 떨어지지 않은 곳에 있었거든요. 자동차를 타면 30분이면 충분히 오고 갈 수 있는 거리지요. 그리고 그녀가 사건이 일어난 날 밤에 스타일즈 저택에서 떨어진 곳에 있었다고 확신할 만한 근거도 없잖습니까?」

뜻밖에도 포와로는 이렇게 대답했다.

「그럼, 헤이스팅스——그 점에 대해서는 내가 자신 있게 말할 수 있다네. 나는 사건을 부탁받고 나서 곧 그녀가 근무하고 있는 병원에 전화를 걸었으니까 말이야.」

「그래서요?」

「하워드 양은 화요일에 주간 당번으로 병원에서 근무하고 있었으며, 또한——그날 늦게 갑자기 실려 온 환자가 있었는데——그녀가 자진해서 병원에 남아 그 환자를 돌보겠다고 했다는군. 물론 병원에서도 그녀의 말을 기꺼이 받아들였지. 그러니까 그녀가 스타일즈 저택에 없었다는 것은 분명한 사실이네.」

「오!」 나는 약간 당황하며 말했다. 「사실——내가 하워드 양을 의심하게 된 것은 다름이 아니라, 그녀가 잉글소프에 대해서 유별나게 불만을 나타냈기 때문이었습니다. 나는 그녀가 잉글소프에게 해가 되는 일이라면 무슨 일이든지 할 것이라는 인상을 깊게 받았거든요. 게다가 웬지 그녀가 유언장이 없어진 것에 대해서 뭔가 알고 있을 거라는 느낌까지도 들더군요. 그 유언장이 잉글소프에게 유리하게 작성된 것이라고 착각해서, 그녀가 불에 태워 없애 버렸을지도 모르는 일 아닙니까? 그녀는 충분히 그렇게 하고도 남을 만큼 잉글소프에게 가혹한 여자지요.」

「자네는 그녀가 흥분하는 것이 부자연스럽게 보인다는 말인가?」

「그——래요. 그녀는 너무한다고 생각될 정도로 심하거든요. 나는 혹시 하워드 양이 미친 것은 아닐까 하고 의심해 본 적도 있을 정도였습니다.」

포와로는 힘차게 머리를 가로 저었다.

「아니야, 그건 그렇지 않아. 자네는 바로 거기에서 잘못 생각했군. 하워드 양에게는 저능하다든가 변태적인 면이 전혀 없어. 그녀는 잘 조화된 전형적인 영국인이야. 그리고 매우 정상적이며 분별력이 있는 여자일세.」

「하지만, 잉글소프에 대한 그녀의 증오는 거의 광적으로 보입니다. 물론 터무니없는 생각이긴 하겠지만——나는 그녀가 잉글소프를 독살하려고 했었는데, 어떻게 잘못해서 잉글소프 노부인이 마셨을 거라고도 생각해 보았지요. 그러나 구체적으로 그것이 어떻게 일어났는지에 대해서는 전혀 모르겠습니다. 내 이야기가 우스꽝스럽고 매우 어리석게 들릴 거라고는 나도 인정합니다.」

「하지만, 한 가지는 자네 말이 옳아. 무죄라는 사실을 논리적으로, 그리고 만족스럽게 증명할 수 있을 때까지 모든 사람들을 의심한다는 것은 현명한 생각일세. 자, 그럼 하워드 양이 잉글소프 노부인을 독살했다고 볼 만한 이유들은 어떤 것이 있을까?」

「아니, 그게 무슨 소리입니까? 그녀는 잉글소프 노부인에게 헌신적으로 봉사하지 않았습니까?」

 나는 큰소리로 외치듯이 말했다.

「쯧쯧!」

 포와로가 신경질적으로 혀를 차고는 말을 이었다.

「자네는 마치 어린애처럼 말하는군. 만일 하워드 양이 잉글소프 노부인을 독살할 마음을 먹었다면, 그녀는 충분히 그렇게 가장할 수 있었을 거야. 그러니까 우리는 다른 관점에서 그녀를 살펴봐야 한단 말일세. 앨프레드 잉글소프에 대한 그녀의 마음이 너무 지나치다는 자네의 추측은 옳아. 그렇지만 그러한 추측에서부터 자네가 이끌어낸 추론에 대해 말하자면, 그건 전혀 옳지 않아. 나는 거의 확실하다고 여겨지는 몇 가지 추론을 가지고 있네. 하지만, 당분간 그것에 대해서는 말하지 않겠네.」

 그는 잠시 말을 멈췄다가 다시 계속했다.

「그리고 내 생각에 따르면, 하워드 양이 범인이라는 추론에는 결정적인 결점이 하나 있네.」

「어떤 건데요?」

「그건 어느모로 보든지, 잉글소프 노부인의 죽음으로써 하워드 양에게 이득이 될 게 전혀 없다는 사실일세. 절대로 동기가 없는 살인은 있을 수 없으니까.」

 나는 골똘히 생각했다.

「혹시 잉글소프 노부인이 하워드 양에게 유리한 유언장을 만들어 놓지는 않았을까요?」

 포와로는 머리를 가로 저었다.

「하지만, 당신은 웰스에게 그런 이야기를 했잖습니까?」

 포와로는 미소를 지으며 대답했다.

「그것은 다른 이유——곧 내가 염두에 두고 있는 사람의 이름을 언급하고 싶지가 않았기 때문이었어. 그런데 하워드 양이 바로 그 사람과 가장 비슷한 위치에 있었네. 그래서 나는 대신 그녀의 이름을 사용했던 것뿐이야.」

「그러나 나는 잉글소프 노부인이 그렇게 했을 수도 있다고 생각합니다. 생각해 보십시오, 그녀가 죽던 날 오후에 만들어졌던 그 유언장은 어쩌면——.」

하지만, 포와로가 너무나 힘차게 머리를 내젓는 바람에 나는 그만 입을 다물고 말았다.

「아니야, 헤이스팅스. 그 유언장에 대해서는 내 나름대로 생각하고 있는 것이 몇 가지 있어. 그래서 다른 건 몰라도 내가 이것만큼은 자네에게 말해 줄 수가 있지——그 유언장은 결코 하워드 양에게 이롭게 작성되지 않았을 거네.」

나는 그가 어떻게 해서 그 문제에 대해 그토록 확신할 수 있게 되었는지는 몰랐지만, 어쨌든 마지못해 그의 확신을 받아들였다.

「그렇다면——.」 나는 긴 한숨을 내쉬었다. 「이제 하워드 양은 제쳐놓아야겠군요. 하지만, 내가 그녀를 의심하게 된 것은 부분적으로 당신 탓이기도 합니다. 내가 처음으로 그녀를 의심하기 시작한 것은 심리에서 그녀의 증언에 대해 당신이 했던 말 때문이었으니까요.」

포와로는 어리둥절해 했다.

「그녀의 증언에 대해 내가 뭐라고 말했는데?」

「정말 기억하지 못하겠습니까? 내가 혐의를 둘 수 없는 사람으로는 그녀와 존 캐븐디시가 있다고 말했을 때, 당신이 뭐라고 했지요?」

「오——아하——그래.」

그는 약간 혼란스럽다는 표정을 지었으나, 이내 정신을 가다듬으며 말했다.

「그건 그렇고, 헤이스팅스, 자네가 나를 위해서 좀 해줄 일이 있네.」

「물론 해야죠. 무슨 일입니까?」

「혹시 자네가 우연히 로렌스 캐븐디시와 단둘이 있게 되면 그에게 이렇게 말하게. '포와로가 당신에게 이렇게 전해 달라고 부탁하더군요. 나머지 커피잔을 찾으십시오. 그러면 당신은 편안하게 지낼 수 있습니다.' 하고 말일세. 절대로 한 마디도 덧붙이거나 빼서는 안 되네.」

「'나머지 커피잔을 찾으십시오. 그러면 당신은 편안하게 지낼 수 있습니다.' 어때요, 정확합니까?」

나는 얼떨떨한 상태로 그에게 물어 보았다.

「훌륭하네.」

「그런데 대체 이 말이 무슨 뜻입니까?」

「아, 그것에 대해서는 자네가 직접 밝혀내 보게. 이내 어떤 사실에 접근할 수 있게 될 거야. 자네는 단지 로렌스에게 그렇게 말하고 나서, 그가 무슨 말을 하는지 잘 듣기만 하면 되는 걸세.」

「잘 알겠습니다——하지만 이것 참 도무지 뭐가 뭔지 모르겠는 걸.」

그때 우리는 태드민스터로 접어들고 있었으며, 포와로는 '분석 약종상'이라는 곳으로 차를 돌렸다.

포와로는 재빨리 차에서 내려 건물 안으로 들어갔다가 몇 분 뒤에 다시 돌아왔다.

「이젠 됐어. 이것이 바로 내가 하려던 것이었네.」 하고 그가 말했다.

「저 안에서 무슨 일을 했습니까?」

나는 몹시 궁금해서 물어 보았다.

「분석해야 할 것을 맡기고 왔네.」

「그건 나도 압니다. 도대체 그게 뭡니까?」

「침실에 있던 소스 냄비에서 채취한 코코아일세.」

「예? 그건 이미 분석해 보지 않았습니까? 바워스타인 박사가 이미 분석해 보았고, 당신도 그 속에는 스트리크닌이 들어 있지 않다고 확신하지 않았습니까?」

나는 어안이벙벙해서 소리쳤다.

「물론 바워스타인 박사가 그것을 분석했지.」 포와로가 조용하게 대답했다.

「그렇다면 왜 또——.」

「글쎄——그저 다시 한 번 분석해 보고 싶었네. 그것뿐이야. 다른 이유는 없어.」

그 뒤로 나는 이 문제에 대해서는 한 마디도 듣지 못했다.

포와로의 이런 뜻밖의 행동에 나는 몹시 어리둥절해졌다. 나는 포와로의 태도에서 어떤 힌트조차도 발견할 수 없었다. 하지만 한때 다소 약해졌었던 그에 대한 나의 신뢰는 앨프레드 잉글소프가 무죄라는 그의 주장이 입증된 이후로 완전히 회복되어 있었다.

잉글소프 노부인의 장례식은 그 다음날에 있었다. 그리고 월요일에 내가 다소 늦게 아침식사를 하기 위해 아래층으로 내려갈 때, 존이 나를 불러서 한쪽으로 데리고 갔다. 그는 앨프레드 잉글소프가 자기에 대한 소문이 가라앉을 때까지 스타일라이트 암스에서 머무르겠다며 그날 아침에 집을 떠나겠다고 했노라고 알려 주었다.

「정말이지 그 사람이 나간다고 하니 마음이 가볍다네, 헤이스팅스.」 내 정직한 친구는 계속해서 말을 이었다. 「사실 그가 어머니를 죽였다고 생각했던 지난 시간들은 참으로 견디기 어려울 만큼 힘들었네. 하지만 이제는 그에 대한 혐의도 벗겨졌고, 또한 우리가 그를 지나치게 몰아세웠던 것에 대해서도 모두 반성하고 있다네. 그러나 그 때는 전체적인 상황이 그에게 매우 불리하게 보였기 때문에 우리로서도 어쩔 수 없는 일이었어. 이 사건의 상황을 이해하는 사람이라면 그 누구도 그때 우리가 너무 성급하게 결론을 내렸다고는 비난하지 않을 거야. 그렇지만 우리가 잘못한 것은 사실이잖나? 그래서 지금 그것에 대해서 어떤 보상을 해야겠다는 생각을 가지고 있다네. 그 일도 그리 수월한 일은 아닌 것 같군. 왜냐하면 그렇다고 해서 우리들이 그전보다 그에게 더 호감을 느끼게 된 것은 아니기 때문이야. 모든 사정이 그저 난처하게만 되었어! 하지만, 어떻든 잉글소프 씨 스스로 떠날 결심을 한 것에 대해서는 무척 고맙게 생각하고 있다네. 더구나 스타일즈 저택을 어머니가 그 사람에게 넘겨 주지 않은 것은 참 잘하신 일일세. 그 사람이 이 집에서 행세하고 있는 것은 생각만 해도 견딜 수 없는 일이야. 하지만, 그는 어머니의 돈을 마음대로 쓸 수는 있게 되었지.」

「당신은 이 집을 이끌어 나갈 자신이 있습니까?」하고 내가 물었다.

「오, 물론이지. 물론 상속세라는 것이 있기는 하지만, 이 저택의 절반은 아버지의 재산이고, 또한 로렌스가 당분간은 우리와 함께 있을 것일세. 따라서 그 몫에 해당하는 재산도 준비되어 있어. 물론 처음에야 몹시 궁색하게 지내야 하겠지. 왜냐하면 그전에 한번 이야기했던 대로 나는 지금 경제적으로 어려운 처지이거든. 그러나 지금으로서는 형편이 좋아질 때까지 기다릴 수밖에 없잖겠나?」

곧 잉글소프가 이 집을 떠나게 된다는 사실로 우리는 어느 정도 안도감을 느꼈으며, 그러한 분위기 때문에 우리들은 살인사건이 일어난 이래로 가장 유쾌하게 아침식사를 했다. 선천적으로 낙천적인 성격을 타고난 신시어는 완전히 옛모습으로 돌아온 것처럼 보였으며, 언제나 음울하고 예민하게 보이던 로렌스를 제외한 다른 사람들은 모두 새롭고도 희망에 찬 출발을 기대하며 매우 즐거워했다.

신문들은 스타일즈 저택에서 발생한 비극적인 살인사건에 대한 이야기로 가득 차 있었다. 눈에 크게 들어오는 머리 기사, 스타일즈 저택의 가족들에 대한 짧은 소개 기사, 은근하게 빈정거리는 말, 그리고 단서를 잡았다는 경찰의 상투적인 인용구들로 채워져 있었다. 우리들에 대한 기사라면 모든 신문사들은 아끼지 않고 지면을 할애했다. 그때는 모든 경기가 침체되어 있었다. 게다가 전쟁도 잠정적으로 휴전 상태에 있었으므로, 각 신문사들은 특종 기사를 잡고 싶은 갈망에 사로잡혀 너도나도 앞을 다투어 이 사건을 다루었던 것이다. 따라서 '스타일즈 저택의 불가사의한 사건'이라 하여 이 당시의 톱 기사가 되어 버렸다.

캐븐디시 식구들은 이러한 것을 몹시 불쾌하게 여겼다. 스타일즈 저택에는 끊임없이 신문 기자들이 몰려들었다. 하지만 그들은 집 안으로 들어오지는 못했다. 그래도 그들은 계속해서 마을과 건물 주위의 뜰에 나타났으며, 혹시 가족들 중에서 경솔한 사람이 나타나지나 않나 고대하면서 사진기를 들고 서성거렸다. 우리는 항간에 오르내리는 소문의 중심이 된 것이다. 런던 경시청에서 나온 사람들은 집을 드나들면서 이것저것을 조사하기도 하고 질문을 하기도 했지만, 눈을 날카롭게 뜰 뿐 별말을 하지 않았다. 도대체 그들이 무엇 때문에 그렇게들 요란스럽게 법석을 떠는 건지 우리는 알 수가 없었다. 그들은 어떤 단서를 잡은 것일까, 혹시 영원히 미해결 범죄로 남게 되는 것은 아닐까?

아침식사가 끝난 뒤에 도커스가 이상하다는 표정을 지으며 위층으로 나를 찾아와서는, 잠깐 동안 자기와 이야기를 나눌 수 있겠느냐고 물었다.

「물론이지요. 어서 말해 보세요, 도커스 양.」

「저 —— 다름이 아니라 바로 이거예요, 선생님. 선생님은 오늘 벨기에 신사분을 만나시겠지요?」
 나는 그렇다고 머리를 끄덕였다.
「그런데요, 선생님, 전에 그분이 저에게 마님이나 이 집 식구들 중 누군가가 녹색 옷을 갖고 있는지에 대해서 물어 본 걸 선생님도 알고 계시지요?」
「아, 알고말고요. 그런 옷을 발견했습니까?」
 나는 잔뜩 호기심이 생겨났다.
「아니에요. 제 말은 그런 게 아니랍니다, 선생님. 그 일이 있고 난 뒤로 저는 젊은 양반들이 ──·」도커스에게 존과 로렌스는 여전히 '젊은 양반들'이었다 ──「성장(盛裝)용 상자라고 부르시던 물건이 기억났어요. 그 상자는 위층에 있는 앞쪽 고미다락에 놓여 있답니다, 선생님. 그건 매우 큰 궤짝인데, 그 속에는 낡은 옷들과 이상스럽게 생긴 드레스, 그 밖의 여러 가지 것들이 들어 있지요. 그런데 갑자기 그 궤짝 속에 혹시 녹색 옷이 있을지도 모른다는 생각이 떠올랐어요. 그래서 선생님께서 그 벨기에 신사분에게 말씀해 주신다면 ──.」
「내가 그 사람에게 말하겠습니다, 도커스 양.」
 나는 그녀에게 약속했다.
「대단히 고맙습니다, 선생님. 그분은 정말 훌륭하신 분이에요. 여기저기 엿보고 다니면서 이것저것을 물어 보는 런던에서 온 경찰관들과는 근본적으로 다른 분이라고 생각해요. 저는 대체로 외국인들을 좋게 보는 편은 아니랍니다. 하지만 신문에 나온 기사를 보고, 저는 이곳에 계신 용감한 벨기에 인들이 다른 외국인들과는 다르며, 더욱이 그 벨기에 신사분은 매우 공손하고 예의바른 분이라는 것을 알게 되었답니다.」
 나이는 들었지만 사랑스러운 도커스! 도커스가 그녀 특유의 선량한 얼굴로 나를 올려다보며 서 있는 동안, 나는 그녀가 너무 빨리 사라져 가고 있는 구식 하녀의 전형적인 인물이라고 생각했다.

나는 당장에 마을로 내려가서 포와로를 찾아봐야겠다고 생각했다. 그러나 나는 도중에서 그를 만나게 되었다. 마침 그는 스타일즈 저택으로 올라오고 있는 중이었다. 나는 그를 보자마자 도커스의 말을 전해 주었다.

「아하, 용감한 도커스 양이 마침내 알아냈구먼! 그럼 우리가 그 궤짝을 찾아보기로 하세. 비록——아니야, 상관없어——어쨌든 그 궤짝을 조사해 보세.」

우리는 커다란 문들 중의 하나를 통해서 집으로 들어갔다. 홀에는 아무도 없었다. 포와로와 나는 곧바로 고미다락으로 올라갔다.

고미다락에는 고풍스럽고도 멋진 큰 궤짝이 놓여 있었다. 궤짝의 둘레는 온통 장식용 놋쇠 못이 쳐져 있었으며, 이상야릇하게 생긴 옷가지들이 비쭉비쭉 나와 있었다.

포와로는 그답지 않은 거친 태도로 그 속에 들어 있던 옷가지들을 모조리 꺼내서 바닥에 늘어놓았다. 하지만 포와로는 옷가지들을 내려다보면서 설레설레 머리를 흔들었다. 그는 마치 큰 궤짝에서 별다른 결과를 기대하지 않았다는 듯이 냉정한 표정을 지었다. 그러더니 갑자기 탄성을 질렀다.

「왜 그럽니까?」

「이것 좀 보게!」

그 궤짝은 거의 비어 있었는데, 바로 거기에 아주 멋진 검은 턱수염이 놓여 있었다.

「오오!」 포와로는 소리쳤다. 「이럴 수가!」 그는 그것을 손바닥에 올려놓고 뒤집더니 자세히 살펴보았다. 「새것이야. 맞아. 이것은 아주 최근에 새로 산 거로군.」

그는 잠시 머뭇거리다가 그 턱수염을 다시 궤짝 속에 집어넣고서 나머지 옷가지들을 전처럼 그 위에 쌓아 놓았다. 그리고는 힘차게 아래층으로 내려가서, 곧바로 식기실로 들어갔다. 그곳에서는 도커스가 열심히 은식기들을 닦고 있었다.

포와로는 골(고대 프랑스) 사람식으로 공손하게 그녀에게 아침 인사를 하고는 입을 열었다.

「그 궤짝을 살펴보고 오는 길이오, 도커스 양. 궤짝에 대해 말해 주어서 대단히 감사합니다. 정말 거기에는 멋진 물건들이 많이 있더군요. 그런데 이 집 식구들이 그 물건을 자주 사용합니까?」

「글쎄요, 선생님. 요즘에는 그렇게 자주 사용하지는 않지만, 때때로 우리는 젊은 양반들이 부르시는 것처럼 '성장의 밤'을 즐긴답니다. 그것은 굉장히 재미있어요. 로렌스 캐븐디시 씨, 그분은 정말 놀라운 사람이에요. 너무너무 사람을 웃기거든요! 저는 어느 날 밤 그분이 마치 페르시아 황제처럼 꾸미고 아래층으로 내려오던 모습을 결코 잊지 못할 거예요. 그분은 '페르시아 황제'라든가 잘 생각이 나지 않는데 어쨌든 동양의 왕들이 입었던 복장이라고 말씀하셨던 것 같아요. 로렌스 캐븐디시 씨는 손에 종이로 만든 칼을 들고 계셨어요. 그리고는 '조심하시오, 도커스, 당신은 공손하게 행동해야 할 거요. 이것은 내가 특별히 날카롭게 갈아 놓은 신월도(초승달처럼 굽은 칼)요. 만일, 당신이 조금이라도 내 비위를 건드린다면 이 칼이 당신의 머리를 베어 떨어뜨릴 것이오!' 하고 말씀하셨지요. 또 그 젊은 양반들은 머도크 양을 아파쉬(파리의 불량배)라고 하든가 여하튼 이상하게 불렀답니다―잘은 모르겠지만 악당을 프랑스 말로는 그렇게 부르는 모양이지요? 정말 그때 머도크 양도 볼 만했어요. 선생님께서도 머도크 양처럼 예쁘고 젊은 처녀가 그렇게 무시무시한 악한으로 변장했으리라고는 믿으실 수 없을 거예요. 처음에는 이 집 식구들 중의 아무도 그녀를 알아보지 못했을 정도였으니까요.」

「정말 즐거운 시간이었겠군요. 로렌스 캐븐디시 씨가 페르시아 황제로 분장했을 때, 고미다락의 궤짝 속에 들어 있는 멋진 검은색 턱수염을 붙였을 것 같은데, 그렇습니까?」

포와로가 다정하게 말했다.

「맞아요. 로렌스 씨는 검은 턱수염을 붙였어요, 선생님.」도커스는 미소를 지으면서 대답했다.「저는 그 턱수염에 대해서는 잘 알고 있답니다. 로렌스 씨가 턱수염을 만들기 위해 제 검은 털실을 두 타래나 빌려 갔었으니까요! 그리고 그 턱수염은 멀리서 보면 놀라울 정도로 진짜처럼 보였답니다. 아직도 그 턱수염이 고미다락에 있는지는 몰랐어요. 아마 그것은 틀림없이 최근에 산 걸 거예요. 제가 알기로는 빨간색 가발이 있기는 했지만, 그밖에는 머리카락으로 만들어진 것은 없었으니까요. 그분들은 대부분——다시 지워 없앨 때 지저분하기는 하지만 코르크 먹을 사용하신답니다. 한번은 머도크 양이 흑인으로 변장했었는데——오, 정말 그녀는 무척 힘들었을 거예요.」

「도커스는 그 검은 턱수염에 대해서 아무것도 모르고 있는 셈이군.」

우리가 식기실에서 나와 홀을 향해 걸어가고 있을 때, 포와로는 무엇인지 골똘히 생각하면서 이렇게 말했다.

「당신은 그것이 범행에 사용된 것이라고 생각하나요?」

나는 호기심 때문에 안달하면서도 애써 목소리를 낮추어 말했다.

포와로는 머리를 끄덕였다.

「그렇다네. 자네, 그 턱수염이 잘려졌다는 것을 알아차렸나?」

「아니오.」

「잘려져 있었어. 그 턱수염은 정확하게 잉글소프의 턱수염 모양으로 잘려져 있었다네. 그리고 또, 나는 가위로 잘라낸 머리카락 한두 개도 보았지. 헤이스팅스, 이 문제는 매우 어려운 것일세.」

「누가 그것을 궤짝 속에 넣어 두었을까요? 정말 궁금한데요.」
「누군가 매우 영리한 사람이겠지.」 하고 포와로는 냉담하게 말했다. 「그는 그 턱수염을 숨기기 위해서 은밀한 장소를 선택한 거야. 그래, 그는 분명히 머리가 뛰어난 사람일 거야. 하지만 우리는 그보다 더 명석해야 하네. 그가 혀를 내두를 정도로 명석해야 해.」
나는 묵묵히 그의 말을 듣고 있었다.
「그 점에서 자네는 나에게 커다란 도움이 되어 줄 걸세, 헤이스팅스.」
나는 그의 칭찬에 상당히 기분이 좋아졌다. 사실 나는 포와로가 나라는 존재의 가치를 인정하고 있다는 생각은 거의 하지 않았다.
「그래 ──.」 그는 뭔가 골똘히 생각하는 모습으로 나를 바라보며 이야기를 이어나갔다. 「자네는 내게 매우 귀중한 도움이 될 걸세.」
이런 말에 나는 의기양양해졌다. 그러나 다음에 포와로가 한 말이 이런 나의 기분을 한풀 꺾어 놓았다.
「나는 이 집 식구들 중의 누군가에게 은밀한 도움을 받아야 하네.」
그는 깊이 생각하면서 말했다.
「내가 있지 않습니까!」
내가 따지듯이 말했다.
「그렇지. 하지만, 자네만으로는 충분치가 않아.」
이 말에 나는 기분이 상했으며, 굳이 그러한 감정을 숨기고 싶지도 않았다. 그러자 포와로는 허둥지둥 변명을 늘어놓았다.
「아니, 자네는 내 진심을 조금도 이해하지 못하고 있군. 자네가 나와 함께 일하고 있다는 사실은 사람들이 다 알고 있지 않나. 나는 어떤 식으로도 우리와 전혀 연결되어 있지 않은 다른 사람이 필요하단 말일세.」
「오, 이제 알겠습니다. 그렇다면 존이 어떻겠습니까?」

「아니, 그는 적합하지가 않아.」
「그래요, 착하기는 하지만 머리가 좋지는 않을 겁니다.」
나는 깊이 생각하면서 말했다.
「저기 하워드 양이 오는군.」 포와로가 갑자기 말했다. 「그녀라면 아주 알맞은 사람인데, 아마 그녀가 나를 싫어할 걸세. 내가 잉글소프의 혐의를 벗겨 놓았으니까 말이야. 어찌 되었든, 일단 부탁이나 해보세.」

몇 분 동안 이야기를 나누더니 하워드 양은 공손하다고는 보기 어렵지만 고개를 까딱여서 포와로의 요청에 동의했다.

우리는 함께 낮에 사람들이 모였던 작은 거실로 들어갔다. 포와로가 문을 닫아 버렸다.

하워드 양이 조심스럽게 말을 꺼냈다.
「포와로 씨―――무슨 일이죠? 어서 말씀해 보세요. 지금 난 몹시 바빠요.」
「하워드 양, 전에 내가 좀 도와 달라고 부탁했던 일을 기억하고 있습니까?」
하워드 양은 머리를 끄덕이며 대답했다.
「그래요. 기억하고 있어요. 그리고 나는 기꺼이 당신을 돕겠다고 말씀드렸지요―――앨프레드 잉글소프를 교수형에 처하기 위해서라면 말이에요.」
「오!」 포와로는 그녀를 찬찬히 훑어보았다. 「하워드 양, 한 가지 물어 볼 것이 있습니다. 조금도 거짓말을 해서는 안 됩니다.」
「나는 거짓말은 하지 않는 사람이에요.」
하워드 양이 대답했다.
「내가 물어 보고 싶은 것은 다름이 아니라 바로 이런 겁니다. 당신은 아직도 잉글소프 노부인이 남편에게 독살당했다고 믿고 있습니까?」

「무슨 뜻으로 하시는 말씀이지요?」 그녀는 날카롭게 물었다. 「포와로 씨, 당신의 시시한 설명들이 나에게 조금이라도 영향을 주리라고는 생각하지 마세요. 약국에서 스트리크닌을 산 것이 그가 아니었다는 사실은 나도 인정하겠어요. 하지만 그것이 어떻단 말이에요? 내가 당신에게 처음에 말했던 대로, 그 사람은 끈끈이 종이를 담갔을지도 몰라요.」

「그것은 스트리크닌이 아니라 비소입니다.」 하고 포와로가 부드럽게 말했다.

「그게 뭐 중요한 문제인가요? 스트리크닌뿐만이 아니라 비소로도 가엾은 마님을 독살할 수 있어요. 나는 만일 그가 그런 짓을 했다고 확신한다면, 그가 어떻게 그 짓을 했는가 하는 것은 조금도 문제삼지 않을 거예요.」

「맞는 말입니다. 만일, 당신이 잉글소프 씨가 범인이라고 확신한다면——아까와는 다른 질문을 하겠습니다. 당신은 진심으로 잉글소프 노부인이 남편에게 독살되었다고 믿습니까?」

포와로가 조용히 물었다.

「하느님 맙소사!」 하워드 양은 소리쳤다. 「그 사람은 건달이에요. 그가 언젠가 반드시 마님을 침대에서 살해할 거라고 당신에게 몇 번이고 말했잖아요? 다시 한 번 말하지만, 나는 그 사람을 끔찍하게 증오해요.」

「당신의 말을 듣고 보니, 변변치 않은 내 생각이 확실해지는군요.」

「변변치 않은 생각이라뇨?」

「하워드 양, 당신은 내 친구가 이 저택에 도착하던 날 나누었던 대화를 기억하고 있습니까? 헤이스팅스가 그 이야기를 그대로 내게 해 주었답니다. 그런데 그것 중에서 당신의 어떤 말이 내게 깊은 인상을 주더군요. 만일 당신이 사랑하는 사람이 살해당하게 된다면, 비록 증명해 보일 수는 없더라도 당신은 분명히 범인이 누구인지 본능적으로 알 수 있을 거라고 단언했다고 했다는데, 기억이 납니까?」

「그래요. 내가 그렇게 말했어요. 그리고 나는 그렇게 할 수 있으리라고 믿어요. 당신은 내 말이 그저 터무니없는 거라고 생각하시는 모양이군요?」

「아니, 그렇지 않습니다.」

「하지만 당신은 앨프레드 잉글소프의 유죄에 대한 내 본능에 전혀 주의를 기울이지 않잖아요?」

「그건 그렇습니다. 왜냐하면 당신의 본능이 잉글소프 씨의 유죄를 말하고 있지 않기 때문이지요.」

포와로가 무뚝뚝하게 말했다.

「뭐라고요?」

「당신은 다만 그 사람이 범죄를 저질렀다고 믿고 싶은 것뿐입니다. 당신은 잉글소프 씨라면 능히 그런 범행을 할 수 있으리라 믿고 있습니다. 하지만 속으로는 그 사람이 범행을 저지르지 않았다고 말하고 있어요. 그것은 당신에게 더 많은 것을 말했지요──계속 말해 볼까요?」

그녀는 마치 넋이 나간 듯이 포와로를 바라보다가 시인하듯이 머리를 약간 끄덕였다.

「왜 당신이 그처럼 격렬하게 잉글소프 씨를 미워하고 있는지 그 이유를 말해 볼까요? 그것은 당신이 믿고 싶은 것을 믿으려고 애쓰고 있기 때문입니다. 그리고 당신의 본능을 억눌러 감춰 버리고 싶기 때문이기도 하지요. 그러나 그것은 당신에게 잉글소프 씨가 아닌 다른 사람의 이름을 말해 주었습니다.」

「아니에요, 그렇지 않아요. 아니에요!」

하워드 양은 손을 위로 치켜 들고 흔들면서 미친 듯이 소리쳤다.
「말하지 마세요! 오, 제발 그만하세요! 그건 진실이 아니에요! 그건 진실일 수가 없어요. 나는 도대체 무엇 때문에 그런 당치도 않은——그런 끔찍한 생각을 갖게 되었는지 정말로 모르겠어요!」
「내 말이 맞지요? 그렇지 않습니까?」
「예, 그래요. 그런 것까지 추측해 내시다니 당신은 마법사 같군요. 하지만 그럴 리가 없어요——그건 너무 끔찍스럽고 불가능한 생각이에요. 범인은 앨프레드 잉글소프여야 해요.」
포와로가 엄숙하게 머리를 가로 저었다.
「그것에 대해서는 묻지 마세요.」하워드 양이 계속 말했다.「나는 절대로 대답하지 않을 거예요. 그런 생각은 나 자신에게조차도 용납될 수 없어요. 내가 그렇게 끔찍한 생각을 하다니 정말 미쳤나 봐요.」
포와로는 만족했다는 듯이 고개를 끄덕였다.
「나는 당신에게 아무것도 묻지 않겠습니다. 내 생각이 맞았다는 것만으로 충분합니다. 그리고 나——나도 역시 본능을 갖고 있습니다. 그러니까 당신과 나는 공통된 목적을 위해서 함께 일하고 있는 셈이지요.」
「그리고 나에게 도움을 부탁하지 마세요. 나는 당신의 부탁을 받아들일 수 없어요. 나는——나는——손가락 하나도 까딱하지 않을 거예요.」
그녀는 말을 더듬었다.
「당신은 틀림없이 당신도 모르게 나를 도와주게 될 겁니다. 내가 당신에게 아무런 부탁을 하지 않더라도 말입니다——당신은 분명히 내 편에 서게 될 겁니다. 아무리 그렇게 되지 않으려고 애써도 자연스럽게 내게로 기울게 되고 말 겁니다. 그리고는 내가 원하는 일만을 하게 되겠지요.」

「그게 무슨 일이지요?」
「신경을 곤두세우고 지켜보는 것입니다!」
 에블린 하워드 양은 머리를 푹 숙였다.
「그렇게 하지 않을 수가 없겠죠. 나는 언제나 지켜보고 있어요. 항상 내가 틀리기를 바라면서 말이에요.」
「당신과 내가 모두 틀렸다면 별도리가 없겠지요.」하고 포와로가 말했다.「그렇게 된다면, 그 누구보다도 내게 가장 기쁜 일이지요. 그러나 만일 우리가 옳다면 어떻게 하겠습니까? 우리가 옳다면, 하워드 양, 그렇다면 당신은 어느편에 서겠습니까?」
「모르겠어요. 어떻게 해야 할지 모르겠어요.」
「어서 말씀해 보십시오.」
「입 밖에 내지 않을 수도 있겠지요.」
「그것은 쉬쉬 하며 감춰서는 안 되는 겁니다.」
「하지만, 에밀리 마님은――.」그녀는 말을 멈췄다.
「하워드 양, 이런 행동은 당신답지 않습니다.」
 포와로는 심각한 표정으로 말했다.
 그녀는 갑자기 손에서 얼굴을 뗴었다.
「그래요――.」그리고는 조용하게 말했다.「방금 전까지 말했던 사람은 에블린 하워드가 아니었어요!」그녀는 도도하게 머리를 치켜들었다.「지금 바로 이 사람이 에블린 하워드예요! 그리고 그녀는 정의의 편에 서 있을 거예요. 비록 어떠한 희생이 뒤따르더라도 말이에요.」이렇게 말하고 나서, 그녀는 곧은 자세로 방을 나갔다.
 포와로는 그녀의 뒷모습을 쳐다보며 말했다.
「매우 믿을 만한 동지일세. 하워드 양은 감성뿐만이 아니라 지성도 갖추고 있어, 헤이스팅스.」
 나는 아무런 대꾸도 하지 않았다.

「본능이라고 하는 것은 정말로 놀라운 것이라네. 그것은 설명될 수도, 또 무시될 수도 없는 것이지.」

포와로는 골똘히 생각하며 말했다.

「당신과 하워드 양은 어떤 것에 대해서 아는 것처럼 이야기하더군요.」 나는 냉정하게 말했다. 「하지만 솔직히 말해서 나는 아무것도 모르겠습니다.」

「정말인가? 자네는 아무것도 모르겠다는 건가, 헤이스팅스?」

「그래요. 내게 설명 좀 해줄 수 없겠습니까, 포와로?」

그는 잠시 꼼꼼하게 나를 훑어보았다. 그러더니 놀랍게도 단호하게 머리를 가로 저었다.

「안 되겠네, 헤이스팅스.」

「뭐라고요! 이것 봐요, 포와로. 왜 안 된다는 겁니까?」

「하나의 비밀에는 두 사람만으로도 충분하니까.」

「아니——하지만 내게 사실을 감추는 것은 옳지 않은 일입니다.」

「내가 사실을 감추는 것이 아닐세. 내가 알고 있는 것은 자네도 역시 모두 알고 있어. 그러니까 자네도 그 사실들로 자네 나름대로 추리해 볼 수 있을 걸세. 이번에는 아이디어의 문제야.」

「그래도 그것들이 구체적으로 무엇인지 알면 재미있을 텐데······.」

포와로는 진지하게 나를 바라보더니, 다시 설레설레 머리를 가로 저었다.

「자네도 알고 있겠지만—— 자네에게는 직감이란 것이 없어.」

그는 슬픈 목소리로 말했다.

「방금 전에는 아이디어가 필요하다고 하지 않았습니까?」

내가 따지듯이 물었다.

「대부분 그 둘은 병존하는 법이지.」

포와로는 알쏭달쏭한 대답을 했다.

나는 그의 대답이 너무 엉뚱했기 때문에, 굳이 그의 말에 대꾸하고 싶지도 않았다. 그러나 만일 내가 어떤 흥미롭고도 중요한 사실을 발견하게 된다면 —— 난 틀림없이 발견하게 될 거라고 확신했다 —— 그것들을 나 혼자만 간직하고 있다가 결정적인 순간에 포와로를 깜짝 놀라게 해주리라 결심했다.

살다 보면 자기의 의견을 고집하는 것이 의무일 때도 더러 있는 법이다.

제 9 장
바워스타인 박사

 나는 아직 로렌스에게 포와로의 말을 전해 줄 기회를 갖지 못했다. 하지만, 포와로의 오만함에 대한 분노를 달래면서 잔디밭을 걷고 있을 때, 나는 크리켓 잔디밭에 있는 로렌스를 발견했다. 그는 별 생각 없이 매우 오래 된 나무 공 두 개를 그것들보다 더 고풍스러워 보이는 방망이로 이쪽저쪽으로 쳐 보내고 있었다.
 나는 바로 지금이 포와로의 말을 전할 수 있는 좋은 기회라고 생각했다. 내가 우물쭈물 시간만 끌고 있으면 포와로가 그만두라고 할지도 모르는 일이다. 솔직히 말해서, 나는 그 말의 의도를 전혀 이해하지 못했다. 하지만, 로렌스의 대답을 통해서나, 아니면 내가 간단하고 재치 있는 유도 질문을 해서 그 말의 요점을 이내 이해하게 될 것이라고 믿고 있었다. 나는 그에게 가까이 다가가서 말을 걸었다.
 「지금까지 줄곧 당신을 찾아다녔습니다.」하고 나는 시치미를 떼며 말했다.
 「오, 그랬나?」

「그렇습니다. 사실은 당신에게 전해 줄 말이 있어서요——포와로 씨가 부탁한 겁니다.」

「그런가?」

「내가 당신과 단둘이 있을 때 전해 달라고 하더군요.」

나는 목소리를 낮추고 의미심장하게 그를 뚫어지게 쳐다보며 말했다. 나는 분위기를 만들어 내는 데는 꽤나 능숙하다고 자신하고 있었다.

「무슨 말인가?」

로렌스의 어둡고 침울한 표정에는 전혀 변화가 일어나지 않았다. 그는 내가 무슨 말을 하려고 하는지 이미 알고 있는 것일까?

「그건 이런 겁니다.」 나는 전보다 더욱 목소리를 낮추어 말했다. 「'나머지 커피잔을 찾으십시오. 그러면 당신은 편안하게 지낼 수 있습니다.'」

「도대체 그게 무슨 뜻인가?」

로렌스는 정말로 깜짝 놀라면서 나를 바라보았다.

「포와로가 무슨 뜻으로 그런 말을 했는지 모르겠습니까?」

「나는 전혀 모르겠는데. 자네는 알고 있나?」

나는 어쩔 수 없이 머리를 가로 저었다.

「나머지 커피잔이라니, 그게 무슨 말이지?」

「나도 모르겠습니다.」

「만일 커피잔에 대해서 알고 싶다면, 포와로 씨는 도커스나 하녀들에게 물어 보는 게 좋을 텐데. 그건 하녀들의 일이지 내 일이 아니야. 나는 커피잔에 대해서는 아무것도 모른다네. 다만, 한 번도 사용하지 않은 커피잔이 몇 개 있다는 것만은 알고 있지. 그 잔들은 정말로 훌륭한 것들이라네! 진짜 오래 된 찻잔들이지. 자네는 미술품에 취미가 있는지 모르겠군, 헤이스팅스?」

나는 설레설레 머리를 흔들었다.
「참 유감이로군. 그것은 고대 중국에서 만들어진 정말 훌륭한 것들인데, 만지기만 해도——아니 그냥 보기만 해도 뿌듯해진다네.」
「그건 그렇고, 포와로에게는 뭐라고 말할까요?」
「나는 커피잔에 대해 아무것도 모른다고 전해 주게. 포와로 씨의 말은 나로선 정말 이해할 수 없군.」
「잘 알겠습니다.」
내가 잔디밭을 벗어나 집 안으로 들어가려고 할 때 그가 갑자기 나를 불러 세웠다.
「잠깐만, 그 말의 끝부분이 뭐였지? 다시 한 번 말해 주겠나, 헤이스팅스?」
「'나머지 커피잔을 찾으십시오. 그러면 당신은 편안하게 지낼 수 있습니다.' 정말 무슨 뜻인지 모르겠습니까?」
나는 진지하게 물어 보았다.
「전혀.」 그는 뭔지 골똘히 생각하면서 대답했다. 「모르겠어. 나는——나도 도대체 무슨 뜻인지 알고 싶네.」
바로 그때 집 안에서 종소리가 들려와서, 우리는 함께 안으로 들어갔다. 포와로는 함께 점심식사를 하자는 존의 부탁을 받고 이미 식탁에 자리를 잡고 있었다.
서로 눈치껏 우리들은 그 비극에 대해서는 전혀 언급하지 않았다. 우리는 전쟁이나 다른 이야기에 대해서 의견을 나누었다. 그러나 도커스가 치즈와 비스킷을 우리들에게 나누어 주고 밖으로 나가자, 포와로는 갑자기 캐븐디시 부인 쪽으로 몸을 기울였다.
「캐븐디시 부인, 불쾌한 기억을 되살리게 해서 죄송합니다만, 내게 변변치 않은 생각이 하나 있습니다.」——'변변치 않은 생각'이라는 말은 이제 그가 즐겨 사용하는 단어가 되었다——「그래서 부인에게 한두 가지 질문을 하고 싶은데요.」

「내게 말인가요? 오, 괜찮아요. 어서 말씀해 보세요.」

「정말 고맙습니다, 캐븐디시 부인. 내가 물어 보고 싶었던 것은 다름이 아니라 바로 이런 겁니다. 부인은 신시어 머도크 양의 방에서 잉글소프 노부인의 방에 이르는 사잇문이 잠겨 있었다고 말했지요.」

「그래요, 그 문은 잠겨 있었어요. 심리에서도 그렇게 진술했었어요.」

메어리 캐븐디시는 약간 놀란 표정을 지으며 대답했다.

「분명히 잠겨 있었습니까?」

「그래요.」

그녀는 웬지 좀 당황해 하는 것처럼 보였다.

「내 말은――.」 포와로는 자신의 질문을 설명했다.「그 문이 단지 닫혀 있는 것이 아니라, 분명히 빗장이 질러져 있었다고 확신할 수 있느냐는 겁니다.」

「오, 이제 무슨 뜻인지 알겠어요. 하지만 그건 잘 모르겠어요. 나는 빗장이 질러져 있었다고 진술했는데, 그건 그 문이 닫혀 있었다는 뜻으로 말씀드렸던 거예요. 나는 그 문을 열 수가 없었으며, 그래서 나머지 모든 문들도 안쪽에서 빗장으로 잠겨 있을 거라고 믿고 있었거든요.」

「그렇다면 그 사잇문은 단지 닫혀 있었을 가능성도 있겠군요?」

「오, 그래요.」

「부인이 잉글소프 노부인의 방에 들어갔을 때, 그 문이 빗장으로 잠겨져 있는지를 확인해 보지 않았습니까?」

「나――나는 그 사잇문이 빗장으로 잠겨져 있었을 거라고 믿어요.」

「하지만, 그것을 분명히 본 것은 아니잖습니까?」

「그래요. 나는――그것을 살펴보진 않았거든요.」
「그러나 나는 보았습니다.」
갑작스럽게 로렌스가 말을 가로막으며 소리쳤다.
「나는 우연히 그 사잇문이 빗장으로 잠겨져 있는 것을 확실하게 보았습니다.」
「오, 그렇다면 해결되었습니다.」
그리고 나서 포와로는 맥빠진 표정을 지었다.
나는 그의 '변변치 않은 생각들' 중의 하나가 실패로 돌아간 사실에 고소한 마음을 억누를 수 없었다.
점심식사를 마친 뒤에 포와로는 함께 집으로 가자고 나에게 부탁했다. 나는 다소 딱딱한 태도로 그의 말에 동의를 했다.
「자네 화가 난 모양이로군. 그렇지 않나, 헤이스팅스?」
우리가 공원을 걸어가고 있을 때 그가 걱정스럽다는 듯이 물었다.
「오, 천만에요. 그렇지 않습니다.」 나는 냉정하게 대답했다.
「그렇다면 다행이군. 나는 자네가 화가 난 줄 알고 마음이 좀 무거웠네.」
이 같은 포와로의 말은 내가 기대했던 것과 전혀 달랐다. 나는 그가 딱딱한 나의 태도를 깨달아 주기를 바랐다. 하지만, 그의 열정이 담긴 말은 나의 불쾌감을 다소 진정시켜 주었다. 나는 감정이 한결 누그러졌다.
「로렌스에게 당신의 말을 전했습니다.」
「그래, 그가 뭐라고 말하던가? 물론 매우 어리둥절해 했겠지?」
「그렇습니다. 그는 당신의 말이 무슨 뜻인지 전혀 모르겠다고 하더군요.」
나는 다시 한 번 포와로가 실망하기를 기대했다. 그러나 놀랍게도 포와로는 그것은 바로 자신이 생각했던 대로라며 매우 기쁘다고 대답했다. 나는 그만 자존심이 상해서 더 이상 아무 말도 하지 않았다.

포와로는 화제를 바꾸었다.

「신시어 머도크 양은 오늘 점심식사를 하지 않은 것 같은데, 어떻게 된 일이지?」

「그녀는 병원에 있을 겁니다. 오늘부터 다시 일을 시작했다는군요.」

「오, 정말 부지런하고 귀여운 여자야. 그녀는 내가 이탈리아에서 본 그림 속의 여자처럼 생겼더군. 그녀가 일하고 있는 조제실을 좀 구경하고 싶은데, 그녀가 보여 줄까?」

「기꺼이 그럴 거라고 생각합니다. 그 조제실은 무척 재미있는 곳이더군요.」

「머도크 양은 매일 출근하는가?」

「매주 수요일은 쉬고, 토요일에는 점심식사를 하러 스타일즈 저택으로 돌아오지요. 그녀가 쉴 수 있는 시간이란 단지 그것뿐입니다.」

「잘 기억하고 있겠네. 요즘에는 여자들이 매우 많은 일을 하지. 그리고 신시어 머도크 양은 머리가 좋은 여자야──오, 그래. 그녀는 조그맣고 귀엽지만, 상당히 똑똑한 여자라네.」

「그래요, 그렇기 때문에 어려운 시험에도 무난히 합격했겠죠.」

「그거야 당연하지. 아무튼 조제사란 엄청난 책임이 뒤따르는 직업이네. 그 조제실에는 매우 독한 극약들이 있을 것 같은데, 그렇지 않은가?」

「맞아요. 신시어 머도크 양이 그것을 우리에게 보여 주더군요. 그것은 작은 찬장에 잠겨진 채로 보관되어 있었습니다. 그리고 그곳에서 일하는 사람들도 그런 약을 매우 조심스럽게 다룬다고 해요. 그 방을 나갈 때는 언제나 그 찬장의 열쇠를 빼서 가지고 나간답니다.」

「그럴 테지. 그런데 극약이 보관된 찬장은 창가에 있나?」

「아니오. 그건 창과는 반대 방향에 있더군요. 그런데 무엇 때문에 그러지요?」

포와로는 어깨를 으쓱했다.

「아니, 그냥 궁금해서, 그것뿐이야. 자네도 집으로 들어가겠나?」

우리는 벌써 포와로가 묵고 있는 숙소에 도착했다.

「아닙니다. 나는 이만 돌아가는 게 좋을 것 같군요. 숲으로 나 있는 긴 길을 따라서 가겠습니다.」

스타일즈 저택 주변의 숲은 정말 아름다웠다. 탁 트인 공원을 가로질러서 신선한 숲 사이의 빈터를 한가하게 산보한다는 것은 퍽 유쾌한 일이었다. 그곳에는 바람도 거의 불지 않았으며, 새들이 지저귀는 소리도 희미하게 들려왔고, 때로는 그 소리마저 들리지 않았다. 나는 좁다란 길을 걷다가 커다란 너도밤나무의 언저리에 털썩 주저앉았다. 나는 사람들에 대해서 너그럽고 관대한 마음을 갖게 되었다. 심지어는 포와로의 불합리한 비밀마저도 용서해 주었다. 사실상, 나는 세상사를 평안한 마음으로 생각하고 있었다. 이런 생각에 젖으면서 나는 늘어지게 하품을 했다.

그리고 살인사건에 대해서 생각해 보았다. 그러자 문득 이 범죄가 전혀 다른 먼 세계의 일처럼 여겨졌다.

나는 다시 하품을 했다.

아마 그 범죄는 실제로는 일어나지 않았을지 모른다고 생각했다. 물론 그것은 모두가 악몽이었다. 그 꿈에서는 로렌스가 크리켓 방망이로 앨프레드 잉글소프를 살해했다. 그런데 이상하게도 존이 야단법석을 떨며 '나는 벌을 받지 않을 거야!' 하고 소리쳤다.

그러다가 나는 깜짝 놀라서 잠에서 깨어났다.

나는 곧바로 내가 매우 어색한 입장에 처해 있다는 사실을 깨달았다. 내게서 12피트(약 3.6m)쯤 떨어진 곳에 존과 메어리 캐븐디시가 서로 얼굴을 마주보며 선 채로 말다툼을 하고 있었기 때문이다. 그들은 분명히 내가 근처에 있다는 사실을 전혀 알아차리지 못하고 있을 것이다. 존은 내가 몸을 움직이거나 말할 틈도 없이 나를 꿈에서 깨어나게 했던 바로 그 말을 되풀이했다.

「당신에게 분명히 말하지만, 메어리, 나는 벌을 받지 않을 거야.」

이어서 냉정하고도 거침없는 메어리의 목소리가 들려왔다.

「도대체 당신이 내 행동을 나무랄 자격이나 있나요?」

「마을 전체에 소문이 쫙 퍼질 거야! 어머니 장례식을 일요일에 치렀는데, 지금 당신이 여기서 그 작자와 어울려 돌아다니고 있다니 말이 되겠어?」

「오——.」 그녀는 어깨를 으쓱해 보였다. 「당신이 염려하고 있는 것은 다만 사람들의 소문이군요?」

「물론 그 이유 때문만은 아니야. 나는 그 사람이 이 근처를 어슬렁거리는 걸 더 이상 참을 수가 없어. 그는 유태계 폴란드 인이란 말이야.」

「유태인의 피가 조금 섞여 있다고 해서 나쁠 것은 없잖아요. 그것은——.」 그녀는 존을 똑바로 쳐다보았다——「고지식한 영국 사람들의 어리석은 생각이에요.」

그녀의 두 눈은 마치 불처럼 활활 타오르고 있었으며, 목소리는 얼음처럼 차가웠다. 나는 모욕감으로 존의 얼굴이 빨갛게 달아오르는 것을 굳이 눈으로 보지 않아도 금방 알 수 있었다.

「메어리!」

「왜 그래요?」

그녀의 목소리는 조금도 부드러워지지 않았다.

하지만, 존의 목소리는 더 이상 대항하는 투가 아니었다.

「내가 이렇게 말하는데도 당신은 계속 바워스타인을 만나겠소?」

「그건 내 마음대로 할 수 있는 거 아녜요?」
「당신, 지금 나를 무시하는 거야?」
「아뇨. 그게 아니라, 나의 행동을 무조건 나무라는 당신의 권리를 부정하는 것뿐이에요. 당신에게는 내가 못마땅하게 여기는 친구가 한 명도 없나요?」

존은 주춤하며 뒤로 물러섰다. 빨갛게 달아올랐던 그의 얼굴이 점점 가라앉았다.

「대체 당신 무슨 말을 하는 거야?」

그는 약간 떨리는 목소리로 물었다.

메어리가 조용하게 대답했다.

「그건 당신이 잘 알 텐데요! 내가 내 친구를 선택하는 데 있어서 당신이 이래라저래라 할 권리는 없어요. 그런 것쯤은 당신도 잘 알고 있을 텐데요, 그렇지 않은가요?」

「권리가 없다고? 나한테 그럴 권리가 없다는 말이야, 메어리?」 그는 불안하게 말하면서 두 손을 앞으로 내밀었다. 「메어리——.」

잠시 동안 나는 그녀가 흔들리고 있다고 생각했다. 그녀의 얼굴 표정이 좀 부드러워졌다. 그러다가 갑자기 격렬하게 홱 돌아서 버렸다.

「당신에게는 그럴 권리가 없어요!」

그녀가 자리를 떠나려고 하자, 존이 재빨리 그녀의 뒤를 쫓아가서 팔을 잡았다.

「메어리.」——그의 목소리는 이제 차분해졌다——「당신 바워스타인을 사랑하오?」

메어리는 잠시 주춤했다. 그러더니 묘한 표정이 그녀의 얼굴을 스쳐 지나갔다. 그 표정은 마치 해묵은 흙더미 같은 것이었지만, 활기차고 젊은 기운이 담겨 있었다. 그래서 마치 이집트의 스핑크스가 미소를 짓는 것처럼 느껴졌다.

그녀는 슬그머니 그의 팔에서 몸을 빼내더니 어깨너머로 말했다.

「그럴지도 모르지요.」

그리고는 재빨리 그 빈터를 빠져나갔다. 존은 마치 돌덩이처럼 꼼짝하지 않고 그 자리에 서 있었다.

나는 죽은 나뭇가지들을 발로 밟아 '딱딱' 소리를 내면서, 약간 거만하게 앞으로 걸어나갔다. 존이 몸을 돌려 내가 걸어오는 것을 바라보았다. 다행히도 그는 내가 지금 그 빈터에 도착한 것으로 생각하고 있었다.

「오, 헤이스팅스. 그 조그만 벨기에 노인을 숙소까지 바래다 주고 오는 길인가? 그는 참으로 희한한 사람이더군! 정말 그 사람이 밝혀낼 수 있을까?」

「그는 한때는 최고로 유능한 형사로 인정받았답니다.」

「오, 그런가? 그렇다면 틀림없이 밝혀내겠군. 그러나 이 세상은 너무 부패되고 타락했다네!」

「정말 그렇게 생각하십니까?」 내가 물었다.

「오, 물론이지! 그렇기 때문에, 이렇게 끔찍한 일이 벌어진 게 아니겠나? 런던 경시청에서 나온 사람들은 마치 '잭인더박스(뚜껑을 열면 인형이 뛰어나와 놀라게 하는 장난감)'처럼 집 안을 드나들고 있더군! 다음에는 또 어디로 사라져 버릴지 모르지. 게다가 신문은 온통 이 사건에 대한 기사들로 가득 차 있어——정말이지 기자들에게 저주나 내려졌으면 좋겠네! 자네도 알고 있겠지만, 오늘 아침에는 수많은 사람들이 집 앞으로 몰려와서 집 안을 뚫어지게 바라보더군. 그들은 마치 우리 집을 마담 터소스(런던에 있는 터소의 납 인형관)의 공포의 방을 구경하는 것처럼 들여다본단 말일세. 이건 정말 끔찍한 일이야. 그렇지 않나, 응?」

「기운을 차리세요, 존! 이 일은 영원히 계속되지는 않을 겁니다.」

나는 그를 위로하면서 말했다.

「이 일이 계속되지는 않을 거라고? 그렇지 않네. 다시는 우리들이 머리를 똑바로 들고 다닐 수 없을 정도로 오랫동안 이 일은 계속될 걸세.」

「아니에요. 그렇지 않아요. 당신은 너무 지나치게 신경을 쓰는 것 같습니다.」

「잔인한 기자들에게 미행당하고, 어디를 가든지 입을 딱 벌린 둥근 얼굴의 백치들에게 주시를 당한다면 누구라도 그렇게 되지 않을 수 없겠지! 하지만, 그것보다 훨씬 나쁜 일이 있어.」

「그게 무엇입니까?」

존이 목소리를 낮추었다.

「헤이스팅스, 자네는 한 번이라도 누가 그런 악몽 같은 짓을 저질렀을까에 대해서 생각해 보았나? 나는 가끔 그 일은 틀림없이 우연한 사고였을 거라는 생각이 든다네. 왜냐하면——왜냐하면——대체 어떤 사람이 그 같은 짓을 저질렀겠나, 응? 이제 잉글소프는 혐의를 벗어나게 되었고, 그 사람밖에는 그런 짓을 저지를 만한 사람이 단 한 명도 없질 않나? 내 말뜻은——우리 가족들 중에서 한 명을 제외하고는 그런 짓을 할 만한 사람이 없다는 것일세.」

그렇다. 사실 그 사건은 누구에게나 악몽 같은 일일 것이다! 우리들 중의 한 사람? 그래, 우리들 중의 누군가가 범인임이 분명하다. 다만——.

그 순간 내게 한 가지 새로운 생각이 떠올랐다. 재빨리 나는 그것에 대하여 깊이 생각해 보았다. 그러자 그 생각이 암시하는 의미가 점점 더 분명해져 왔다. 포와로의 불가사의한 행동들, 그리고 그의 암시——그 모든 것들이 훌륭하게 맞아떨어졌다. 나는 어리석게도 이제서야 이런 가능성에 대해서 생각해 내고, 또한 그것이 우리들 모두에게 얼마나 큰 위안이 되는지에 대해 어렴풋이 짐작하게 되었다.
「아닙니다, 존. 그 범인은 우리들 중의 한 사람이 아닙니다. 어떻게 그럴 수가 있겠습니까?」
「나도 그렇게 생각하고 싶네. 하지만, 우리 식구들을 제외하면 어느 누가 범인일 수 있겠나?」
「잘 생각해 보십시오.」
「전혀 감이 잡히지 않아.」
나는 조심스럽게 주위를 둘러본 다음 목소리를 낮추었다.
「바워스타인 박사입니다!」하고 나는 거의 속삭이다시피 낮은 목소리로 말했다.
「그건 불가능한 일이야!」
「천만에요. 그렇지 않아요.」
「어머니가 돌아가신다고 해서 그 사람이 도대체 무슨 이익을 얻는다는 말인가?」
「그 점에 대해서는 나도 잘 모르겠습니다. 하지만, 당신에게 알려드릴 사실이 있습니다. 포와로도 역시 똑같은 생각을 하고 있습니다.」
나는 솔직히 고백했다.
「포와로 씨가? 그 사람이 어떤 생각을 하고 있나? 그리고 어떻게 자네가 그 사실을 알았나?」
나는 바워스타인 박사가 살인사건이 일어났던 날 밤에 스타일즈 저택에 있었다는 말을 듣고 포와로가 몹시 흥분했었다는 말을 하고 나서 이렇게 덧붙였다.
「그는 두 번씩이나 이렇게 말하더군요. '그것 때문에 모든 것이 달라져 버렸단 말이야.' 하고 말입니다. 그 말을 듣고 나서, 나는 줄곧 생각해 보았습니다. 당신도 잉글소프 씨가 홀에 있는 탁자 위에 커피잔을 내려놓았다고 한 말을 기억하지요? 그런데 바워스타인 박사가 스타일즈 저택에 도착한 것이 바로 그 시간이 아니었습니까! 그렇다면 잉글소프 씨가 홀에서 떠났을 때 바워스타인 박사가 지나치면서 커피잔 속에 슬쩍 무엇인가를 넣었을 거라고 생각할 수도 있지 않을까요?」

「흠――그것은 매우 위험스러운 일일 텐데.」

존이 말했다.

「그렇습니다. 하지만, 충분히 가능한 일입니다.」

「설령 그렇다고 해도, 그가 어떤 게 어머니의 커피라는 것을 어떻게 알 수 있었겠나? 아닐세, 헤이스팅스. 나는 그렇게 생각하지 않아.」

그래서 나는 다른 사실을 끄집어냈다.

「당신 말을 듣고 보니, 일이 그렇게 되었을 리는 없겠군요. 그건 그렇고, 또 한 가지가 있습니다.」

나는 포와로가 분석하기 위해서 가지고 갔던 코코아에 대해서 그에게 말해 주었다.

내가 말을 거의 다했을 때 존이 내 말을 가로막았다.

「하지만, 헤이스팅스, 그건 이미 바워스타인 박사가 분석하지 않았나?」

「그렇지요. 바로 그것이 문제의 핵심입니다. 나도 방금 전까지 그 점을 이해하지 못했습니다. 당신은 아직도 이해 못 하겠습니까? 바워스타인이 그 코코아를 분석했습니다――바로 그것이 결정적인 단서입니다. 만일, 바워스타인이 살인자라면 그는 독극물이 든 코코아와 독극물이 들지 않은 코코아를 바꿔서 분석을 의뢰했을 겁니다. 그렇다면 코코아의 샘플에서 스트리크닌이 절대로 발견될 리가 없지 않겠어요! 게다가 어느 누구도 바워스타인을 의심하지 않았고, 또한 다른 코코아를 가져다 분석해 볼 거라는 생각도 하지 않았습니다──다만 포와로를 제외하고는 말입니다.」

나는 뒤늦게나마 포와로의 공로를 인정하고 싶어서 이렇게 덧붙여 말했다.

「그렇겠군. 그러나 코코아로는 스트리크닌의 쓴맛을 감출 수 없다고 하지 않았나?」

「글쎄요. 그 문제에 대해서는 그의 설명만을 들었을 뿐입니다. 아마 그 외에도 다른 가능성들이 있을 겁니다. 바워스타인은 세계에서 가장 뛰어난 독극물 학자들 중의 한 사람이니까요.」

「무엇에 대해서 가장 뛰어나다고? 다시 한 번 말해 주겠나?」

「그는 어떤 사람들보다 독극물에 대해서 많이 알고 있을 거라고 했습니다.」 나는 그에게 설명해 주었다. 「그래서 어쩌면 그 사람이 스트리크닌의 쓴맛을 없애는 방법을 알고 있을지도 모른다고 생각했습니다. 만일, 그렇지 않다면 그 극약은 스트리크닌이 아니었거나, 아니면 스트리크닌과 똑같은 중독 증세를 나타내기는 하지만 사람들에게 잘 알려지지 않은 희귀한 극약일 수도 있겠지요.」

「흠, 그런가……하긴 그럴 수도 있겠군.」 하고 존이 말했다. 「하지만, 어떻게 그 사람이 그 코코아에 접근할 수 있었겠나? 코코아는 아래층에 있지 않았는데…….」

「그렇군요. 그것은 아래층에 있지 않았지요.」

나는 어쩔 수 없이 그의 말을 인정했다.

그런데 갑자기 너무도 끔찍한 가능성이 번쩍 떠올랐다. 나는 그 생각이 존에게는 떠오르지 않았기를 간절히 바랐다. 나는 곁눈질을 하며 그를 보았다. 그가 몹시 어리둥절한 듯이 이맛살을 찌푸리고 있는 것을 보고, 나는 긴 안도의 숨을 내쉬었다. 내게 섬광처럼 떠올랐던 그 끔찍한 생각이란 바로 이런 것이었다. 곧, 바워스타인 박사에게 공범자가 있었을지도 모른다는 것이었다.
 그러나 그런 일은 있을 수가 없다! 메어리 캐븐디시처럼 아름다운 여자가 살인자일 수는 없었다. 그러나 아름다운 여자가 극약으로 사람을 죽였다는 이야기는 심심찮게 들어 왔다.
 그때 나는 내가 스타일즈 저택에 도착했던 날 차를 마시면서 나누었던 대화와, 극약은 여인의 무기라고 말할 때 메어리 캐븐디시의 두 눈에 번지던 기묘한 빛을 기억해 냈다. 그리고 그 운명의 화요일 저녁에 그녀는 몹시 초조해 하고 있었다! 혹시 잉글소프 노부인이 그녀와 바워스타인 사이를 눈치채고, 그것을 그녀의 남편에게 말해 버리겠다고 위협했던 것은 아닐까? 그렇다면 그 위협 때문에 그런 범행을 저질렀단 말인가?
 나는 또 포와로와 에블린 하워드 양 사이에 있었던 이해하지 못할 대화를 기억해 냈다. 그들이 말하던 것이 바로 이것이었을까? 에블린이 믿지 않으려고 애썼던 그 잔인한 가능성이란 것이 바로 이것이었을까?
 맞았어. 이제는 모든 것들이 훌륭하게 맞아떨어졌다.
 그렇게 생각해 보니 하워드 양이 '입 밖에 내지 않을 수도 있겠지요.' 하고 말했던 것도 전혀 이상하게 여겨지지 않았다. 이제서야 나는 미처 다 끝내지 못했던 그녀의 말을 이해하게 되었다. '에밀리 마님은——' 나는 그녀 말을 새로운 의미로 받아들이게 되었다. 잉글소프 노부인은 그런 끔찍한 불명예로 캐븐디시 가문을 더럽히기보다는 그냥 복수하지 않고 지나가기를 더 바라지 않았을까?
 「또 문제가 있네.」 존이 느닷없이 말했다.
 나는 갑작스러운 그의 목소리에 깜짝 놀라면서 약간의 죄책감을 느꼈다.
 「그것은 지금 자네가 한 말이 과연 진실인지 아닌지 의심하게 하는군.」

「그게 무엇입니까?」

나는 존이 극약이 코코아에 넣어질 수 있는지에 관한 문제에서 화제를 바꾼 것에 대하여 감사하면서 물었다.

「다름이 아니라, 그것은 바워스타인 박사가 검시를 요구했었다는 사실일세. 그 사람은 굳이 그렇게 할 필요가 없었거든. 윌킨스 박사는 사망 원인을 그저 심장 마비라고 했어도 별로 의심하지 않았을 걸세.」

「그렇습니다.」 나는 모호하게 말했다. 「하지만, 우리는 정확한 것을 모릅니다. 아마 그는 결국은 그렇게 하는 것이 더 안전하리라고 생각했을지도 모르지요. 그리고 나중에 누군가가 그것에 대해 이야기할 가능성도 있으니까요. 그렇게 되면, 내무성에서 시체 발굴을 명령하겠지요. 결국은 사건의 전모가 낱낱이 밝혀지고, 그 사람은 몹시 난처한 입장에 처하게 될 겁니다. 왜냐하면 그처럼 명성 높은 사람이 사망 원인을 심장 마비로 단정할 정도로 오진했으리라고는 아무도 믿지 않을 테니 말입니다.」

「그럴 수도 있겠군.」 하고 존은 내 말에 고개를 끄덕였다. 「하지만 동기가 무엇이었는지 궁금하군.」 그는 덧붙여 말했다.

나는 몸을 떨었다.

「글쎄요——내가 완전히 잘못 판단하고 있을 수도 있습니다. 그러니까 이 모든 것을 비밀로 해야 한다는 것을 잊지 말아야 합니다.」

「오, 물론이지——그거야 두말할 여지가 있겠나?」

우리는 계속 이야기를 나누면서 정원으로 이르는 조그만 문을 지났다. 그때, 가까운 곳에서 목소리들이 들려왔다. 내가 스타일즈 저택에 처음 도착했던 날처럼 커다란 단풍나무 아래에 차가 마련되어 있었다.

신시어 머도크 양도 병원에서 돌아와 있었다. 나는 의자를 끌고 그녀 곁으로 다가가 앉으면서, 포와로가 조제실을 구경하고 싶어한다고 말했다.

「물론 환영이에요! 아무때나 오셔서 차를 마시자고 하세요. 오, 제가 포와로 씨와 미리 약속해 놔야겠군요. 그분은 키가 좀 작기는 하지만 정말 좋은 분이세요! 그리고 아주 유머러스한 면도 있더군요. 요전 날에는 그분이 브로치가 똑바로 끼워져 있지 않다고 하시는 바람에, 제 타이에서 브로치를 뗐었다가 다시 끼운 적이 있어요.」

나는 웃음을 터뜨렸다.

「그와 함께 있으면 정말이지 정신이 하나도 없답니다.」

「그래요. 저도 그렇게 생각해요.」

우리는 잠시 동안 아무 말도 하지 않았다. 그러다가 신시어가 메어리 캐븐디시 쪽을 바라보면서 목소리를 낮추어 말했다.

「헤이스팅스 씨?」

「예.」

「차를 마신 뒤에 당신과 이야기를 나누고 싶은데요.」

메어리를 바라보는 그녀의 시선은 나로 하여금 뭔가를 생각하도록 만들었다. 이 두 여자 사이에는 최소한의 공감대도 형성되어 있지 않다고 나는 생각했다. 나는 처음으로 신시어의 미래에 대해서 생각해 보았다. 잉글소프 노부인은 그녀에게 한푼도 남겨 주지 않았다. 그렇지만 최소한 전쟁이 끝날 때까지만이라도 존과 메어리는 그녀에게 함께 있자고 붙들 것이라고 생각했다. 내가 알고 있기로 존은 그녀를 매우 좋아했으므로 그녀가 떠나게 되면 퍽이나 서운해 할 것 같았다.

아까 집 안으로 들어갔던 존이 다시 밖으로 나왔다. 그의 온후한 얼굴은 평소와는 달리 분노로 잔뜩 일그러져 있었다.

「망할 놈의 형사들 같으니라고! 도대체 뭘 찾고 있는 건지 모르겠어! 집에 있는 방이란 방은 모두 샅샅이 뒤지고 있는 거야——안에 있는 물건들을 모조리 꺼내 놓고, 또 똑바로 세워져 있는 물건들을 마구 뒤집어 놓으면서 말이야. 정말이지 이건 참을 수가 없어! 우리들이 밖에 있는 사이에 온통 수라장을 만들어 놓다니! 다음에 재프라는 사람을 만나거든 좀 따져야겠어!」

「그들은 원래 꼬치꼬치 캐기를 좋아하는 사람들이에요.」

하워드 양이 투덜거리면서 말했다.

로렌스는 그들이 무슨 일을 하고 있는지 우리에게 알려야 한다고 자신의 의견을 말했다.

메어리 캐븐디시는 아무 말도 하지 않았다.

차를 마신 뒤에 나는 신시어에게 산책을 나가자고 했다. 우리는 함께 집을 나서서 천천히 숲으로 걸어갔다.

「무슨 이야기입니까?」

우리들이 온통 나뭇잎들에 둘러싸여 다른 사람의 이목에서 벗어나게 되자, 나는 대뜸 그녀에게 물어 보았다.

신시어는 긴 한숨을 내쉬며 털썩 주저앉더니, 모자를 벗어 던졌다.

나뭇가지들 사이를 뚫고 쏟아지는 햇살 때문에 그녀의 붉은 갈색 머리카락은 금빛으로 반짝이며 나부꼈다.

「헤이스팅스 씨——당신은 매우 친절한 분이세요. 그리고 많은 것을 알고 계시기도 하고요.」

바로 그 순간, 나는 신시어가 정말 매력적인 여자라는 생각이 들었다! 그 같은 말을 전혀 하지 않는 메어리보다도 훨씬 더 매력적으로 보였다.

「그런데요?」

그녀가 머뭇거리면서 말을 잇지 않았기 때문에 나는 상냥하게 물어 보았다.

「당신의 충고를 듣고 싶어요. 저는 앞으로 어떻게 해야 하죠?」
「어떻게 하다니요?」
「그래요. 당신도 아시겠지만, 에밀리 아주머니는 언제나 제게도 유산을 나누어 주시겠다고 말씀하셨어요. 제가 생각하기에 아주머니는 그런 약속을 깜빡 잊어버리셨든지, 아니면 자신이 이렇듯 갑작스러운 죽음을 당하리라고 생각하시지 않았을 거예요——아무튼 저는 지금 아무것도 물려받지 못했어요! 정말 어떻게 해야 좋을지 모르겠어요. 제가 지금 당장 이곳을 떠나야 하는 걸까요?」
「나는 그렇게 생각하지 않습니다! 이 집 식구들은 분명히 당신과 헤어지고 싶어하지 않을 겁니다.」
신시어는 잠시 머뭇거리면서 조그만 손으로 주위의 잔디를 뽑았다. 그러다가 잠시 뒤에 입을 열었다.
「캐븐디시 부인은 제가 이곳을 떠나기를 바라고 있어요. 그녀는 저를 미워해요.」
「당신을 미워한다고?」
나는 깜짝 놀라서 소리쳤다.
신시어가 머리를 끄덕였다.
「그래요. 저는 그 이유를 도무지 모르겠어요. 하지만 그녀는 저를 끔찍이도 미워하고, 또 그 사람도 마찬가지예요.」
「그건 당신이 잘못 생각하고 있는 겁니다. 사실, 존은 당신을 매우 좋아하고 있어요.」
내가 부드러운 목소리로 말했다.
「오, 그래요——존은 저를 미워하지 않아요. 저는 로렌스를 두고 한 말이에요. 물론 제가 염려하는 것은 로렌스가 저를 미워한다거나, 또 그렇지 않다거나 하는 것은 아니에요. 하지만 아무도 자신을 사랑해 주지 않는다는 것은 정말 끔찍한 일이에요, 그렇지 않아요?」

「하지만, 사람들은 당신을 사랑하고 있어요, 머도크 양.」 나는 진지하게 말했다. 「나는 당신이 잘못 생각하고 있는 거라고 분명히 말할 수 있습니다. 존도 당신을 좋아하고, 또 하워드 양도——.」

신시어는 어두운 얼굴로 머리를 끄덕였다.

「그래요. 존은 저를 좋아하지요. 저도 그건 알고 있어요. 그리고 물론 에비도, 비록 행동이 거칠고 퉁명스럽기는 하지만 절대로 누구에게나 함부로 행동하지는 않는 사람이지요. 그렇지만 로렌스는 저와 얘기하길 꺼려하고, 메어리는 저와 얼굴도 마주하려고조차 하지 않아요. 그녀는 에비에게는 이 저택에 머물러 있으라고 부탁하고 있어요. 하지만, 제가 계속 머물러 있기를 바라지는 않아요. 그러니——그러니 전 어떻게 해야 좋을지 정말 모르겠어요.」

가엾은 신시어는 갑자기 어린아이처럼 울음을 터뜨렸다.

지금도 나는 그때 내가 무엇에 홀렸는지 모르겠다. 아마도 머리에 반짝이는 햇살을 담뿍 받으며 내 앞에 앉아 있는 그녀의 아름다움에 반했던 것 같다. 또한, 그것은 어쩌면 그 비극과는 전혀 관련이 없어 보이는 사람을 만난 데서 온 안도감이었는지도 모른다. 그리고 그녀의 젊음과 외로움에 대한 연민이었을지도 모른다. 아무튼 나는 신시어에게로 몸을 기울이고 그녀의 자그마한 손을 붙잡은 채 어색하게 말했다.

「나와 결혼해 주겠습니까, 신시어 양?」

우습게도 나는 그녀의 눈물에 대한 처방으로 그 같은 것을 생각해 냈던 것이다. 그녀는 내 말을 듣자마자 자세를 고쳐 앉아 손을 빼내면서 날카롭게 말했다.

「놀리지 마세요!」

나는 약간 화가 치밀었다.

「놀리는 것이 아닙니다. 나는 지금 당신에게 아내가 되어 달라고 부탁하고 있는 겁니다.」

놀랍게도 신시어는 웃음을 터뜨리면서 나를 '재미있는 양반'이라고 불렀다.

「정말 당신은 친절하고 상냥한 분이에요. 하지만, 당신은 저와 결혼하길 원하지 않아요!」

「아닙니다. 나는 당신과 결혼하고 싶습니다. 내가 가진 것이라고는 ──.」

「저는 당신이 무엇을 갖고 있든 상관하지 않아요. 당신은 저와 결혼하기를 원하지 않고──저도 또한 당신과 결혼하길 원치 않아요.」

「그렇다면 좋습니다. 이것으로 끝났습니다.」 하고 나는 엄숙하게 말했다. 「그러나 나는 비웃음을 받을 행동은 하지 않았습니다. 내가 당신에게 청혼한 것이 잘못된 것은 아니잖습니까?」

「당신 말씀이 옳아요. 그건 잘못된 게 아니죠. 다음에는 누군가가 당신의 말을 받아들일 거예요. 잘 가세요. 당신은 제게 많은 힘을 주셨어요.」

그리고는 억제할 수 없다는 듯이 흥겨운 몸짓으로 나무 사이로 사라져 갔다.

나는 그녀와의 대화를 곰곰이 생각해 보고, 그것이 매우 만족스럽지 못한 것이었다고 생각했다.

그때 갑자기 마을로 내려가서 바워스타인 박사를 찾아봐야겠다는 생각이 떠올랐다. 누구든 그에게서 눈을 떼지 말고 지켜봐야 했다. 그와 동시에, 그가 자신이 의심받고 있는 것에 대해서 어떤 눈치도 채지 못하도록 해야 한다고 생각했다. 포와로는 나의 사교술을 믿고 있었다. 따라서 나는 창문에 '셋방 있음'이라는 종이가 끼워져 있는 조그만 집으로 갔다. 나는 그가 그 집에서 머물고 있다는 것을 알고 있었다. 나는 문을 두드렸다.

나이가 들어 보이는 한 여자가 나와서 문을 열어 주었다.

「안녕하십니까? 바워스타인 박사 계십니까?」

나는 유쾌하게 말했다.

그녀는 나를 뚫어지게 쳐다보았다.

「그분 소식을 못 들으신 모양이군요?」

「무슨 소식 말입니까?」

「바워스타인이라는 사람에 대해서 말이에요.」

「그 사람이 어떻게 됐습니까?」

「그 사람은 갔어요.」

「가다니요, 죽었습니까?」

「그게 아니라, 경찰들이 데리고 갔어요.」

「경찰들이 데리고 갔다고요! 그렇다면 그가 체포되었다는 말입니까?」

나는 놀라서 숨이 막힐 지경이었다.

「그래요. 바로 그거예요. 그리고 ──.」

나는 더 이상 그녀의 말을 듣고 있을 수가 없어서, 포와로를 찾아 마을을 가로질러 갔다.

제 10 장
체 포

　포와로가 집 안에 없어서 나는 극도로 화가 치밀었다. 문을 열어 준 벨기에 노인은 포와로가 런던으로 간 모양이라고 말했다.
　나는 정말 기가 막히고 어안이벙벙해졌다. 도대체 포와로는 무슨 일 때문에 런던으로 간 것일까? 갑작스럽게 무슨 엉뚱한 생각이라도 떠오른 것일까, 아니면 바로 몇 시간 전 나와 헤어졌을 때 이미 그렇게 하려고 마음을 먹고 있었던 것일까?
　나는 화가 치민 채로 발걸음을 돌려 스타일즈 저택으로 돌아갔다. 나는 포와로가 없었기 때문에 어떻게 행동해야 할지 알 수 없었다. 그는 바워스타인 박사가 체포될 것을 미리 알고 있었을까? 혹시 그가 이번 일에 결정적인 역할을 한 것은 아닐까? 아무리 생각해 봐도 나는 이러한 의문점들을 해결할 수가 없었다. 그건 그렇고, 나는 어떻게 해야 되는 걸까? 바워스타인 박사가 체포되었다는 사실을 스타일즈 저택 식구들에게 알려야 하나, 아니면 숨기고 있어야 하는 건가? 그러다가 메어리 캐븐디시에게로 생각이 미치자, 웬지 마음이 무거워졌다. 이 소식이 그녀에게 잔혹한 충격을 주는 것은 아닐까? 그때 나는 그녀에 대한 어떤 의심도 완전히 제쳐 두었다. 그녀가 관계되어 있지는 않을 것이다——만일 그렇지 않았다면, 나는 틀림없이 어떤 단서를 잡았을 것이다.

물론 언제까지고 영원히 바워스타인 박사가 체포되었다는 소식을 그녀에게 숨길 수는 없는 일이다. 어차피 내일이면 모든 신문들이 그 일을 떠들어댈 것이다. 그러나 나는 차마 그 이야기를 못하고 주저하고 있었다. 만일 포와로가 가까운 곳에 있다면, 그에게서 충고를 받을 수 있을 텐데. 도대체 그는 무엇 때문에 이렇듯 갑자기 런던으로 떠나 버린 것일까? 나는 어느새 그의 명석함에 완전히 매료되어 있었다. 만일 포와로가 그 생각을 내 머릿속에 넣어 주지 않았다면, 나는 바워스타인 박사를 의심할 생각을 꿈도 꾸지 못했을 것이다. 그렇다. 그 조그만 나의 친구 포와로가 명석한 사람이라는 사실은 두말할 나위가 없는 것이다.

잠시 이리저리 생각한 끝에, 나는 존에게 내 비밀을 털어놓기로 결심했다. 그리고 그가 옳다고 생각하는 대로 공개를 하든 하지 않든 맡기기로 했다.

「맙소사! 그렇다면 자네 생각이 옳은 거네! 나는 지금도 도저히 믿을 수가 없어.」

「지금은 놀라운 것이겠지만, 그 생각을 받아들이고, 그것이 다른 사실들과 부합된다는 것을 알고 나면 그렇게 놀라운 것도 아닙니다. 그런데 어떻게 하면 좋을까요? 물론 내일이면 이 사실이 모든 사람들에게 알려질 테지만요.」

존은 잠시 생각에 잠겼다가 입을 열었다.

「그렇게 신경쓰지 말게. 지금은 그 일에 대해서 아무 말도 하지 말기로 하세. 지금은 그럴 필요가 전혀 없어. 자네 말대로, 어차피 곧 알려지게 될 테니까 말이야.」

 하지만, 내가 다음날 아침 일찍 아래층으로 내려가서 떨리는 마음으로 신문을 펼쳐 들었을 때, 놀랍게도 나는 바워스타인 박사의 체포에 대하여 단 한 줄의 기사도 볼 수 없었다! '스타일즈 저택의 살인사건'이라는 제목 아래 짤막한 기사가 있었을 뿐, 그 이상은 아무것도 없었다. 그것은 정말 뜻밖의 일이었다. 하지만, 이런저런 이유로 재프가 그 사실을 신문에서 발표하지 않기를 원했으리라고 나는 추측했다. 막상 이렇게 되고 나니, 나는 더 걱정이 되었다. 이 같은 사실은 앞으로 더 많은 사람들이 체포될 가능성이 있다는 것을 말해 주는 것이기 때문이었다.

 아침식사를 마친 뒤에, 나는 마을로 내려가서 포와로가 집에 돌아와 있는지 알아보려고 했다. 그러나 내가 스타일즈 저택을 떠나기도 전에 낯익은 얼굴 하나가 창문을 가득 채우더니 친숙한 목소리로 인사를 하는 것이었다.

「안녕, 헤이스팅스!」

「포와로――.」

 나는 안도감과 함께 큰소리로 그의 이름을 불렀다. 그리고 그의 두 손을 꼭 붙잡고 방으로 데리고 갔다.

「다른 누구를 만났다고 해도 이렇게 반갑지는 않을 겁니다. 나는 오직 존에게만 말했어요. 괜찮지요?」

「여보게, 나는 지금 도대체 자네가 무슨 이야기를 하는 건지 모르겠군.」

「바워스타인 박사가 체포되었다는 사실 말입니다.」

 나는 조바심을 내며 대답했다.

「아니, 바워스타인 박사가 체포되었다고?」

「모르고 있었습니까?」

「아니, 전혀 몰랐는데.」

그는 잠시 묵묵히 있더니 덧붙여 말했다.

「하지만, 그 소식은 전혀 놀라운 일은 아닐세. 어쨌든 우리는 해변에서 단지 4마일 떨어진 곳에 있으니 말이야.」

「해변이라고요? 그게 바워스타인 박사가 체포된 것과 무슨 관계가 있습니까?」

나는 어리둥절해서 물었다.

포와로가 어깨를 으쓱했다.

「물론 있지. 그건 아주 분명한 관계가 있어!」

「내겐 당신처럼 분명하지가 않은데요. 내가 우둔한 사람이라서 그런지, 해변까지의 거리가 잉글소프 노부인의 살인사건과 무슨 관련이 있는지 전혀 이해할 수가 없군요.」

「물론 그것은 잉글소프 노부인의 살인사건과는 전혀 관계가 없지.」 하고 포와로는 미소를 지으며 대답했다. 「하지만, 우리는 지금 바워스타인 박사가 체포되었다는 사실에 대해서 이야기하고 있는 중이 아닌가?」

「물론이죠. 그가 잉글소프 노부인을 살해한 범인으로 체포되었으니——.」

「뭐라고?」 포와로는 언뜻 보기에는 매우 놀란 표정을 지으며 소리쳤다. 「바워스타인 박사가 잉글소프 노부인을 살해한 범인으로 체포되었다는 말인가?」

「물론이죠.」

「그럴 리가 없어! 그것은 터무니없는 착각이야. 누가 자네에게 그런 말을 했나, 헤이스팅스?」

「흠——아무도 정확히 그렇게 말해 주지는 않았습니다.」 하고 나는 솔직하게 대답했다. 「그렇지만 그는 체포되었단 말입니다.」

「오, 그럼 그렇지. 나는 정말인 줄 알고 깜짝 놀랐네. 그 사람은 간첩 혐의로 체포된 거야, 헤이스팅스.」
「간첩 혐의?」
나는 너무 놀라서 숨이 막힐 지경이었다.
「그렇다네.」
「그럼, 바워스타인 박사가 잉글소프 노부인을 독살한 혐의로 체포된 것이 아니란 말인가요?」
「재프라는 친구가 제정신이라면, 그 혐의로 체포하지는 않았을 걸세.」 포와로가 유쾌하게 대답했다.
「하지만——하지만 나는 당신도 역시 그렇게 생각하리라고 믿었는데——.」
포와로는 나를 힐끔 쳐다보았다. 그의 시선에는 묘한 동정심과, 내가 가지고 있는 불완전한 추측들을 완전히 꿰뚫어보고 있다는 의미가 들어 있었다.
「그렇다면——.」
나는 천천히 뜻밖의 사실을 받아들이면서 말했다.
「바워스타인 박사가 간첩이라는 말입니까?」
포와로는 머리를 끄덕거렸다.
「자네는 그 점을 전혀 의심하지 않았나?」
「그 같은 생각은 정말이지 꿈도 꾸지 못했어요!」
「런던의 유명한 의사가 이런 조그마한 시골 마을에 머무르면서, 정장 차림으로 밤에 몇 시간 동안 이리저리 서성거렸다는 것에 대해서 자네는 조금도 의심해 보지 않았단 말인가?」
「그렇습니다. 나는 그 같은 일에 대해서는 전혀 신경쓰지 않았거든요.」
나는 솔직하게 시인했다.

「그 사람은 독일 태생이야.」하고 포와로는 깊이 생각에 잠기는 표정을 지으며 말했다.「하지만, 그는 이 나라에서 오랫동안 의사로 일해 왔기 때문에 그를 영국인이 아니라고 생각한 사람은 한 명도 없었지. 더구나 그 사람은 약 15년 전에 영국인으로 귀화까지 했으니 말일세. 아주 머리가 좋은 사람이지 ── 물론 유태인이라네.」

「나쁜 사람 같으니라고!」

나는 화가 나서 소리쳤다.

「천만에! 그는 애국자라네. 그가 무엇을 잃을지 생각해 보게나.」

나는 포와로처럼 철학적 견지에서 이 충격적인 사실을 볼 수는 없었다.

「캐븐디시 부인과 함께 이 지방 곳곳을 돌아다녔던 사람이 바로 다름아닌 간첩이었다니, 정말 기가 막히는군!」

나는 부글부글 끓어오르는 화를 참지 못하며 소리쳤다.

「그래, 그는 그녀를 아주 적절하게 이용한 거라네.」하고 포와로가 말했다.「사람들의 시선이 그 두 사람의 이름을 결부시키면서 엉뚱한 방향으로 흐르는 한, 바워스타인 박사의 정체가 발각될 염려는 전혀 없었겠지.」

「그렇다면 당신은 그가 사실은 캐븐디시 부인을 좋아하지 않았다고 생각합니까?」

나는 진지하게 물어 보았다 ── 어쩌면 그것은 그때의 상황으로 보아서는 다소 지나칠 정도로 진지한 것이었다.

「글쎄, 그 점에 대해선 내가 뭐라고 말할 수 없군. 하지만 ── 내 짐작으로는.」

「어서 말해 보십시오.」

「내 생각은 이렇다네. 캐븐디시 부인은 그를 좋아하지 않을 뿐만 아니라, 그에 대해서는 전혀 관심도 없을 걸세!」

「정말로 그렇게 생각하세요?」

그의 말을 듣고 나는 기쁨을 감출 수가 없었다.

「나는 그렇게 확신하고 있네. 그 이유를 말해 줄까, 헤이스팅스?」

「어서 말해 보십시오.」

「그녀는 바워스타인 박사가 아닌 다른 사람을 좋아하고 있기 때문이지.」

「오, 저런!」

도대체 이게 무슨 뜻일까? 어느새 내 온몸에 유쾌한 안락감이 퍼졌다. 여자들에 관한 한, 나는 그리 하잘것없는 사람은 아니다. 나는 당시에는 사소한 것으로 여겨졌으나 무엇인가를 분명히 예시해 주는 것처럼 보이는 몇몇 일들을 기억해 냈다.

하지만, 나의 이런 즐거운 상상은 하워드 양의 갑작스러운 출현으로 산산이 깨져 버렸다. 그녀는 방에 다른 사람이 없는지 확인하기 위하여 급히 둘러보더니, 낡은 갈색 종이 한 장을 재빨리 꺼냈다. 그녀는 그것을 포와로에게 건네주면서 이렇게 말했다.

「옷장 위에서──.」

이 말만 하고 그녀는 허둥지둥 그 방을 빠져나갔다.

포와로는 조심스럽게 그 종이를 펼쳐 보고는 만족스러운 탄성을 질렀다. 그는 그 종이를 탁자 위에 펼쳐 놓았다.

「이리 와 보게, 헤이스팅스. 이 머리글자가 무슨 자일까──제이(J), 아니면 엘(L)?」

그것은 중간 크기의 종이쪽지였는데, 한동안 아무렇게나 내버려두었는지 꽤나 지저분했다. 하지만, 포와로의 관심을 끈 것은 그 종이에 인쇄되어 있는 설명서였다. 그 종이의 윗부분에는 무대 의상을 만들기로 유명한 파크슨 가게의 직인이 찍혀 있었다. 그리고 수신인이 이렇게 쓰여 있었다. '──에식스 주 스타일즈 세인트 메어리, 스타일

즈 저택, (문제의 머리글자) 캐븐디시 귀하.'
「티(T)자 같기도 하고 엘(L)자 같기도 한데요.」
포와로는 그 종이를 접으면서 대답했다.
「좋았어. 나도 자네 생각과 똑같네. 그것은 엘(L)자야. 틀림없어!」
「어디에서 온 것일까요? 그게 중요한 거 아닌가요?」
나는 의아해 하면서 물어 보았다.
「대단히 중요한 것일세. 이것으로 내 추측이 확실해졌어. 나는 분명히 어딘가에 이것이 있을 거라고 생각해서 하워드 양에게 찾아보라고 부탁했지. 그런데 지금 자네가 보다시피, 그녀는 그 일을 이렇게 훌륭하게 해냈다네.」
「그녀가 '옷장 위에서' 하고 말하던데 그게 무슨 뜻입니까?」
「그 말은――이 종이를 옷장 위에서 발견했다는 걸세.」
포와로는 재빨리 내게 대답했다.
「그런 종이를 그런 데다 보관하다니 좀 이상한데요?」
내가 의아하게 생각하며 말했다.
「천만에. 옷장 위는 포장지나 마분지 상자들을 보관하기에는 매우 적합한 장소야. 나도 그곳에다 그런 것들을 보관하는걸. 깨끗하게 정리만 해두면 절대로 눈에 거슬릴 것이 없으니까 말이야.」
「포와로――이 사건에 대해서 어느 정도는 결론을 내렸나요?」
나는 진지한 표정으로 그에게 물었다.
「그렇다네. 다시 말해서――나는 이 범행이 어떻게 저질러졌는지도 알고 있다고 믿네.」
「오!」
「그러나 불행하게도 내 추측을 뒷받침해 줄 만한 증거가 전혀 없어. 다만――.」
그러더니 갑자기 그는 내 팔을 꽉 잡고 홀로 내려가서는 몹시 흥분한 듯이 불어로 외쳤다.
「도커스 양, 도커스 양, 죄송합니다만 잠깐만 나와 주십시오!」
포와로의 요란한 소리에 도커스는 몹시 당황한 모습으로 식기실에서 뛰어나왔다.
「도커스 양, 지금 한 가지 생각나는 게 있습니다. 변변치 않은 것이지만――만일 그것이 정당하다고 증명되기만 한다면, 이 사건은 해결되는 거나 마찬가지입니다. 그러니 도커스 양, 사실대로 말해 주십시오. 월요일, 곧 화요일이 아니라 그 비극이 발생하기 전날인 월요일에 잉글소프 노부인의 침실 벨에 무슨 이상은 없었습니까?」
도커스는 몹시 놀란 표정을 지었다.
「맞아요, 선생님. 지금 선생님이 말씀하시니 생각나는데, 그 벨은 고장이 났었답니다. 하지만, 어떻게 선생님이 그것을 아셨는지 궁금하군요. 생쥐가 벨과 연결된 전깃줄을 갉아먹었나 봐요. 그래서 화요일 아침에 수리공이 와서 고쳐 놓았답니다.」
포와로는 절정에 달한 듯이 긴 탄성을 지르더니, 조그만 거실로 돌아갔다.
「이것 보게, 범죄를 수사할 때, 외부에서만 증거를 찾아내려고 하면 안 돼. 이성(理性)만 있으면 충분하다니까! 하지만, 인간은 본디 약한 동물이지. 그래서 그들은 자신이 올바른 방향으로 들어섰다는 확실한 증거를 발견해야만 마음이 놓이거든. 오, 헤이스팅스, 지금 나는 다시 태어난 기분이라네. 자, 달리자고! 뛰어!」
그리고 나서 그는 정말로 방안을 뛰어다니더니, 이내 기다란 문을 통해서 넓은 잔디밭으로 미친 듯이 깡충깡충 뛰어 내려갔다.
「대체 저 조그만 분이 뭘 하고 있는 거지요?」하는 목소리가 뒤에서 들려왔다. 뒤를 돌아보았더니, 메어리 캐븐디시가 바로 내 뒤에 서 있었다.

그녀는 미소를 지었다. 그래서 나도 미소를 지어 보였다.
「대체 어떻게 된 일이에요?」
「나도 전혀 모르겠습니다. 조금 전에 도커스에게 벨에 대해서 몇 마디 물어 보고 대답을 듣더니, 저렇게 좋아하며 펄쩍펄쩍 뛰어다닌답니다.」
메어리는 웃음을 터뜨렸다.
「정말 우습군요! 어머, 지금 막 대문을 빠져나가는데요. 혹시 오늘은 우리 집으로 돌아오지 않는 건 아니에요?」
「글쎄, 모르겠습니다. 나는 이제 다음에는 그가 무엇을 할까 하고 추측하는 문제는 포기했답니다.」
「포와로 씨가 혹시 미쳐 버린 게 아닐까요, 헤이스팅스 씨?」
「솔직하게 말해서, 나는 도무지 모르겠습니다. 때때로 나도 저 사람이 미쳐 버린 게 아닌가 생각될 때가 있답니다. 하지만, 그가 미쳤다고 생각되는 바로 그 순간 나는 그의 광기 속에서 질서 정연한 논리를 발견해 내곤 하지요.」
「나도 무슨 뜻인지 알 것 같아요.」
메어리는 화사하게 웃었지만, 나는 그녀가 그날 아침 깊은 생각에 빠져 있다는 것을 알아차렸다. 그녀는 침울하다 못해 심지어 슬픈 표정까지 짓고 있었다.
그때 나는 지금이야말로 신시어의 문제에 대해서 그녀와 이야기할 수 있는 좋은 기회라고 생각했다. 나는 제법 재치 있게 말문을 열었다——적어도 나는 그렇게 생각했다. 그렇지만 이내 그녀는 단호하게 내 말을 가로막았다.
「당신은 정말 훌륭한 대변자로군요, 헤이스팅스 씨. 하지만, 이번 경우에는 어떻게 된 일인지 당신의 재능이 모두 사라져 버린 것 같아요. 신시어가 내게서 어떤 부당한 대우를 받게 되리라는 걱정은 하지 않아도 될 거예요.」
 나는 힘없이 더듬거리며, 그녀가 내 말을 깊이 생각하지 않기를 바란다고 말했다.
 그러나 다시 그녀가 내 말을 가로막았다. 그런데 다음에 한 그녀의 말이 너무나 뜻밖이어서, 내 마음속에서 신시어와 그녀의 문제들에 대한 생각들이 사라져 버렸다.
「헤이스팅스 씨——당신은 내 결혼 생활이 행복하다고 생각하세요?」
 나는 너무 당황해서, 그런 문제에 대해서는 생각해 보지도 않았다고 중얼거리듯이 대답했다.
「그렇겠지요.」하고 그녀는 조용하게 말했다.「하지만, 당신이 생각해 보셨든 상관없이 그 문제에 대해 솔직하게 말씀드리겠어요. 우리는 지금 행복하지 않아요.」
 나는 그녀가 아직 말을 끝내지 않았다고 생각했기 때문에 아무 대꾸도 하지 않았다.
 그녀는 머리를 약간 기울인 채로 천천히 방안을 걷기 시작했다. 그녀가 발걸음을 옮길 때마다 호리호리하고 나긋나긋한 몸이 부드럽게 흔들렸다. 그러더니 갑자기 멈춰 서서는 나를 올려다보았다.
「당신은 나에 대해서 아무것도 모를 거예요. 맞지요?」그녀는 말을 계속했다.「내가 어디에서 태어났으며, 존과 결혼하기 전에는 무슨 일을 했는지 등등——아무것도 모를 거예요. 지금 당신에게 모든 것을 말하겠어요. 당신을 청죄사(聽罪師)라고 생각하고 고백하지요. 당신은 친절하신 분이에요. 그래요, 나는 당신이 친절하신 분이라고 확신해요.」
 아무튼, 나는 그 어느 때보다도 기분이 좋아져 있었다. 나는 신시어가 메어리 캐븐디시와 똑같은 방법으로 자신의 속마음을 내게 털어놓

앉던 것을 떠올렸다. 게다가 청죄사란 나이가 지긋한 사람이어야 하므로, 나에겐 전혀 어울리지 않는 역할이었다.

「우리 아버지는 영국인이었어요. 그리고 어머니는 러시아 사람이었지요.」

캐븐디시 부인이 말을 꺼냈다.

「오――이제 이해가 되는군요.」내가 말했다.

「이해가 되다니, 무엇을 말인가요?」

「언제나 부인에게서 느껴졌던――어딘지――이국적인 느낌 말입니다.」

「어머니는 무척 아름다운 분이었을 것 같아요. 하지만, 정말 그랬었는지는 몰라요. 어머니 얼굴을 기억하지 못하니까요. 어머니는 내가 아주 어렸을 때 돌아가셨어요. 내가 알기론, 어머니의 죽음은 어떤 비극과 연결되어 있었어요――어머니는 실수로 그만 과다한 양의 수면제를 복용하셨다고 하더군요. 그래서 아버지는 몹시 상심하셨답니다. 그 일이 있고 얼마 지나지 않아서 아버지는 영사관 근무를 하시게 되었어요. 아버지는 어디를 가시든지 나를 데리고 다니셨어요. 그래서 스물세 살쯤에는 전세계 어디 안 가본 곳이 없을 정도였답니다. 그때는 정말로 멋진 생활이었지요――나는 그런 생활을 좋아했어요.」

그녀의 입가에 희미한 미소가 번지면서, 머리가 뒤로 약간 젖혀졌다. 그녀는 그 옛날의 즐거웠던 추억 속에 도취된 것 같았다.

「그러다가 아버지께서 돌아가셨어요. 그리고 나자, 내 생활이 몹시 궁색해졌지요. 그래서 나는 요크셔에 있는 아주머니들과 함께 지냈어요.」

메어리는 약간 몸을 떨었다.

「부러울 것 없이 자란 나에게 그때의 생활이 얼마나 끔찍했는지 당신이 이해하실지 모르겠군요. 나는 그런 옹색하고 단조로운 생활을 견디지 못해서 거의 미칠 지경이었어요.」 그녀는 잠시 말을 멈췄다. 「그러다가 나는 존 캐븐디시를 만났던 거예요.」

「그래서요?」

「아주머니들 편에서 보면, 그것은 내게 더할 나위 없이 좋은 기회였지요. 하지만 솔직하게 말해서, 나는 별로 신중하게 생각해 보지 않았어요. 그래요. 그는 견딜 수 없이 단조로웠던 그때의 내 생활에서 탈출하기 위해 선택했던 일종의 방편에 불과했어요.」

나는 아무 말도 하지 않았다. 그녀도 잠시 동안 묵묵히 생각에 잠겨 있다가 계속 말을 이었다.

「그렇지만 나를 오해하지는 마세요. 나는 매우 정직하게 존을 대했어요. 그리고 그이에게 '나는 당신을 무척 좋아하고 있으며, 앞으로는 더욱더 좋아할 수 있게 되기를 바라요. 하지만, 나는 흔히 세상 사람들이 말하는 것처럼 사랑에 빠져 있지는 않아요.' 하고 말했어요. 그이는 자신도 그것으로 만족한다고 분명히 말했어요. 그래서——우리는 결혼하게 되었지요.」

그녀는 꽤나 오랫동안 침묵을 지켰다. 그녀의 이마에는 잔주름이 잡혔다. 그녀는 지나간 나날들을 간절한 마음으로 되돌아보는 것 같았다.

「처음에는 존이 나를 좋아했었다고 생각해요——아니, 나는 그렇게 확신할 수 있어요. 하지만 내가 추측하기로, 우리 둘은 썩 잘 어울리는 사람들은 아니었어요. 그러다가 우리는 어느 순간 갑자기 멀어져 버렸답니다. 그이는——내 자존심이 상하는 일이지만 사실대로 말씀드리겠어요——매우 빨리 내게서 권태를 느꼈어요.」

잘 기억나지는 않지만, 분명히 그때 나는 그렇지 않을 거라는 말을 중얼거렸던 것 같다. 왜냐하면 그녀가 재빨리 이런 말을 계속했기 때문이다.

「오, 아니에요. 존은 내게서 싫증을 냈어요! 하지만, 지금은 그것이 중요한 거라고는 생각하지 않아요——우리 둘은 마침내 결정을 내렸으니까요.」

「무슨 뜻으로 하는 말입니까?」

그녀가 조용하게 대답했다.

「내 말은 내가 더 이상 스타일즈에 머물러 있지 않겠다는 뜻이에요.」

「당신과 존은 앞으로 여기에서 살지 않을 계획입니까?」

「존은 계속 여기에서 살지도 모르지요. 하지만, 나는 그렇지 않아요.」

「그렇다면 부인은 그를 떠나겠다는 말입니까?」

「그래요.」

「대체 무슨 이유입니까?」

그녀는 꽤 오랫동안 침묵을 지키고 있다가 마침내 입을 열었다.

「아마——내가 원하기 때문이겠지요——자유로워지기를 말이에요.」

그런데 그녀가 말하는 동안, 나는 갑자기 광대한 공간들과 깨끗한 숲, 그리고 사람들의 발길이 닿지 않은 태고의 땅들에 대한 환영(幻影)을 보았으며, 자유라고 하는 것이 메어리 캐븐디시 같은 사람에게 무엇을 의미하는지 깨달았다. 나는 그 순간 그녀의 본래 모습을 그대로 바라보고 있는 것 같았다. 그녀는 도도한 야생 동물이나, 언덕 위의 겁많은 새처럼 문명에 길들여지지 않은 그런 여자였다. 그녀의 입술에서 희미한 비명이 새어 나왔다.

「당신은 모를 거예요. 당신은 몰라요. 이 증오스러운 집이 지금까지 내게는 감옥 같았어요!」

「나도 이해합니다. 하지만──하지만 경솔하게 행동해서는 안 됩니다.」

「오, 경솔하다고요!」

그녀의 목소리는 마치 나의 이런 판단을 조롱하는 것처럼 들렸다.

그때 나는 불쑥 한마디를 내뱉었다. 정말이지 그 말 때문에 나는 혀를 깨물어 버리고 싶은 심정이었다.

「바워스타인 박사가 체포되었는데, 그 사실을 알고 있습니까?」

이내 냉담한 표정이 마치 가면처럼 그녀의 얼굴을 뒤덮으며, 다른 모든 감정들을 감춰 버렸다.

「오늘 아침에 존이 귀뜸해 주었어요.」

「그렇습니까? 부인은 어떻게 생각합니까?」 나는 맥빠진 목소리로 물었다.

「무엇에 대해서 말이에요?」

「바워스타인 박사가 체포된 것에 대해서 말입니다.」

「내가 그것에 대해서 어떻게 생각할 거나 있나요? 그 사람이 독일 간첩이라고 정원사가 존에게 말했다더군요.」

그녀의 얼굴과 목소리는 매우 차갑고도 표정이 없었다. 그녀는 이 일을 걱정하고 있는 것일까, 아니면 그렇지 않은 것일까?

그녀는 한두 발자국 걸어가서 어떤 화분 하나를 손가락으로 가볍게 만졌다.

「꽃들이 죽었군요. 다시 고쳐 심어야겠어요. 이것 좀 옮겨 주시겠어요?──고맙습니다, 헤이스팅스 씨.」

그리고 나서 그녀는 그만 떠나겠다는 뜻으로 쌀쌀하게 고개를 숙인 뒤에 재빨리 나를 지나쳐서는 문 밖으로 빠져나갔다.

그렇다. 그녀는 분명히 바워스타인 박사를 좋아하지 않았다. 그렇지 않다면 어떤 여자도 캐븐디시 부인처럼 저렇게 냉담해질 수는 없을 테니까.

다음날 아침에 포와로의 모습은 보이지 않았으며, 런던 경시청에서 나온 사람들도 볼 수가 없었다.

그러나 점심 시간쯤에 새로운 증거물——그렇게 부르기에는 좀 부족한 것인지 모르지만——아무튼 그와 비슷한 것이 도착했다. 우리는 잉글소프 노부인이 사망하기 전날에 썼다는 네 번째 편지를 애써 찾아보았지만, 별 소득이 없었다. 우리들은 언젠간 그 편지가 저절로 나타나기를 바라면서 그 일을 단념했다. 그런데 바로 그때 다음과 같은 일이 발생한 것이다. 프랑스에 있는 한 악보 출판사로부터 2종 우편으로 편지 한 통이 도착했다. 그 편지에는 잉글소프 노부인이 보낸 수표를 받았다는 것과, 유감스럽게도 러시아 민요 시리즈를 찾아낼 수 없었다는 등의 내용이 적혀 있었다. 그렇게 해서, 그 운명의 날 저녁에 잉글소프 노부인이 보냈던 편지에 대한 답신으로 수수께끼를 해결하려고 했던 최후의 희망마저도 단념해야 했다.

차를 마시기 바로 전에, 나는 이 새로운 실망에 대해서 포와로에게 말해 주려고 그의 숙소로 갔다. 하지만, 화가 치밀게도 그는 집에 없었다.

「또 런던에 갔습니까?」

「오, 아니에요. 방금 전에 태드민스터로 가는 기차를 탔어요. '어떤 숙녀의 조제실을 구경하러 갑니다.' 하고 말하더군요.」

「오, 바보 같은 사람!」 나는 큰소리로 외쳤다. 「수요일에는 그 여자가 조제실에 없다고 했는데! 흠, 어쩔 수 없군요. 내일 아침에 내가 있는 곳으로 와 달라고 그분에게 전해 주시겠습니까?」

「물론이지요, 선생님.」

하지만, 그 다음날에도 포와로는 모습을 나타내지 않았다. 나는 점점 더 화가 났다. 그는 우리들에게 너무 거만한 태도로 대했다.

점심식사가 끝난 뒤로, 로렌스는 나를 한쪽으로 데려가더니 포와로를 만나러 마을로 내려갈 거냐고 물었다.

「아니오. 가지 않을 겁니다. 우리를 만나고 싶다면 그 사람이 이곳으로 오겠지요.」

「오!」

로렌스는 알 수 없다는 듯한 표정을 지었다. 그리고 그는 유별나게 초조하고 흥분된 모습을 보여서 내 호기심을 자극했다.

「무슨 일이 있습니까?」 하고 내가 물었다. 「특별히 일이 있다면, 마을로 내려갈 수도 있습니다.」

「아니, 뭐 별로 대단한 일은 아니네. 하지만──좋아, 자네가 마을로 내려가서 그 사람을 만나게 되면 이렇게 전해 주게.」──그는 목소리를 낮추어서 속삭이듯이 말했다──「전에 그 사람이 말했던 나머지 커피잔을 내가 발견한 것 같다고 말이야!」

나는 포와로의 그 모호한 말에 대해서 거의 잊어버리고 있었다. 하지만, 지금 로렌스의 말을 듣고서 나는 새로운 호기심으로 가득 찼다.

로렌스는 더 이상 말을 하지 않으려고 했다. 그래서 나는 마음을 다시 고쳐 먹고 리스트웨이스 커티지로 포와로를 찾아가리라고 결심했다.

이번에는 환한 미소가 나를 맞아 주었다. 포와로가 집 안에 있었던 것이다. 나는 잠시 동안 과연 내가 그의 방으로 걸어 올라가야 하는지에 대하여 생각해 보았다. 결국 나는 계단을 밟아 올라갔다.

포와로는 탁자 옆에서 두 손으로 머리를 감싸 쥐고 있었다. 그러다가 내가 방에 들어서자 벌떡 일어났다.

「무슨 일이 있었습니까? 어디 아픈 것은 아니겠죠?」

나는 걱정이 되어 물어 보았다.

「그래. 몸이 아픈 것이 아니라, 나는 매우 중대한 문제를 생각하고 있는 중일세.」
「범인을 잡아야 하나 말아야 하나 하는 문제 말입니까?」
나는 아무 생각도 없이 이렇게 물었다.
그러나 놀랍게도 포와로는 심각한 표정으로 머리를 끄덕였다.
「자네 나라의 위대한 극작가 셰익스피어가 말했듯이 '말을 할 것이냐 아니면 하지 말 것이냐'——그것이 문제일세.」
나는 그의 잘못된 인용문을 바로잡아 주지 않았다.
「지금 진정으로 하는 말은 아니겠죠, 포와로?」
「나는 매우 진지하게 말하고 있는 걸세. 왜냐하면 모든 것들 중에서 가장 중요한 것이 어느쪽으로 기울지 모르는 상태에 있으니까.」
「도대체 그게 뭡니까?」
「한 여자의 행복이라네, 헤이스팅스.」
그는 엄숙하게 말했다.
나는 정말 어떻게 말해야 좋을지 몰랐다.
「마침내 때는 왔는데——.」 포와로는 골똘히 생각하며 말했다. 「어떻게 해야 좋을지 모르겠네. 자네도 잘 알겠지만, 내가 지금 하고 있는 것은 대단히 큰 도박이라네. 나, 에르큘 포와로가 아니면 그 누구도 그것을 시도해 보지 못할 거야!」
이렇게 말하고 나서 그는 의기양양하게 자기 가슴을 톡톡 몇 차례 두드렸다.
그의 분위기를 방해하지 않기 위해서 나는 몇 분 동안 아무 말 없이 앉아 있다가, 로렌스의 말을 전해 주었다.
「오!」 그는 소리쳤다. 「드디어 그가 나머지 커피잔을 찾아냈군. 그것 참 잘됐어. 그 얼굴이 길쭉한 로렌스라는 친구, 겉보기보다는 훨씬 명석한 사람이로군!」
나는 개인적으로 로렌스가 그다지 똑똑한 사람이 아니라고 생각하고 있었다. 하지만 아무 대꾸도 하지 않고, 언젠가 매주 수요일이 신시어의 비번이라고 말해 준 것을 잊었다는 이유로 그에게 핀잔을 주었다.

「솔직히 말해서, 나는 별로 기억력이 좋지 못해 그건 그렇고, 그 조제실에서 일하는 다른 약사는 대단히 친절하더군. 그녀는 내가 실망하자 매우 미안하다면서 거기에 있는 것을 매우 친절하게 설명해 주었네.」

「오, 그렇습니까? 그것 참 다행한 일이었군요. 하지만, 언젠가는 그곳에 가서 신시어와 차를 마셔야 할걸요.」

나는 그에게 편지에 대해서 말해 주었다.

「그것 정말 유감이군. 나는 그 편지에 희망을 걸고 있었는데. 하지만, 아니야. 그렇게 생각해서는 안 되는 일이었어. 이 문제는 모두 내부에서 해결되어야 하는 거네.」 그는 이마를 가볍게 두드렸다. 「이 조그만 회색의 뇌세포들. 자네가 말하고 있는 것처럼――문제의 해결은 '이 뇌세포들'에 달려 있다네.」 그리고 나서 그는 불쑥 이렇게 물었다. 「자네 지문을 감정할 수 있나, 헤이스팅스?」

나는 약간 놀란 표정을 지으며 대답했다.

「아니오. 내가 알고 있는 것은, 세상에 똑같은 지문은 하나도 없다는 사실뿐입니다.」

「맞았어.」

그는 서랍을 열더니 사진 몇 장을 꺼내어 탁자 위에다 올려놓았다.

「참고로 이 사진들을 1번, 2번, 3번이라고 번호를 정하겠네. 자, 자네가 이 사진들을 설명해 보게.」

나는 주의깊게 그가 내놓은 것들을 살펴보았다.

「모두 굉장히 확대된 것이군요. 1번 사진은 남자의 지문인 것 같습니다. 엄지손가락과 집게손가락의 지문 같아요. 2번 사진은 여자의 지문이군요. 1번 사진의 지문보다 조그많고, 모든 면에서 매우 다릅니다. 3번 사진은──.」 나는 잠시 말을 멈추고 그것을 살펴보았다──「이 사진에는 상당히 많은 지문이 복잡하게 찍혀 있군요. 그리고 1번 사진의 지문이 분명히 나타나 있는데요.」

「다른 지문들 위에 겹쳐 있는 지문 말인가?」

「그렇습니다.」

「자네, 그것들을 분명하게 식별할 수 있겠나?」

「오, 물론이죠. 그것은 틀림없이 동일한 지문입니다.」

포와로는 머리를 끄덕거렸다. 그는 내게서 그 사진들을 받아 다시 서랍 속에 집어넣고 잠갔다.

「평상시와 마찬가지로──이번에도 설명해 주지 않겠죠?」 내가 물었다.

「아니야, 그렇지 않아. 1번 사진은 로렌스의 지문이고, 2번 사진은 신시어의 것일세. 하지만, 그것은 별로 중요하지 않아. 나는 단지 비교해 보기 위해서 채취한 것뿐이네. 하지만, 3번 사진은 좀 복잡한 설명이 필요하지.」

「어떤 건데요?」

「자네도 보았던 것처럼, 그것은 굉장히 확대된 사진일세. 자네, 그 사진의 이곳 저곳에 번져 있는 얼룩 같은 것을 보았는지 모르겠군. 자네에게 내가 사용했던 먼지떨이용 파우더나 특별한 장치에 대해서 자세히 설명하진 않겠네. 그것은 경찰에서 주로 쓰는 방법인데, 매우 짧은 시간 안에 어떤 물체 위에 남아 있는 지문을 모두 사진으로 떠낼 수 있네. 이제 방금 자네가 본 지문들을 어느 물체에서 채취했는지 말해 주지.」

「어서 말해 보십시오──정말 흥미진진한데요.」

「아, 좋아! 3번 사진은 태드민스터의 적십자 병원 조제실에 있는 극약 보관 찬장 위쪽에 놓여 있던 작은 병의 표면을 최대로 확대한 것이라네. 그 병원은 경찰에서 지은 모양이더군.」

「하느님 맙소사!」 나는 깜짝 놀라서 소리쳤다. 「도대체 왜 로렌스 캐븐디시의 지문이 그 병에 있는 걸까요? 우리들이 그곳에 갔던 날, 그는 극약 찬장 근처에는 가지도 않았는데.」

「오, 아닐세. 그는 틀림없이 그 극약 찬장으로 다가갔었네!」

「그럴 리가 없어요! 우리는 내내 함께 있었는걸.」

포와로는 머리를 가로 저었다.

「아닐세, 헤이스팅스. 그날 사람들이 모두 함께 있지 않았던 순간이 있었을 걸세. 사람들이 함께 있을 수가 없었거나, 아니면 발코니에 함께 있자고 부르기 전에 시간이 있었을 거야.」

「오, 내가 그것을 깜박 잊고 있었군요. 하지만, 그것은 단지 1분 정도였습니다.」

나는 솔직히 시인하며 말했다.

「그 정도면 충분한 시간이야.」

「무엇에 충분한 시간이라는 말입니까?」

포와로가 의미심장한 미소를 지었다.

「내 말은, 의학을 공부한 사람의 흥미와 호기심을 만족시키기에는 충분한 시간이었다는 뜻일세.」

우리들의 시선이 마주쳤다. 포와로의 눈에서는 즐거우면서도 웬지 막연한 듯한 분위기가 풍겼다. 그는 자리에서 일어나더니 조용하게 콧노래를 불렀다. 나는 의심스러운 표정으로 그를 바라보았다.

「포와로, 그 조그만 병 속에는 무엇이 들어 있었습니까?」

포와로는 창 밖을 바라보았다.

「스트리크닌 염산염이 들어 있었네.」 그는 어깨너머로 말하고는 계속 콧노래를 불렀다.

「맙소사!」

나는 침착하고 조용하게 탄성을 질렀다. 하지만, 사실은 그 대답을 기대하고 있었기 때문에 별로 놀라진 않았다.

「순수한 스트리크닌 염산염은 거의 사용되지 않네——환약용으로 가끔 사용하는 경우가 있지만, 그것은 약국법에 의해 공인된 처방법이야. 반면에, 용액으로 스트리크닌 염산염은 의약품에서 광범위하게 사용되지. 이것이 바로 지금까지 지문들이 망가지지 않은 채 남아 있는 이유일세.」

「어떻게 해서 이 사진을 얻어 냈습니까?」

「나는 발코니에서 그만 모자를 떨어뜨리고 말았네. 그런데 그 시간에는 방문객들이 아래로 내려갈 수가 없었어. 내가 아무리 간절하게 부탁했어도. 끝내는 신시어의 동료 약사가 아래로 내려가서 내 모자를 주워야 했지.」

포와로는 담담하게 설명했다.

「그렇다면 당신은 무엇을 찾아야 할지 알고 있었군요?」

「천만에. 나는 자네 말대로 로렌스가 극약 찬장에 다가갈 수 있었을 거라는 점만 깨달았을 뿐이지. 그 가능성은 반드시 인정되거나, 아니면 깨끗하게 제거되어야 했던 걸세.」

「포와로, 당신이 아무리 흥겹게 콧노래를 불러도 나를 속일 수는 없습니다. 이것은 매우 중대한 발견이 아닙니까?」

「나는 잘 모르겠어 하지만, 내 주의를 끌고 있는 것이 한 가지 있지. 자네도 역시 그것에 관심을 기울였을 거네.」 하고 포와로가 말했다.

「그게 뭡니까?」

「그것은 이 사건의 여기저기에서 스트리크닌이 자주 등장했다는 것일세. 이번에 우리는 세 번째로 스트리크닌과 대면하게 되었네. 처음엔 잉글소프 노부인의 강장제 속에 스트리크닌이 들어 있었지. 그리고 스타일즈 세인트 메어리에서 메이스가 의사의 처방 없이 스트리크닌을 팔았고, 그리고 지금 우리는 스타일즈 저택 식구 한 사람의 지문이 있는 스트리크닌을 또 발견했네. 이건 정말 복잡한 일이야. 자네도 알겠지만, 나는 복잡한 것은 아주 질색일세.」

내가 그의 말에 대꾸하기 전에, 어떤 벨기에 인이 문을 열고 얼굴을 비쭉 내밀었다.

「아래층에서 어떤 여자분이 헤이스팅스 씨를 찾으십니다.」

「여자가요?」

나는 자리에서 벌떡 일어났다. 포와로도 나를 따라서 좁다란 계단을 내려왔다. 메어리 캐븐디시가 현관에 서 있었다.

「마을에 있는 노부인을 방문하고 오는 길이에요.」 그녀는 내가 있는 곳에 찾아온 이유를 설명했다. 「그런데 로렌스에게 당신이 포와로 씨 댁에 있을 거라는 말을 듣고 함께 집에 돌아가려고——.」

「정말 섭섭합니다, 부인. 나는 영광스럽게도 부인이 나를 방문하러 온 것으로 생각했답니다!」

포와로가 말했다.

「그렇다면 언제 한번 찾아오지요.」

그녀는 미소를 지으면서 포와로에게 약속했다.

「그렇게 해주면 정말 영광이겠습니다. 그리고 혹시 청죄사가 필요하게 되면, 캐븐디시 부인.」——그녀는 놀란 표정을 지었다——「청죄사 포와로가 기꺼이 부인의 요구에 응하겠습니다.」

그녀는 마치 그의 말 속에 담겨 있는 좀더 깊은 의미를 알아내려는 듯이 몇 분 동안 뚫어지게 포와로를 바라보았다. 그러고 나서 그녀는 홱 뒤돌아서서 걷기 시작했다.

「스타일즈 저택으로 가시지 않을 건가요, 포와로 씨?」

「가고말고요, 부인.」

스타일즈 저택으로 가는 동안, 그녀는 줄곧 빠르고, 그러면서도 열정적으로 이야기했다. 그때, 나는 그녀가 포와로의 눈에 몹시 신경을 쓰고 있다고 느꼈다.

이제는 날씨도 변해서, 가을처럼 서늘한 바람이 불었다. 메어리는 약간 몸을 떨더니 검정색 운동용 재킷을 안쪽으로 바싹 당겨 단추를 채웠다. 나무들 사이를 스치는 바람은 마치 거인이 한숨을 내쉬는 것처럼 애처로운 소리를 냈다.

도커스가 집에서 뛰어나와 맞아 주었다. 그녀는 견딜 수 없다는 듯이 손을 비비면서 훌쩍였다. 나는 다른 하인들도 신경을 곤두세운 채 뒷마당에 웅성거리며 모여 있는 것을 보았다.

「오, 마님! 어떻게 말씀드려야 좋을지 ──.」

「무슨 일입니까, 도커스 양? 어서 말해 보세요.」

나는 조바심을 내며 말했다.

「아주 나쁜 사람들이에요. 그 사람들이 그분을 체포했답니다 ── 그들이 캐븐디시 씨를 체포했어요!」

「로렌스를 체포했다는 말입니까?」

나는 숨이 막힐 지경이었다.

도커스의 두 눈이 기묘하게 반짝였다.

「아니에요, 선생님. 그들은 로렌스 씨가 아니라 ── 존 씨를 체포했어요.」

내 뒤에서, 갑자기 격렬한 울음소리와 함께 메어리 캐븐디시가 내게 기대며 털썩 쓰러졌다. 나는 그녀를 똑바로 일으켜 세우려고 뒤로 돌아섰을 때, 포와로의 두 눈에서 조용한 승리의 환호를 보았다.

제 11 장
기소자측의 주장

계모 살해범으로 체포된 존 캐븐디시의 재판은 그로부터 2달 뒤에 열렸다.

그 사이의 몇 주일에 대해서 나는 별로 언급하지 않겠다. 그러나 그 동안 나의 존경심과 동정심은 메어리 캐븐디시에게로 온통 기울어져 있었다. 그녀는 남편의 편에 서서 그의 유죄를 주장하는 막연한 증거들을 결사적으로 부인했으며, 필사적으로 존 캐븐디시를 위하여 변론했다.

나는 포와로에게 나의 이런 마음을 솔직하게 털어놓았다. 그는 골똘히 생각에 잠기면서 머리를 끄덕거렸다.

「그래, 그녀는 역경에 처했을 때 진가를 발휘하는 그런 여자들 중의 한 사람이야. 역경은 사람들 속에 숨어 있는 가장 다정스럽고, 또 가장 진실한 것들을 모두 나타내게 해주지. 그녀의 자존심과 질투심은——.」

「질투심?」

「그래. 자네는 그녀가 남다르게 질투심이 강한 여자라는 사실을 모르고 있었나? 지금 그녀는 자존심과 질투심을 모두 제쳐놓았네. 그녀는 남편과 그의 앞에 드리워진 끔찍한 운명밖에는 아무것도 생각하지 않고 있어.」

그는 담뿍 감정을 넣어서 이야기했다. 나는 그가 말을 할 것인가 말 것인가에 대하여 고민하고 있었던 지난 오후를 기억하면서 그를 진지하게 쳐다보았다. 한 여자의 행복에 대한 포와로의 자비심과 함께, 나는 이 결정이 그에게서 나오지 않은 것에 대하여 기쁘게 생각했다.

「지금도──나는 그 사실을 믿을 수가 없습니다. 당신도 알겠지만, 마지막 순간까지 나는 로렌스가 범인일 거라고 생각했었습니다.」

포와로는 이를 드러내며 싱긋 웃었다.

「자네가 그렇게 생각한다는 것을 나는 알고 있었지.」

「하지만, 존이라니! 내 오랜 친구인 존이 살인범이라니!」

「모든 살인범은 누군가의 오랜 친구일세.」하고 포와로는 깊은 의미가 담긴 듯이 말했다.「하지만, 감정과 이성을 혼동해서는 안 돼.」

「솔직히 말해서, 당신은 그전에 이런 결과에 대해서 한마디 힌트 정도는 줄 수 있었지 않습니까?」

「그럴 수도 있었겠지, 헤이스팅스. 하지만, 그가 자네의 오랜 친구였기 때문에 말하지 않았던 걸세.」

나는 바우스타인 박사에 대한 포와로의 견해라고 내가 믿었던 것들을 바쁘게 존에게 전해 주었던 일을 기억하고는, 포와로의 이런 대답에 적잖이 당황했다. 지금까지 그는 이런 방법으로 자신에게 불리하게 적용될 가능성이 있는 혐의나 책임으로부터 벗어났던 것이다. 그렇지만 그가 이번엔 너무도 현명하게 처신했으며 간첩 활동이라는 비난이 그에게 퍼부어질 수는 없었을 망정, 앞날을 생각해서 그의 사악한 날개가 잘려진 것은 매우 잘된 일이라고 나는 생각했다.
  나는 존이 유죄 판결을 받을 거라고 생각하느냐고 포와로에게 물어 보았다. 그런데 뜻밖에도 포와로는 그와는 정반대로 존이 분명히 석방될 것이라고 말했다.
  「하지만, 포와로——.」
  나는 깜짝 놀라서 말했다.
  「오, 헤이스팅스, 내겐 증거가 하나도 없노라고 그 동안 줄곧 자네에게 말했지 않나? 어떤 사람이 유죄라는 사실을 안다는 것과, 그러한 사실을 증명한다고 하는 것은 전혀 별개의 문제라네. 그런데 이번 사건의 경우에는 놀랄 만큼 증거물이 발견되지 않고 있어. 바로 그 점이 우리가 안고 있는 문제일세. 나, 에르큘 포와로는 진실을 알고 있어. 하지만, 내 사슬에는 최후의 연결 고리가 없네. 그리고 만일 내가 끝내 그 연결 고리를 찾아내지 못한다면——.」
  그는 심각한 표정을 지으면서 설레설레 머리를 가로 저었다.
  「당신이 처음으로 존 캐븐디시를 의심했던 것은 언제였습니까?」
  나는 잠시 동안 아무 말도 하지 않고 있다가 입을 열었다.
  「자네는 전혀 그 사람을 의심하지 않았었나?」
  「솔직히 말해서, 그렇습니다.」
  「그렇다면 캐븐디시 부인과 그녀의 시어머니 사이에 있었던 대화를 우연히 엿듣고 나서도, 또 심리에서 그녀가 솔직하게 진술하지 않았다는 것을 알고 나서도 그를 의심하지 않았다는 말인가?」
  「그렇습니다.」
  「그럼, 두 사람씩 묶어서 생각할 때, 만일 잉글소프 노부인과 말다툼을 하고 있었던 사람이 앨프레드 잉글소프가 아니라면——그리고 자네도 기억하고 있겠지만 그는 심리에서 그러한 사실을 완강하게 부인했네——로렌스나 존이라고 생각해 보지는 않았나? 그런데 만일 그 장본인이 로렌스였다면, 메어리 캐븐디시의 행동은 그 방법을 통해서만 설명될 수 있으니까.」

「하지만, 당신은 존이 무죄가 될 거라고 말했잖습니까?」

포와로는 어깨를 으쓱해 보였다.

「분명히 나는 그렇게 말했지. 즉결 재판이 열리면 자연히 기소 내용을 알게 될 거야. 하지만, 어쩌면 그의 변호사들이 그에게 `변호를 미루라고 충고할지도 모르지. 그 같은 재판에서 갑자기 제안되는 거야. 그리고——그건 그렇고, 자네에게 조심스럽게 할말이 있네, 헤이스팅스. 나는 그 재판에 나갈 수 없어.」

「아니, 왜요?」

「나는 공적인 면에서 보면, 그 재판과 전혀 관계가 없는 사람일세. 내가 내 사슬을 연결시킬 마지막 고리를 발견할 때까지, 나는 당분간 현장에서 물러나 있어야겠네. 그렇게 되면, 캐븐디시 부인은 내가 자기 남편을 위해서 유리하게 활동하고 있다고 생각할 거네.」

「그것은 정말 비열한 행동입니다, 포와로.」 나는 반박했다.

「천만에, 그렇지 않아. 우리는 지금 매우 치밀하고 파렴치한 남자를 처리해야 하네. 따라서 우리가 할 수 있는 모든 수단과 방법을 동원해서라도 반드시 이 일을 해내야 하는 거야. 만일, 그렇게 하지 않으면 그는 우리의 손아귀를 빠져나가 버리고 말 걸세. 바로 그것 때문에 내가 뒤로 물러나 있겠다는 거야. 지금까지 모든 행동을 재프가 맡아서 했으니까, 그 문제에 대한 모든 것도 그가 책임질 거네. 혹시, 내가 증언을 하기 위해 호출받게 된다면.」——그는 입을 크게 벌려 미소를 지어 보였다——「아마 나는 피고인 편에 서서 증언하게 될 걸세.」

나는 정말 내 귀를 의심하지 않을 수 없었다.

「그것은 매우 정당한 일이야.」 포와로는 계속해서 말했다. 「좀 이상한 일일지는 모르지만, 나는 기소의 논쟁점을 깨끗이 말소해 버릴 증언을 하게 될 거네.」

「그게 뭡니까?」

「그것은 유언장이 없어진 것과 관련이 있는 거지. 그 유언장을 없앤 것은 존 캐븐디시가 아니야.」

포와로는 정확한 예언자였다. 나는 즉결 재판에서 있었던 일들을 자세하게 이야기하지는 않겠다. 왜냐하면, 그 같은 일은 매우 지루한 반복밖에 되지 않을 것이기 때문이다. 단지 여기서 말할 것은, 존 캐븐디시가 자신의 변호를 미루었으며, 정당한 절차에 따라 재판에 회부되었다는 사실이다.

우리들은 9월에 모두 런던으로 갔다. 메어리가 켄징턴에다 집을 빌렸으며, 포와로도 캐븐디시 가족의 한 사람에 포함되어 있었다.

나는 국방성에서 일을 하게 되었다. 그래서 계속 그들을 만날 수 있었다.

시간이 흐를수록 포와로의 신경은 점점 더 날카로워져 갔다. 그가 전에 말했던 그 '마지막 연결 고리'가 여전히 발견되지 않았던 것이다. 솔직히 말해서, 나는 이런 상태가 계속되기를 바랐다. 왜냐하면, 만일 존이 풀려나지 않는다면 메어리에게는 어떠한 행복도 있을 수 없을 것이기 때문이다.

존 캐븐디시는 9월 15일에 '에밀리 아그네스 잉글소프에 대한 의도적 살해'라는 혐의로 올드 베일의 피고석에 나와서 자신의 무죄를 주장했다.

저명한 왕실 고문 변호사였던 어니스트 헤비웨더 경이 그를 변호하기 위해 참석했다.

역시 왕실 고문 변호사였던 필립스가 법정에서 이 사건의 서두 진술을 했다.

그는 이렇게 말했다.

「이 살인사건은 사전에 매우 치밀하게 계획된 잔인무도한 모살(謀殺)입니다. 그리고 이것은 다정하고 신뢰적인 한 여인이 의붓아들에 의해 계획적으로 독살된 것 이상도 그 이하도 아닙니다. 그런데 그 여인은 의붓아들에게는 어머니 이상의 존재였습니다. 그녀는 그가 어렸을 때부터 줄곧 그를 보살펴 주었습니다. 그 의붓아들과 그의 아내는 계모의 보호와 사랑을 받으면서 스타일즈 저택에서 매우 호사스럽게 지냈습니다. 한마디로 말해서, 그녀는 그들의 친절하고 자애로운 보호자였던 것입니다.」

그는 난봉스럽고 돈을 헤프게 쓰는 피고가 그 동안 경제적으로 매우 곤란한 입장에 있었으며, 그가 이웃에 사는 농부의 아내인 레이크스 부인과 함께 음모를 꾸몄다는 것을 증명해 줄 증인들을 소집할 것을 제안했다. 그리고 나서, 그는 계속 말을 이었다.

「이런 사실은 자연히 그녀에게도 알려졌습니다. 그래서 그녀는 죽기 전날 오후에 의붓아들을 꾸짖었던 것이며, 뒤이어 곧 두 사람은 말다툼을 벌였습니다. 그런데 그 말다툼을 우연히 엿듣게 된 사람이 있었습니다. 그리고 그전날 범인은 변장을 하고서 마을에 있는 약국에서 스트리크닌을 샀습니다. 다른 사람에게 혐의를 뒤집어씌우려 했던 것이지요——그 사람은 바로 잉글소프 노부인의 남편이었습니다. 왜냐하면, 범인은 그를 몹시 미워하고 있었으니까요. 하지만, 다행히도 잉글소프 씨에게는 확실한 알리바이가 있었습니다.」

의붓아들과 말다툼을 벌이고 나서——.」필립스 변호사는 말을 이었다. 「7월 17일 오후에 그녀는 유언장을 새로 작성했습니다. 그 유언장은 잉글소프 노부인의 침실에 있는 벽난로 연료받이 쇠살대에서 타다 남은 채로 발견되었습니다. 그런데 그 유언장이 그녀의 남편에게 유리하도록 되어 있었다는 사실을 보여 주는 증거물이 발견되었습니다. 잉글소프 노부인은 그와 결혼하기 전에 그에게 유리한 유언장을 작성했었습니다——하지만 범인은 그 같은 사실을 모르고 있었습니다. 잉글소프 노부인이 이미 유언장을 작성해 놓고서 왜 또 새로운 유언장을 만들었는지에 대해서는 뭐라고 설명할 수가 없습니다. 하지만, 그녀는 노부인이었습니다. 그래서 그녀가 이전의 유언장을 깜박 잊어버렸을지도 모릅니다. 또는——나로서는 다음의 추론이 더 개연성 있는 것으로 보입니다——그녀는 자신이 결혼을 함으로써 그 유언장이 무효가 되었다고 생각했을 수도 있습니다. 그녀는 그 문제로 자기 변호사와 몇 번 이야기를 나누었습니다. 여자들은 대부분 법률 문제에 대해서 깊은 상식이 없기 때문입니다. 약 1년 전에 그녀는 피고에게 유리한 유언장을 작성하기도 했습니다. 아무튼 나는 그 비극이 일어났던 날 밤에 잉글소프 노부인에게 커피를 가져다 주었던 사람이 다름아닌 피고라는 것을 말해 줄 증인을 부르도록 하겠습니다. 그날 저녁 늦은 시간에 피고는 잉글소프 노부인의 방에 들어갔습니다. 바로 그때 피고는 유언장을 없애 버릴 기회를 갖게 되었겠지요. 피고는 그 유언장이 없어지면 자신에게 유리하도록 작성된 유언장이 유효할 거라고 생각했습니다.

  피고는 살인사건이 있기 전날 잉글소프 씨로 보이는 사람이 마을의 약국에서 사 갔다는 것과 똑같은 작은 스트리크닌 병이 그의 방에서 발견됨으로써 체포되었습니다. 이런 것은 모두 재프라는 유능한 경감에 의해서 밝혀졌습니다. 자, 이제 남은 일은 배심원들이 이러한 사실들이 피고의 유죄에 대하여 움직일 수 없는 증거를 형성하는지, 또는 그렇지 않은지에 대해 결정하는 것뿐입니다.」

  필립스는 그렇지 않으리라고 결정하는 배심원은 한 명도 없을 것이라는 뜻을 넌지시 암시하면서 자리에 앉아 이마의 땀을 닦아 냈다.

  사건의 심리를 위해 처음 나온 증인들은 대부분 심리에서 소환되었던 사람들이었으며, 먼저 의학적 증언이 다시 한 번 시작되었다.
　전영국에 명성을 떨치고 있는 어니스트 헤비웨더 경은 거만한 태도로 증인들에게 단지 두 가지 질문만 했다.
「바워스타인 박사, 스트리크닌은 매우 빨리 약효가 나타나는 약품으로 알고 있는데, 맞습니까?」
「그렇습니다.」
「그런데 당신은 이번 사건에서 약효가 지연된 원인을 설명하지 못하셨더군요.」
「맞습니다.」
「감사합니다.」
　메이스는 변호사가 건네준 조그마한 약병이 자신이 '잉글소프'에게 팔았던 것과 동일한 것이라고 진술했다. 계속되는 질문 공세에 시달림을 받자, 그는 자신이 다만 얼굴만을 보고서 잉글소프라고 생각했다는 사실을 인정했다. 그는 그에게 말을 걸지 않았다고 했다. 메이스에 대한 반대 심문은 행해지지 않았다.
　다음에는 앨프레드 잉글소프가 불려졌는데, 그는 스트리크닌을 샀다는 사실을　단호하게　부인했다. 그리고　아내와 말다툼을 벌였다는 것도 부인했다. 여러 명의 증인들이 이 같은 진술을 증명했다.
　유언장을 목격했다는 정원사의 증언이 있었으며, 다음에는 도커스가 불려졌다.
　'젊은 양반들'에게 절대적으로 충실한 도커스는 그녀가 들은 소리가 존의 목소리가 아니었느냐는 질문에 대해 강하게 부인했으며, 잉글소프 노부인과 함께 내실에 있었던 사람은 잉글소프였다고 단호하게 잘라 말했다. 피고석에 앉아 있는 존의 얼굴에는 다소 생각에 잠기는 듯한 미소가 떠올랐다가 사라졌다. 그는 도커스의 그런 완강한 부인이 전혀 쓸모없는 거라는 사실을 너무 잘 알고 있었다. 그 같은 부인을 한다는 것이 도움이 되는 것은 절대 아니었다. 물론 캐븐디시 부인은 남편에게 불리한 증언을 하도록 요구받을 수는 없었다.

다른 문제들에 대하여 몇 가지 질문을 한 뒤에 필립스는 이렇게 물어 보았다.

「지난 6월, 파크슨 가게에서 로렌스 캐븐디시 씨에게로 온 소포를 기억하고 있습니까?」

도커스는 설레설레 머리를 가로 저었다.

「기억이 나지 않아요, 선생님. 물론 그런 소포가 왔었을 수도 있겠죠. 하지만, 로렌스 캐븐디시 씨는 6월에 얼마 동안 집에 계시지 않았어요.」

「그가 집에 없는 동안에 그에게 소포가 배달되면, 그것을 어떻게 합니까?」

「그분의 방에 갖다 놓거나, 아니면 그분이 계신 곳으로 보내지요.」

「당신이 말입니까?」

「아니에요, 선생님. 저는 그냥 그것을 홀에 있는 탁자 위에 갖다 놓기만 합니다. 그 다음 일은 으레 하워드 양이 맡아서 했어요.」

다음에 에블린 하워드가 불려졌으며, 다른 문제에 대해 심문을 받은 뒤에 소포에 대한 질문을 받게 되었다.

「전혀 기억이 나지 않아요. 워낙 소포가 많이 오니까 일일이 기억할 수가 없군요.」

「그렇다면 그것을 로렌스 캐븐디시 씨가 있던 웨일스로 보냈는지, 아니면 그의 방에 그대로 놓아 두었는지도 모르겠습니까?」

「글쎄, 그가 있는 곳으로 보낸 것 같지는 않아요. 만일, 그것을 다시 보냈다면 내가 기억하고 있을 거예요.」

「만일, 로렌스 캐븐디시 씨 앞으로 온 소포가 사라져 버렸다고 가정한다면, 당신은 그것이 없어졌다고 말씀하시겠습니까?」

「아니에요. 나는 누군가가 그것을 보관해 두었을 거라고 생각할 거예요.」

「하워드 양, 이 갈색 종이를 바로 당신이 찾아냈다고 알고 있는데, 그렇습니까?」

그는 포와로와 내가 스타일즈 저택의 거실에서 조사했던 바로 그 지저분한 갈색 종이를 들어 올렸다.

「그래요. 내가 찾아냈어요.」

「어떻게 해서 이것을 찾아내게 되었습니까?」

「이 사건을 부탁받은 벨기에 인 탐정이 그것을 좀 찾아보라고 해서요.」

「그럼, 이것을 어디에서 발견했습니까?」

「꼭대기──음──음──장롱 꼭대기에 있었어요.」

「피고의 장롱 위 말입니까?」

「아마──그럴 거예요.」

「당신이 직접 찾아낸 게 아닙니까?」

「아니에요. 내가 직접 찾아냈어요.」

「그렇다면 어디에서 이것을 발견했는지 확실하게 알 게 아닙니까?」

「맞아요. 그것은 피고의 장롱 위에 있었어요.」

「아까보다는 좀 나은 대답이로군요.」

무대 의상을 만드는 파크슨 가게에서 나온 한 점원은, 부탁받은 대로 6월 29일에 로렌스 캐븐디시 씨에게 검은 턱수염을 보냈다고 증언했다. 그것은 편지로 주문되었으며, 그 속에는 우편환이 동봉되어 있었다고 했다. 하지만, 파크슨 가게에는 그 편지가 보관되어 있지 않았다. 모든 거래는 그 가게의 장부에 기록되어 있기 때문이었다. 그들은 부탁받은 대로 그 턱수염을 '스타일즈 저택, 로렌스 캐븐디시 귀하'

로 보냈다고 했다.
 어니스트 헤비웨더 경은 뭔가 골똘히 생각하는 얼굴로 자리에서 일어났다.
 「그 편지의 발신인 주소는 어떻게 되어 있었습니까?」
 「스타일즈 저택으로 되어 있었습니다.」
 「그럼, 그와 똑같은 주소로 소포를 보냈겠군요.」
 「예.」
 「그리고 그 편지는 바로 스타일즈에서 발송된 겁니까?」
 「그렇습니다.」
 마치 먹이를 덮치는 맹수처럼 헤비웨더는 그 점원을 날카롭게 쳐다보았다.
 「당신이 그것을 어떻게 알고 있습니까?」
 「저——무슨 말씀인지 이해할 수가 없군요.」
 「당신이 어떻게 그 편지가 스타일즈에서 발송됐다는 것을 알고 있느냐고 묻는 겁니까? 우편물의 소인을 확인했습니까?」
 「아니오——하지만——.」
 「오, 우편물의 소인을 확인하지 않았던 모양이군요! 그런데 지금 당신은 그 편지가 스타일즈에서 보내진 것이라고 자신 있게 진술했습니다. 그러나 거기에는 스타일즈가 아닌 다른 소인이 찍혔을 가능성도 있지 않을까요?」
 「그건——그렇습니다.」
 「비록 각인이 찍혀 있는 편지지에 쓰여 있다 해도, 그것은 어디에서나 발송될 수 있습니다. 가령, 예를 들어 웨일스에서 보내질 수도 있지요.」
 증인으로 나온 그 점원이 그럴 수도 있다고 인정하자, 어니스트 헤비웨더 경은 만족한 표정을 지었다.

스타일즈 저택에서 일하는 하녀인 엘리자베스 웰스는 잠자리에 든 뒤에, 잉글소프 씨가 현관문의 빗장을 걸지 말라고 부탁한 것을 깜박 잊고, 단단히 잠가 버린 것이 기억난다고 말했다. 그래서 그녀는 문을 열어 놓으려고 아래층으로 내려갔다. 도중에 서쪽 건물에서 무슨 소리가 들려와서 복도를 따라가 살펴보았더니, 존 캐븐디시가 잉글소프 노부인의 방문을 열고 있었다고 했다.

어니스트 헤비웨더는 무자비할 정도로 빨리 그녀에게 질문 공세를 퍼부었다. 그 바람에 그녀는 어쩔 도리 없이 뒤죽박죽으로 자기 모순에 빠지고 말았다. 어니스트 경은 다시 얼굴에 만족스러운 미소를 담고서 자리에 앉았다.

바닥 위에 떨어져 있던 촛농 자국과 피고가 커피를 들고 내실로 들어가는 것을 보았다는 애니의 증언이 끝난 뒤에 변론은 다음날로 넘겨졌다.

우리가 집으로 돌아가는 길에 메어리 캐븐디시는 필립스에게 신랄하게 욕을 퍼부었다.

「잔인한 사람이에요! 그는 가엾은 존의 목에 줄곧 올가미를 씌웠답니다! 세세한 것까지도 사실과는 전혀 다르게 보이도록 계속 비비 꼬았잖아요!」

「자──내일이면 그런 것이 모두 반대 상황으로 바뀔 겁니다.」

나는 그녀를 위로하면서 말했다.

「그래요.」 하고 그녀는 뭔가 골똘히 생각하면서 말했다. 그러더니 갑자기 목소리를 낮추었다. 「헤이스팅스 씨, 당신은 그렇게 생각하지 않지요──로렌스는 분명히 아니에요──오, 아니에요. 그런 일은 있을 수 없어요!」

그러나 나는 그녀의 말을 듣고 어리둥절했다. 그래서 포와로와 단둘이 있게 되자, 대체 어니스트 경이 의도하고 있는 것이 무엇일 거라고 생각하는지 그에게 물어 보았다.
 포와로는 이해하겠다는 듯이 말했다.
「오! 어니스트 경이라는 사람은 머리가 좋은 남자야.」
「그는 로렌스가 범인이라고 믿고 있는 걸까요?」
「나는 그가 어떤 것을 믿거나, 또는 염두에 두고 있다고 생각지 않네! 그래, 그 사람이 지금 얻어 내려고 하는 것은 배심원들이 극심한 혼돈을 일으켜서, 두 형제들 중에 누가 범인인지에 대한 그들의 의견이 일치하지 못하도록 하는 것이라네. 다시 말해서, 그는 존에게 불리한 증거만큼이나 역시 로렌스에게도 불리한 증거가 있다는 사실을 입증하기 위해서 노력하고 있는 걸세——그리고 나는 그 사람이 의도하는 것을 이루리라고 확신하네.」
 다음날 재판이 다시 열리고, 맨 먼저 재프가 불려졌다. 그는 매우 간결하고도 명료하게 증언했다. 이전의 사건들에 대하여 자세하게 설명한 뒤, 그는 이렇게 말을 이어나갔다.
「상부에서 내려진 지시에 따라 서머하에 총경과 나는 피고가 집에 없는 틈을 타서 피고의 방을 수색해 보았습니다. 우리는 피고의 옷장 서랍 속에서 이런 것들이 속옷 아래에 숨겨져 있는 것을 발견해 냈습니다. 먼저 잉글소프 씨의 것과 비슷한 모양의 코안경을 찾아냈습니다.」——그 안경은 증거품으로서 제시되었다——「두 번째로 이 조그만 약병을 발견했습니다.」
 그 약병은 이미 약국 보조 약사에 의해 인정되었던 자그맣고 파란색 약병으로서, 속에는 하얀 가루약이 조금 들어 있으며, 겉에는 '스트리크닌 염산염——극약'이라는 표시가 붙어 있었다.
 경찰 재판이 시작되고 나서 그 형사들이 발견한 새로운 증거물이 하나 있었는데, 그것은 거의 새것이나 다름없는 기다란 압지 조각이었다. 그것은 잉글소프 노부인의 수표장부 속에서 발견되었는데, 거울에 대고 거꾸로 비추어 보면 이런 글씨가 뚜렷하게 나타났다. '내가 죽고 나면, 지금 내가 가지고 있는 모든 것을 나의 사랑하는 남편 앨프레드 잉글……에게 물려준다.' 이것은 타 버린 유언장이 죽은 잉글소프 노부인의 남편에게 유리하도록 작성되었다는 사실을 더욱 확실하게 해주었다. 그 다음에 재프는 연료받이 쇠살대에서 발견된 타다 남은 종이 조각을 증거물로 제시했다. 고미다락에서 찾아낸 턱수염을 마지막으로 해서 그의 증언이 모두 끝났다.

이윽고 어니스트 경의 반대 심문이 시작되었다.
「당신이 피고의 방을 수색한 것이 언제였습니까?」
「7월 24일, 화요일이었습니다.」
「그렇다면 살인사건이 발생한 지 꼭 1주일이 지난 뒤로군요?」
「그렇습니다.」
「당신은 지금 옷장 서랍 속에서 이 두 가지 증거물을 발견했다고 했습니다. 그런데 그 옷장 서랍은 잠겨 있지 않았지요?」
「그렇습니다.」
「범인이 범행의 증거물들을 잠겨 있지 않은 옷장에 보관해 두었다는 것이 좀 의심스럽다고 생각해 보진 않았습니까?」
「범인은 아마 허둥지둥 거기에 쑤셔 넣었을 겁니다.」
「하지만, 당신은 방금 전에 그것을 사건이 일어난 지 1주일 뒤에 발견했다고 했습니다. 그렇다면 피고에게도 그것들을 옷장에서 빼내어 없애 버릴 수 있는 충분한 시간적 여유가 있었을 텐데요?」
「그럴 수도 있었겠지요.」
「그럴 수도 있겠지가 아니라, 분명하게 말씀하십시오. 피고에게는 그것들을 다른 곳으로 옮겨다가 없애 버릴 수 있는 시간적 여유가 있었겠습니까, 없었겠습니까?」
「있었을 겁니다.」

「그 중거물들 위에 있던 속옷들은 무거웠습니까, 아니면 가벼웠습니까?」

「무거웠습니다.」

「그럼, 그것은 겨울용 속옷이었겠군요. 그렇다면 분명히 피고는 그 옷장을 열지 않았을 겁니다.」

「아마 그랬을지도 모르지요.」

「내 질문에 대답해 주십시오. 그 무더운 여름철에, 그것도 가장 더운 주일에 피고가 과연 겨울용 속옷이 들어 있는 옷장을 열었을까요? 그렇습니까, 그렇지 않습니까?」

「그렇지 않습니다.」

「만일, 그렇다면 문제의 그 물건들은 제3의 인물에 의하여 거기에 놓여졌으며, 피고는 그러한 것들을 전혀 생각지도 못했었다고 추측해 볼 수 있지 않을까요?」

「나는 그러리라고는 생각하지 않습니다.」

「하지만, 그런 일은 가능하지 않습니까?」

「물론 가능하지요.」

「이제 됐습니다.」

증언이 계속 이어졌다. 피고가 7월 말경에 겪었던 극심한 경제적인 어려움들에 대한 증언이 있었다. 또한, 그와 레이크스 부인과의 은밀한 관계에 대한 증언도 있었다——가엾은 메어리, 그 증언은 자존심이 센 메어리가 듣기에는 너무 잔인한 것이었을 거다. 에블린 하워드는 자신이 알고 있는 사실들을 차분하게 진술했다. 하지만, 그녀는 앨프레드 잉글소프에 대한 증오심 때문에 그가 요주의 인물이라는 성급한 결론을 내리기도 했다.

그 다음에는 로렌스 캐븐디시가 증언석에 서게 되었다. 그는 필립스의 질문을 받고, 나지막한 목소리로 6월에 파크슨 가게에 물건을 주문한 일이 전혀 없다고 말했다. 사실 그는 6월 29일에 스타일즈를 떠나 웨일스에서 머물고 있었다.

그 진술이 끝나자마자, 어니스트 경의 턱이 매섭게 앞으로 툭 튀어나왔다.

「당신은 정말 6월 29일에 파크슨 가게에다 검은 턱수염을 주문하지 않았습니까?」

「나는 정말 그런 주문을 한 적이 없습니다.」

「당신의 형에게 무슨 일이 발생할 경우, 누가 스타일즈 저택을 물려받게 됩니까?」

이 무자비한 질문에 로렌스의 창백한 얼굴이 붉게 물들었다. 재판장은 불만스럽다는 듯이 작은 목소리로 중얼거렸으며, 피고석에 있던 존은 화를 내며 몸을 앞으로 기울였다.

헤비웨더는 자신의 의뢰인의 분노에 전혀 개의치 않았다.

「대답해 주십시오.」

「내 생각으로는——.」 로렌스는 조용하게 말했다. 「아마 내가 물려받게 될 겁니다.」

「'내 생각으로는'이라는 말은 무슨 뜻입니까? 당신의 형에게는 자식이 없습니다. 따라서 당연히 당신이 그것을 물려받게 되는 거지요. 그렇지 않습니까?」

「그렇습니다.」

「오, 좋습니다.」 하고 헤비웨더 경은 잔인하게 느껴질 정도로 유쾌하게 말했다. 「그리고 그 외에도 상당한 액수의 돈을 물려받게 되겠지요. 그렇지 않습니까?」

「어니스트 경——그건 이 사건과 관련이 없는 질문입니다.」

재판장이 그의 질문에 반박했다.

어니스트 경은 허리를 굽혀 인사했다. 하지만, 그의 질문 공세는 계속되었다.
「내가 알기로, 당신이 다른 손님과 함께 7월 17일 화요일에 태드민스터에 있는 적십자 병원의 조제실에 갔었다고 하는데, 그렇습니까?」
「예.」
「당신은 우연히 혼자 있게 되었을 때, 극약 찬장을 열고 몇 가지 병들을 살펴보았었나요?」
「아──아마 그렇게 했을 겁니다.」
「내가 그렇게 했다는 뜻으로 받아들여도 괜찮겠습니까?」
「그렇습니다.」
어니스트 경은 또렷한 목소리로 다음 질문을 퍼부었다.
「당신은 특별히 어떤 약병을 살펴보았습니까?」
「아니오. 그렇게 하지는 않은 것 같습니다.」
「신중하게 대답해 주십시오, 캐븐디시 씨. 지금 나는 스트리크닌 염산염이 들어 있던 조그마한 약병에 대해서 말하고 있는 겁니다.」
로렌스의 얼굴색이 병든 사람처럼 창백하다 못해 이제는 푸르스름하게 변했다.
「아──아닙니다. 나──나는 특별히 그 병을 살펴보지는 않았습니다.」
「그렇다면 그 약병에 당신의 지문이 찍혀 있는 것에 대해 어떻게 설명하겠습니까?」
어니스트 경의 무례한 질문 방법은 침착하지 못한 성격의 사람에게는 매우 효과적인 것이었다.
「아마 그 병을 잠깐 집어들었던 모양입니다.」
「나도 역시 그렇게 생각하고 있습니다! 당신은 그 병에 있던 내용물을 조금이라도 빼냈습니까?」

제11장 기소자측의 주장 253

「천만에요. 그런 짓은 절대로 하지 않았습니다.」

「그럼, 당신은 왜 그 약병을 집어들었습니까?」

「나는 의학 공부를 한 사람입니다. 그러한 것들을 보고서 내가 흥미를 느끼게 된다는 것은 당연한 일이 아니겠습니까?」

「오호! 당신은 독극물에 흥미를 느꼈다는 말이지요? 그래서 그런 흥미를 만족시키기 위해서 혼자가 될 때까지 기다렸습니까?」

「아닙니다. 그것은 정말 우연이었습니다. 옆에 다른 사람들이 있었다 해도 나는 똑같은 행동을 했을 겁니다.」

「그렇다면 우연히도 다른 사람들이 그곳에 없었다는 말입니까?」

「그렇습니다. 하지만──.」

「사실 그날 오후에 당신이 혼자 있었던 시간은 단지 2분 정도에 불과했습니다. 그런데 우연히도──나는 우연이라는 것을 명백히 밝혀 둡니다──당신이 스트리크닌 염산염에 흥미를 나타냈던 때가 바로 그 2분 동안이었군요?」

로렌스는 참담한 표정으로 더듬거리며 말했다.

「나는──나는──.」

어니스트 경은 만족스럽고도 의미심장한 표정을 지으며 로렌스의 말을 잘랐다.

「더 이상 당신에게 질문할 것이 없습니다, 캐븐디시 씨.」

이러한 어니스트 경의 반대 심문은 법정에 대단한 흥분을 불러일으켰다. 화사하게 옷을 차려입고 구경 나온 여자들이 머리를 맞대고 소곤거렸다. 그들의 소곤거리는 소리가 너무 커져서, 마침내 재판장은 화를 내며 조용히 하지 않으면 참관인들을 모조리 내쫓아 버리겠다고 위협했다.

이어서 약간의 증언이 더 있었다. 약국의 독극물 판매 장부에 적혀 있는 '앨프레드 잉글소프'라는 서명에 대한 의견을 발표하기 위하여 필체 감정가들이 불려졌다. 그들은 모두 그 서명은 잉글소프의 것이 분명히 아니며, 그것은 아마 변장한 범인의 필체일 거라는 의견을 제시했다. 반대 심문을 받자, 그들은 그 서명이 매우 비슷하게 위조된 범인의 필체일 가능성이 있다는 점을 인정했다.

어니스트 헤비웨더 경의 변호는 그렇게 긴 것이 아니었다. 하지만, 그는 단호한 태도로 힘차게 이야기했기 때문에 사람들에게 많은 공감을 주었다. 그는 이렇게 말했다.

「나는 오랫동안 변호사 생활을 해 왔지만, 이번처럼 적은 증거물로 살인을 주장하는 것은 본 적이 없습니다. 더구나 그 증거물이라고 하는 것이 한결같이 애매모호한 것일 뿐만이 아니라, 그것의 상당 부분이 실제로는 증명되지 않았습니다. 지금까지 우리가 들은 증언들을 종합해서 공평하고도 엄밀하게 조사해 보겠습니다. 그런데 방금 전에 내가 지적했던 것처럼 그 옷장 서랍은 잠겨 있지 않았습니다. 따라서 그 극약을 거기에 감춰 둔 사람이 바로 피고라는 사실을 증명해 줄 수 있는 증거는 전혀 없습니다. 그런 일은 어떤 제3의 인물이 범죄의 혐의를 피고에게 돌리기 위하여 저지른 것이라고 나는 생각합니다. 또한, 이번의 기소에서는 파크슨 가게에서 검은 턱수염을 주문한 사람이 바로 피고였다는 기소자측의 논쟁점을 지지해 줄 만한 증거물이 전혀 없습니다. 나는 피고와 그의 계모 사이에 일어났던 말다툼은 기꺼이 인정합니다. 하지만, 말다툼과 피고의 경제적 어려움은 엄청나게 과장되어 진술된 것입니다.」

이어서 박식한 필립스가 말했다. 어니스트 경은 별로 주의를 기울이지 않은 채 그를 쳐다보며 그저 머리를 끄덕거렸다.

「피고가 정직한 사람이라면, 피고는 그 말다툼을 한 사람은 잉글소프 씨가 아니라 바로 자기 자신이라고 심리에 출두해서 설명했을 겁니다. 내가 보기에는, 여러 가지 사실들이 올바르게 전달되지 않은 것 같습니다. 실제로는 사건이 이렇게 일어났을 거라고 생각합니다. 곧, 화요일 저녁에 집으로 돌아온 피고는 잉글소프 부부가 격렬한 말다툼을 벌였다고 이 사람 저 사람에게 떠들어댔을 겁니다. 피고는 그 누구도 자신의 목소리를 잉글소프 씨의 목소리로 잘못 알리라고는 생각지도 않았습니다. 따라서 나는 잉글소프 노부인이 말다툼을 두 번 했다고 결론짓고 싶습니다.」

기소자측에서는 7월 16일 월요일에 피고가 잉글소프로 변장하고 마을에 있는 약국에 들어갔었다고 확언했다. 그와 반대로, 피고측에서는 피고가 바로 그 시간에는 마스턴스피니라는 장소에 혼자 있었다고 주장했다. 피고는 익명으로 보내 온 짤막한 내용의 편지를 받고 그것의 지시대로 그곳으로 나간 것이라고 했다. 그 편지엔, 만일 피고가 편지의 요구에 응하지 않는다면 이런저런 문제들을 그의 아내에게 폭로하겠다는 내용이 적혀 있었다고 했다. 그래서 피고는 그 편지에서 정해 준 장소로 나가서 약 30분 동안을 꼼짝않고 기다렸지만, 아무도 나타나지 않아서 다시 집으로 돌아왔다고 했다. 하지만, 불행하게도 그 장소로 가는 도중이나, 집으로 돌아오는 길에서 자신의 이야기가 진실이라는 것을 증명해 줄 수 있는 사람을 단 한 명도 만나지 못했다는 것이다. 그러나 다행히도 피고는 문제의 그 편지를 갖고 있으므로, 피고측에서는 곧 그것을 증거물로 제시할 것이라고 했다.

유언장의 소멸과 관련된 진술에서 피고측 변호사는, 피고가 그전에 법조계에서 일을 했기 때문에 약 1년 전에 피고에게 유리하게 작성되었던 유언장이 계모의 재혼으로 자연히 무효가 된다는 사실을 너무 잘 알고 있었다고 설명했다. 변호사는 누가 그 유언장을 없애 버렸는지 보여줄 수 있는 증인을 부를 것이며, 어쩌면 이 사건에 전혀 새로운 국면을 나타내게 될지도 모른다고 했다.

마지막으로 그는 배심원들에게 존 캐븐디시가 아닌 다른 사람에게도 역시 불리한 증거가 있다는 점을 지적했다. 그는 로렌스 캐븐디시에게도, 비록 덜할지는 모르지만, 역시 치명적인 불리한 증거가 있다는 사실에 배심원들이 관심을 집중시키려고 했다.

그는 피고를 불렀다.

존은 증언석에서 매우 훌륭하게 처신했다. 어니스트 경의 솜씨 있는 방법으로, 그는 자신의 이야기를 신빙성 있고도 조리 있게 진술했다. 그에게 보내 온 익명의 편지가 증거물로 제출되었으며, 곧 배심원들에게 건네졌다. 그는 자기의 경제적인 어려움과 계모와의 불화를 매우 솔직하게 인정했으므로, 그것에 따라서 그의 부인에 대한 신뢰가 높아졌다.

심리가 거의 끝날 무렵에 그는 잠시 침묵을 지키다가 말을 이었다.

「한 가지 일만은 분명하게 해두고 싶습니다. 나는 내 동생에 대하여 불리하게 주장했던 어니스트 헤비웨더 경의 말씀을 전적으로 부정하며, 동시에 받아들일 수 없다는 것을 밝혀 두겠습니다. 나는 내 동생이 나와 마찬가지로 이 범죄에 전혀 관계가 없다고 확신합니다.」

어니스트 경은 단지 미소만 짓고 있었다. 하지만, 그는 날카로운 눈으로 존의 반론이 배심원들에게 매우 호의적인 인상을 주었다는 사실을 주목하고 있었다.

그리고 나서 반대 심문이 시작되었다.

「증인들이 어쩌면 당신의 목소리를 잉글소프 씨의 목소리와 착각했을지도 모른다는 생각을 전혀 하지 않았다고 당신이 말한 것을 이해합니다. 그것은 별로 놀라운 일은 아니지 않습니까?」

「그렇습니다. 나도 그것이 놀라운 일이라고는 생각하지 않습니다. 나는 어머니와 잉글소프 씨가 말다툼을 했다는 말을 들었습니다. 그러나 그것이 사실이 아닐 거라고는 전혀 생각지 못했습니다.」

「도커스 양이 그 대화의 일부를 되풀이했을 때도 그 같은 생각이 들지 않았습니까? 흠——그 말은 당신이 분명히 알아차릴 수 있었을 텐데요.」
「그렇지 않습니다. 나는 전혀 알아차리지 못했습니다.」
「당신의 기억력은 유별나게 형편없는 모양이로군요!」
「아닙니다. 그때 어머니와 나는 몹시 화가 나 있었으며, 내가 생각하기엔, 너무 지나치게 말을 했던 것 같습니다. 더구나 나는 어머니가 하는 말에 거의 주의를 기울이지 않았습니다.」
필립스의 의심하는 듯한 코웃음은 자신감을 나타내는 일종의 토론 기술이었다.
「당신은 아주 적절한 때에 이 편지를 증거물로 제시했습니다. 그리고 혹시 이 편지의 필체에 대해 아는 것이 없습니까?」
「없습니다.」
「이 편지의 필체가 당신의 필체——곧 대충 위조된 당신의 필체와 매우 비슷하다고 생각지 않습니까?」
「아니오. 그렇게 생각하지 않습니다.」
「나는 이것이 당신의 필체라고 생각합니다!」
「그렇지 않습니다!」
「나는 알리바이를 증명하기 위하여 고민하던 당신이 가공적이며 다소 믿기 어려운 이 편지를 생각해 냈으며, 그리고 직접 이 편지를 썼다고 생각합니다!」
「그렇지 않습니다.」
「당신이 매우 한적하고 사람의 발길이 뜸한 곳에서 누군가를 기다리고 있었다는 바로 그 시간에, 실제로 당신은 스타일즈 세인트 메어리에 있는 약국에서 앨프레드 잉글소프라는 이름으로 스트리크닌을 샀던 것이 아닙니까?」
「아닙니다. 절대로 그렇지 않습니다.」

「나는 당신이 잉글소프 씨의 옷을 입고, 그의 수염과 비슷하게 가장자리를 잘라 낸 검은 턱수염을 붙인 채 그곳에 갔으며——잉글소프 씨의 이름으로 극약 장부에 서명했다고 생각합니다!」

「그렇지 않습니다. 그것은 완전히 거짓입니다.」

「나는 이 편지와 극약 장부, 그리고 당신의 필체로 보이는 것에 대한 판단을 배심원 여러분에게 맡기겠습니다.」

필립스가 말을 마쳤다. 그는 마치 자신의 책임을 다했지만, 고의적인 위증에 몸서리치는 사람과 같은 태도로 자리에 앉았다.

이 심리가 끝나고 났을 때는 너무 늦은 시간이었기 때문에 재판은 월요일까지 휴정되었다.

나는 포와로가 몹시 실망하고 있다는 것을 알아차렸다. 그는 못마땅하다는 듯이 눈살을 찌푸렸는데, 나는 그것이 무엇을 뜻하는 건지 잘 알고 있었다.

「무슨 일입니까, 포와로?」내가 물었다.

「오, 헤이스팅스, 상황이 점점 나쁘게 되어가고 있네.」

나 자신도 모르게 내 가슴은 안도감으로 방망이질쳤다. 그렇다면 존 캐븐디시는 분명히 풀려날 것이다.

우리들이 숙소에 도착했을 때, 포와로는 차를 마시자는 메어리의 말을 정중하게 거절했다.

「아닙니다. 하지만, 아무튼 감사합니다. 캐븐디시 부인, 곧 내 방으로 올라가 봐야겠습니다.」

나는 그를 따라갔다. 그는 여전히 눈살을 찌푸린 채로 방을 가로질러 책상이 있는 곳으로 가더니, 조그마한 페이션스 카드(혼자서 하는 트럼프)를 꺼냈다. 그리고 의자 하나를 탁자 가까이에 갖다 놓고는 정말 우스울 정도로 엄숙한 태도로 집짓기 놀이를 하기 시작했다.

무심결에 내 입이 벌어졌다. 포와로는 재빨리 나의 이런 모습을 알아차리고 말했다.

「헤이스팅스, 지금 나는 제2의 유아기에 접어든 것이 아니야! 단지 마음을 가라앉히려는 것뿐이네. 정말 그것뿐이야. 이 놀이는 섬세한 손가락 놀림을 필요로 하네. 그리고 두뇌의 섬세함이란 손가락의 섬세함과 병행하는 법일세. 지금은 내게 이런 것이 무척 절실할 때라네.」

「도대체 뭐가 문제입니까?」 내가 물었다.

포와로는 힘껏 탁자를 주먹으로 내리쳐서 정성스럽게 만들어 놓은 카드 건물을 부숴 버렸다.

「문제는 다름이 아니라 바로 이것일세, 헤이스팅스! 나는 7층짜리 카드 건물을 만들 수 있지만.」——그는 또 주먹으로 탁자를 내리쳤다——「발견할 수가 없어.」——그는 다시 탁자를 쳤다——「내가 전에 자네에게 말했던 그 마지막 연결 고리를 말이야.」

나는 정말 뭐라고 말해야 좋을지 몰랐다. 그래서 나는 그저 잠자코 있기로 결심했다. 그는 천천히 다시 카드 건물을 만들기 시작하면서, 경련을 일으키듯이 말했다.

「이것은——이렇게 만들어진다네! 한치의 오차도 없이——정교하게——한 장의 카드를——다른 카드 위에다——얹어 놓으면 되는 거야!」

그의 손이 움직일 때마다 그 카드 건물은 점점 높아져 갔다. 그는 전혀 주저하거나 움칫거리지 않았다. 그것은 정말 마치 요술을 부리는 것과도 같았다.

「당신은 원래 손놀림이 아주 좋지 않습니까? 내가 알고 있기로, 당신의 손은 단 한 번밖에 떨리지 않았어요.」

「그때는 내가 화가 났을 때이겠지.」 포와로는 몹시 침착하게 잘라 말했다.

「맞아요! 그때 당신은 정말 화가 나 있었어요. 생각나지 않으세요? 당신이 잉글소프 노부인의 침실에 있는 편지 상자를 누군가가 억지로 열었다는 사실을 발견했을 때였잖아요? 그때, 당신은 벽난로 둘레 장식 옆에 서서, 여느때와 마찬가지로 그 위에 놓여 있는 물건들을 만지작거렸어요. 바로 그때 당신의 손이 마치 나뭇잎처럼 떨렸거든요. 솔직히 말해서――.」

나는 갑자기 말을 멈추었다. 포와로가 쉰 목소리로 알아들을 수 없는 이상한 소리를 지르면서 카드 건물을 다시 무너뜨렸기 때문이다. 그는 두 눈을 손으로 가리고, 앞뒤로 몸을 흔들면서 몹시 고통스러워하는 표정을 지었다.

「오, 포와로! 대체 무슨 일입니까? 어디 아픈 건 아닙니까?」

나는 소리질렀다.

「아니야. 그런 게 아니야.」하고 그는 숨넘어가는 듯한 목소리로 대답했다.「그것은――그것은――나에게 어떤 생각이 떠올랐네!」

「휴!」나는 깊은 안도감을 느끼며 탄성을 질렀다.「당신의 '변변치 않은 생각들' 중의 하나 말입니까?」

「오호, 명예를 걸고 말하네만, 그렇지 않네!」하고 포와로는 솔직하게 말했다.「이번에는 거창한 생각이야! 정말 굉장한 생각이라고! 그런데 자네가――나의 친구인 자네가 내게 그 생각을 준 셈일세!」

포와로는 갑자기 두 팔로 나를 붙잡더니, 다정하게 내 양볼에 입을 맞추었다. 그러고 나서, 내가 미처 정신을 차리기도 전에 재빨리 밖으로 뛰어나갔다.

바로 그 순간, 메어리 캐븐디시가 방으로 들어왔다.

「포와로 씨에게 무슨 일이 생겼나요? 그분은 '차고! 차고가 있는 곳을 가르쳐 주십시오, 부인!' 하고 소리치면서 뛰어갔어요. 내가 미처 대답하기도 전에 포와로 씨는 거리로 달려나갔답니다.」

나는 재빨리 창문 쪽으로 다가갔다. 아니나 다를까 그는 모자도 쓰지 않은 채 커다랗게 몸을 움직이면서 길을 따라 내려가고 있었다. 나는 실망하는 표정을 지으며 메어리에게로 몸을 돌렸다.

「그는 얼마 안 가서 경찰에게 붙들리게 될 겁니다. 저기 방금 길 모퉁이를 돌아섰군요!」

우리의 시선이 마주쳤다. 우리는 어쩔 수 없다는 표정으로 서로를 바라보았다.

「도대체 무슨 일일까요?」

나는 설레설레 머리를 가로 저었다.

「나도 모르겠습니다. 그는 카드로 집짓기 놀이를 하다가, 갑자기 어떤 생각이 떠올랐다면서 지금 부인이 보신 것처럼 저렇게 밖으로 뛰쳐나갔습니다.」

「오! 하지만 저녁식사 전까지는 돌아오시겠지요?」

하지만 그날 밤이 다 지나가도록 포와로는 돌아오지 않았다.

제 12 장
마지막 연결 고리

 포와로가 갑자기 어디론가 떠난 것에 대해 우리들은 모두 커다란 호기심을 갖고 있었다. 일요일 아침 시간도 그럭저럭 지나갔다. 하지만, 여전히 그는 나타나지 않았다. 그날 오후 3시경, 밖에서 굉장히 크고 긴 자동차 경적 소리가 들려와서 창가로 다가가 보니, 포와로가 자동차에서 가뿐하게 내리는 모습이 보였다. 재프와 서머하예 총경도 함께 내렸다. 나의 조그만 친구 포와로는 변해 있었다. 그는 언뜻 봐서는 알 수 없는, 대단히 만족한 기색을 나타내고 있었다. 그는 지나칠 정도로 허리를 굽혀 메어리 캐븐디시에게 인사를 했다.
「캐븐디시 부인, 거실에서 잠깐 회의를 해도 괜찮겠습니까? 이 집에 사는 사람들은 모두 그 회의에 참석해야 합니다.」
 메어리는 슬픈 표정을 지으며 미소 지었다.
「포와로 씨, 당신은 무슨 일이든지 마음대로 하실 수 있어요.」
「부인은 정말 친절하신 분입니다.」
 포와로는 여전히 만족스러운 빛을 온몸에서 내뿜으며, 우리들 모두를 거실로 안내하고는 의자들을 앞으로 내밀었다.
「하워드 양은——여기에 앉으십시오. 신시어 머도크 양, 로렌스 캐븐디시 씨, 착한 도커스 양, 그리고 애니 양은 여기에 앉으십시오. 좋습니다! 잉글소프 씨가 도착할 때까지 몇 분만 기다립시다. 내가 그 사람에게 편지를 보냈습니다.」

이 말이 끝나자마자 하워드 양이 벌떡 일어섰다.
「그 사람이 이 집에 온다면, 나는 이곳에 더 이상 머무르지 않겠어요!」
「아닙니다, 그러면 안 됩니다!」

포와로는 그녀에게 다가가서 나지막한 목소리로 마치 애원하듯이 말했다.

마침내 하워드 양이 자신의 자리로 돌아갔다. 몇 분 뒤에 앨프레드 잉글소프가 그 방으로 들어왔다.

사람들이 모두 모이자, 포와로는 유명한 연설자와 같은 태도로 자리에서 일어나서 사람들에게 공손하게 허리를 굽혀 인사했다.

「신사 숙녀 여러분, 여러분도 모두 알고 계시겠지만, 나는 존 캐븐디시 씨에게서 이 사건을 조사해 달라는 부탁을 받았습니다. 나는 스타일즈 저택에 도착하자마자, 돌아가신 잉글소프 노부인의 침실을 조사했습니다. 그 방은 두 의사 선생의 지시대로 잠겨진 채로 있었기 때문에 살인이 일어났던 때와 조금도 변하지 않은 상태였습니다. 나는 다음과 같은 것들을 발견했습니다. 첫째로, 녹색 옷감 조각이었습니다. 둘째로 창문 옆 카펫 위에 떨어진 얼룩을 발견했습니다. 그것은 그때까지도 축축해 있었습니다. 그리고 세 번째로 가루 진정제가 담겼던 빈 상자를 발견했습니다.

먼저, 녹색 옷감 조각에 대해서 말씀드리겠습니다. 그것은 그 방과 신시어 머도크 양의 방 사잇문의 자물쇠에 끼워져 있었습니다. 나는 그것을 경찰에 건네주었습니다. 하지만, 그들은 그것을 별반 중요하게 여기지도 않았을 뿐만 아니라, 그것이 무엇인지도 알아내지 못했습니다. 어쨌든——그것은 농장 작업용 팔덮개에서 찢겨져 나온 거였습니다.」

그 말에 사람들은 약간 술렁거렸다.

「그런데 스타일즈 가족 중에서 농장에 나가 일한 사람이 한 명 있었습니다——바로 캐븐디시 부인입니다. 그러므로 신시어 머도크 양의 방으로 통하는 사잇문을 지나 잉글소프 노부인의 방에 들어갔던 사람은 캐븐디시 부인이 틀림없습니다.」

「하지만, 그 사잇문은 안쪽에서 잠겨져 있었는데요!」하고 나는 소리쳤다.

「내가 그 방을 조사했을 때는 물론 그 문은 잠겨 있었지. 하지만, 여러분, 처음에 우리는 그것을 캐븐디시 부인의 말만 듣고 그렇게 생각했을 뿐입니다. 캐븐디시 부인은 그 사잇문을 시험삼아 열어 보니까 굳게 닫혀 있었다고 했습니다. 하지만, 그 뒤의 복잡한 상황에서 부인은 빗장을 가로질러 놓을 수 있는 충분한 여유가 있었을 겁니다. 나는 이러한 추측을 확증할 수 있는 기회를 가졌습니다. 먼저, 그 천 조각은 캐븐디시 부인의 팔덮개에 있는 흠집과 정확하게 맞았습니다. 또한, 심리에서 캐븐디시 부인은 자신의 방에서 침대 곁에 있던 탁자가 넘어지는 소리를 들었다고 진술했습니다. 나는 그 진술을 확인해 보기로 했죠. 그래서 나는 내 친구인 헤이스팅스를 왼쪽 건물——캐븐디시 부인의 방문 바로 앞에 서 있도록 부탁했습니다. 그리고 나는 경찰과 함께 잉글소프 노부인의 방으로 갔습니다. 그곳에서 우연한 실수인 것처럼 문제의 그 탁자를 넘어뜨렸습니다. 하지만, 내가 예상했던 대로 헤이스팅스는 아무런 소리도 듣지 못했다고 했습니다. 이렇게 해서, 캐븐디시 부인이 사건이 일어난 시간에 옷을 입고 있었다고 진술한 것이 사실이 아니라는 것이 밝혀졌습니다. 사실, 나는 벨소리가 울렸을 때 캐븐디시 부인은 자기의 방에 있었던 것이 아니라, 잉글소프 노부인의 침실에 있었을 거라고 생각합니다.」

 나는 재빨리 메어리를 바라보았다. 그녀의 얼굴은 몹시 창백했지만, 여전히 미소를 짓고 있었다.

「나는 그런 가정 위에서 계속 추측해 나갔습니다. 캐븐디시 부인이 그 시간에 시어머니 방에 있었던 것은, 그녀가 무엇인가를 찾아야 하는데 아직 찾아내지 못했기 때문이라고 생각했지요. 그런데 갑자기 잉글소프 노부인이 잠에서 깨어나 심상치 않은 발작을 일으켰습니다. 그녀는 팔을 휘젓다가 침대 곁의 탁자를 넘어뜨리고는, 필사적으로 벨을 눌렀을 테지요. 캐븐디시 부인은 깜짝 놀라서 들고 있던 초를 떨어뜨려 카펫 위에 촛농을 남겨 놓았습니다. 그녀는 초를 집어들고 재빨리 머도크 양의 방으로 돌아가면서 사잇문을 닫아 놓았습니다. 그리고는 하인들과 마주치지 않으려고 허둥지둥 복도로 나갔습니다. 하지만, 그때는 이미 늦었습니다! 벌써 두 건물이 연결되는 복도에서 발자국 소리가 들려왔습니다. 그때 캐븐디시 부인은 과연 무엇을 할 수 있었을까요? 그녀는 재빨리 다시 신시어 머도크 양의 방으로 되돌아가서 잠들어 있는 그녀를 흔들어 깨웠습니다. 그때, 잠에서 깨어난 식구들이 우르르 복도로 내려왔습니다. 그들은 잉글소프 노부인의 방문을 두드렸습니다. 그때는 아무도 캐븐디시 부인이 그들과 함께 있지 않다는 생각을 하지 않았습니다. 하지만——이것은 매우 중요한 사실입니다——맞은편의 건물에서 그녀가 오는 것을 보았다는 사람은 한 명도 없었습니다.」

 그는 메어리 캐븐디시를 쳐다보면서 말했다.

「내 말이 맞습니까, 캐븐디시 부인?」

 그녀는 고개를 숙였다.

「말씀하신 그대로예요. 만일 그런 사실을 밝힘으로써 남편에게 뭔가 도움이 된다면, 나는 분명히 그렇게 했을 거예요. 하지만, 나는 그 일이 남편의 유죄, 또는 무죄에 어떤 관계가 있을 거라고는 생각하지 않았어요.」

「어떤 의미에서 그건 옳은 생각입니다, 캐븐디시 부인. 하지만, 그러한 사실로 해서 내 마음속에 있는 수많은 오해들이 제거되었으며, 아주 중요한 사실들을 자유롭게 살펴볼 수 있게 되었습니다.」

「유언장!」 로렌스가 소리쳤다. 「그 유언장을 없앤 사람은 바로 형수님이었군요?」

그녀는 설레설레 머리를 가로 저었으며, 포와로도 역시 머리를 흔들었다.

「아니에요. 그 유언장을 없애 버릴 수 있었던 사람이 한 명 있지요. 그 사람은 바로——어머니 자신이에요!」

그녀가 조용하게 말했다.

「그럴 리가 없습니다!」 하고 내가 목소리를 높여 말했다. 「노부인은 바로 그날 오후에 그 유언장을 만들었습니다.」

「하지만, 그 유언장을 없애 버린 사람은 잉글소프 노부인이었네. 그렇지 않다면, 1년 중 가장 무더운 날에 잉글소프 노부인이 자기 방에 난로를 피우라고 부탁했다는 사실을 어떻게 설명하겠나?」

나는 숨이 막혔다. 어리석게도 나는 그 난로가 전혀 때에 어울리지 않는다는 것을 생각하지 못했던 것이다!

포와로는 계속 말을 이었다.

「그날은 80°F까지 올라가는 무더운 날씨였습니다. 그런데 잉글소프 노부인은 불을 피우라고 했습니다. 왜 그랬을까요? 그것은 노부인이 무엇인지 없애 버려야 했는데 그밖에는 다른 방법을 생각해 내지 못했기 때문이지요. 여러분들도 잘 아시겠지만, 전쟁 때문에 절약 생활을 하는 스타일즈 집안에서는, 휴지 한 조각도 헛되이 버릴 수 없었습니다. 그러므로 유언장처럼 두꺼운 서류를 없애 버릴 적당한 방법이 없었던 거지요. 잉글소프 노부인의 방에 불이 지펴졌다는 말을 듣는 순간, 나는 그것이 무엇인가 중요한 서류———어쩌면 유언장을 태워 버렸을지도 모른다는 결론을 내렸습니다. 그래서 연료받이 쇠살대에서 발견된 타다 남은 종이 조각도 나에게는 전혀 놀랄 만한 일이 아니었지요. 물론 나는 그 당시에는 문제의 그 유언장이 바로 그날 오후에 작성된 것이라는 사실을 몰랐으며, 솔직히 말씀드려서 그 사실을 알게 되었을 때 나는 중대한 실수를 저지르고 말았습니다. 나는 잉글소프 노부인이 유언장을 태워 버리려고 결심한 것이 그날 오후에 있었던 말다툼 때문이며, 그러므로 그 말다툼은 유언장을 작성하기 전이 아니라 작성한 뒤에 있었을 거라고 생각했습니다.

하지만, 지금 우리들이 알고 있는 바와 같이 나는 바로 이 점에서 잘못 생각을 했습니다. 그래서 나는 어쩔 수 없이 그 생각을 포기해야 했습니다. 나는 새로운 관점에서 그 문제를 살펴보았습니다. 그런데 4시 정각에 도커스 양은 잉글소프 노부인이 화를 내며 이렇게 말하는 것을 우연히 들었다고 했습니다. 노부인은 '남들에게 알려지거나, 부부 사이의 나쁜 소문을 두려워해서 내가 단념할 거라고 생각한다면 그건 오산……' 하고 말했답니다. 나는 이 말이 남편이 아니라 존 캐븐디시에게 한 것이라고 추측했는데, 반갑게도 그것은 사실이었습니다. 그로부터 1시간이 지난 5시 정각에 노부인은 거의 똑같은 말을 했습니다. 하지만, 이야기의 상대는 달랐습니다. 노부인은 도커스 양에게 '나는 정말 어떻게 해야 좋을지 모르겠어. 부부 사이의 나쁜 소문이란 생각만 해도 끔찍한 일이야.' 하고 솔직하게 털어놓았습니다. 노부인은 4시에 화가 나 있기는 했지만, 자신을 잘 억제했습니다. 하지만, 5시에 그녀는 심한 비탄에 빠져서 엄청난 충격을 받았다고 이야기했습니다.
　이 문제를 심리학적인 면에서 살펴보고서, 나는 한 가지 추론을 생각해 냈습니다. 그리고 나는 그것이 옳은 것이라고 확인했습니다. 노부인이 두 번째 말한 '나쁜 소문'——이것은 그녀 자신과 관련된 것입니다만——전혀 다른 의미입니다!
　지금까지 말한 것을 다시 한 번 잘 정리해 보겠습니다. 4시 정각에 잉글소프 노부인은 아들과 말다툼을 했으며, 그의 비행을 며느리에게 알리겠다고 으름장을 놓았습니다. 그런데 우연히 며느리가 그 대화를 엿들었습니다. 4시 30분에 잉글소프 노부인은 재산 분배에 대한 말다툼 때문에 자기의 남편에게 유리하도록 새 유언장을 작성했습니다. 그리고 두 정원사가 그 유언장의 증인이 되었습니다. 5시 정각에 도커스 양은 잉글소프 노부인이 손에 종이 한 장을 쥐고 몹시 화가 나 있는 모습을 보았다고 했습니다——도커스 양은 그 종이를 편지라고 생각했습니다. 그리고 잉글소프 노부인이 자신의 방에 불을 피우라고 부탁한 것도 바로 그 시간이었습니다. 그러니까 아마 4시 30분과 5시 정각 사이에 노부인의 감정에 급격한 변화를 일으킨 어떤 일이 일어났을 겁니다. 그래서 노부인은 유언장을 작성하자마자 그것을 없애 버리려고 했던 거지요. 그 어떤 일이란 과연 무엇이었을까요?
　우리들이 알고 있는 한, 잉글소프 노부인은 그 30분 동안 혼자 있었습니다. 내실로 들어가거나 그곳에서 나온 사람은 한 명도 없었습니다. 그렇다면 과연 무엇 때문에 노부인은 그렇게 갑작스럽게 감정의 변화를 일으켰을까요?
　그것에 대해서는 다만 추측해 볼 수밖에 없습니다. 하지만, 나는 내 추측이 옳으리라고 믿습니다. 잉글소프 노부인의 책상에는 우표가 없었습니다. 우리들은 나중에 노부인이 도커스 양에게 우표를 몇 장 가져다 달라고 부탁했다는 말을 듣고 알았습니다. 그런데 그 방의 한쪽

구석에는 그녀의 남편이 사용하는 책상이 있습니다――그것은 잠겨 있었습니다. 노부인은 우표를 찾으려고 애썼습니다. 내가 추론한 대로 말씀드리자면, 노부인은 자기의 열쇠로 그 책상을 열어 보려고 했을 겁니다. 그런데 그 열쇠들 중의 하나가 그 책상의 자물쇠에 맞았습니다. 따라서 노부인은 그 책상을 열었을 것이며, 그곳에서 우표를 찾다가 우연히 다른 것을 보게 되었습니다――그것은 도커스 양이 그녀의 손에서 보았다는 종이 조각으로서, 분명히 잉글소프 노부인이 보아서는 안 될 내용이 적혀 있었을 겁니다. 한편, 캐븐디시 부인은 시어머니가 그토록 보여 주지 않으려고 했던 그 종이에 남편의 부정이 쓰여 있을 거라고 믿었습니다. 그녀는 잉글소프 노부인에게 그것을 보여 달라고 했습니다. 하지만, 잉글소프 노부인은 매우 진지하게 그 종이는 그 문제와 전혀 관계가 없다고 하며 거절했겠지요. 그러나 캐븐디시 부인은 시어머니의 말을 믿지 않았습니다. 그녀는 잉글소프 노부인이 자신의 의붓아들을 감싸 주고 있는 것으로 생각했을 겁니다. 캐븐디시 부인은 매우 의지가 굳은 분입니다. 그녀는 부덕이라는 체면 때문에 겉으로 드러내지는 못했지만, 속으로는 거의 미쳐 버릴 정도로 남편에게 질투를 느꼈을 겁니다. 그녀는 무슨 방법을 써서라도 그 종이를 손에 넣어야겠다고 생각했습니다. 그런데 우연히 그런 결심이 쉽게 이루어지게 되었습니다. 그녀는 그날 아침에 잃어버렸던 잉글소프 노부인의 편지 상자 열쇠를 주웠습니다. 그녀는 시어머니가 중요한 서류들은 모두 그 유별난 상자 속에 보관한다는 사실을 알고 있었습니다.

　캐븐디시 부인은 질투심으로 절망적인 상태에까지 이른 여자가 할 수 있었음직한 계획을 세웠습니다. 저녁에 그녀는 신시어 머도크 양의 방과 통하는 문의 빗장을 풀어 놓았습니다. 그리고 경첩에 기름을 발라 놓았는지 내가 그 문을 열어 보았을 때는 아무런 소리도 들리지 않더군요. 그녀는 좀더 안전하게 일을 처리하기 위해서 다음날 새벽녘까지 계획을 연기했습니다. 그 시간에는 하인들이 캐븐디시 부인이 방안에서 움직이는 소리를 흔히 들었을 테니까요. 그녀는 옷장에서 필요한 도구를 꺼내어 완전히 옷을 갖춰 입고는 조용히 신시어 머도크 양의 방을 지나 잉글소프 노부인의 방으로 들어갔습니다.」

그는 잠시 동안 말을 멈췄다. 신시어가 그 사이에 끼여들며 말했다.

「누군가 제 방을 지나갔다면, 저는 분명히 잠에서 깨어났을 거예요.」

「당신이 약에 취해 있었더라도 일어날 수 있었을까요?」

「제가 약에 취해 있었다고요?」

「그렇습니다!」

「여러분도 기억하고 계시겠지만.」——포와로는 다시 우리 모두를 바라보면서 이야기했다——「그런 야단법석과 소란 속에서도 신시어 머도크 양은 바로 옆방에서 잠들어 있었습니다. 이 사실은 다음 두 가지 가능성을 말해 주는 겁니다. 먼저, 그녀가 거짓으로 자는 체하고 있었든가——나는 이런 가능성은 믿지 않았습니다——그렇지 않으면, 누군가가 일부러 머도크 양에게 어떤 방법을 쓴 것이었겠지요.

나는 두 번째 가능성을 생각하고, 커피잔들을 매우 조심스럽게 조사해 보았습니다. 왜냐하면, 살인이 있기 전날밤에 머도크 양에게 커피를 갖다 준 사람이 바로 캐븐디시 부인이었다는 사실을 기억하고 있었기 때문입니다. 나는 모든 잔에서 샘플을 채취하여 분석해 보았습니다——하지만, 아무것도 나타나지 않았습니다. 나는 혹시 잔이 하나 없어지지 않았나 해서 커피잔을 세어 보았습니다. 여섯 명이 커피를 마셨으며, 틀림없이 여섯 개의 커피잔이 있었습니다. 그래서 나는 내가 실수를 했다는 것을 인정해야 했습니다.

하지만, 그때 나는 몹시 중요한 사실을 빠뜨리고 넘어갔던 겁니다.

커피를 마신 사람은 여섯 명이 아니라, 일곱 명이었습니다. 왜냐하면 그날 저녁 바워스타인 박사가 스타일즈 저택에 와 있었으니까요. 이 발견은 문제의 상황을 완전히 바꿔 놓았습니다. 곧, 커피잔이 하나 사라져 버린 것이었습니다. 하인들은 아무것도 눈치채지 못했습니다. 그날 식당으로 커피를 나른 하녀 애니 양은 잉글소프 씨가 커피를 마시지 않는다는 사실을 모르고 잔을 일곱 개나 식당으로 가져갔습니다. 그러나 다음날 아침에 그 커피잔들을 씻었던 도커스 양은 여느때와 마찬가지로 잔이 여섯 개 있었다고 했습니다——아니 정확하게 말씀드리자면, 그녀는 다섯 개의 커피잔을 씻었습니다. 한 개는 잉글소프 노부인의 방에서 깨진 채로 발견되었으니까요.

나는 그 깨진 커피잔이 머도크 양의 것이었으리라고 확신했습니다. 그것은 모든 커피잔에서 설탕이 검출되었다는 사실을 통하여 더욱 확실해졌습니다. 머도크 양은 커피에 설탕을 넣어 마시지 않으니까요. 나는 애니 양이 매일 밤 잉글소프 노부인의 방에 갖다 두는 코코아 쟁반 위에 소금이 떨어졌다는 그녀의 이야기를 다시 생각해 보았습니다. 그래서 그 코코아의 샘플을 분석해 보라고 보냈습니다.」

「그 코코아는 바워스타인 박사가 분석해 보지 않았습니까!」 로렌스가 재빨리 말했다.

「엄밀하게 말씀드리자면 그렇지 않습니다. 약품 분석자는 스트리크닌이 함유되어 있는지 아닌지에 대해서만 알아보라는 부탁을 받았습니다. 그러므로 그 분석자는 내가 했던 것처럼 수면제가 함유되어 있는지는 조사하지 않았던 겁니다.」

「수면제라고요?」

「그렇습니다. 여기 그것에 대한 분석 보고서가 있습니다. 캐븐디시 부인은 잉글소프 노부인과 머도크 양에게 약효가 좋은 수면제를 복용시켰던 겁니다. 그리고 아마 그녀는 나중에 매우 아슬아슬한 순간을 경험했을 겁니다! 잉글소프 노부인이 갑작스럽게 사망했을 때와, '극약'이라는 말을 들었을 때의 그녀 감정을 상상해 보십시오! 캐븐디시 부인은 그때까지 수면제는 생명에 전혀 지장이 없는 것이라고 믿어 왔습니다. 하지만, 그 이야기를 듣고 잉글소프 노부인의 죽음이 자기 때문일 거라고 생각하며 두려움에 떨었을 겁니다. 그녀는 급히 아래층으로 달려내려가 머도크 양이 마셨던 커피잔과 받침 접시를 재빨리 커다란 청동 항아리에 떨어뜨렸습니다. 그것은 나중에 로렌스 캐븐디시 씨에게 발견되었지요. 그녀는 남아 있던 코코아에는 손을 댈 수가 없었습니다. 너무 많은 시선이 그녀에게 쏠려 있었으니까요. 스트리크닌이 언급되고 잉글소프 노부인의 죽음이 자기와는 무관한 것이라는 사실이 밝혀지자, 그녀는 굉장한 안도감을 느꼈을 겁니다.

우리는 이제 스트리크닌 약효가 그렇게 늦게 나타난 것에 대한 까닭을 설명할 수 있습니다. 스트리크닌이 수면제와 함께 투약될 경우에는, 대개 그 수면제가 스트리크닌의 효력을 몇 시간 동안 저지시킨다고 합니다.」

포와로는 잠시 말을 멈췄다. 메어리는 포와로를 올려다보았다. 그녀의 얼굴에는 천천히 화색이 돌기 시작했다.

「당신이 말씀하신 것은 모두 사실이에요, 포와로 씨. 정말 그때는 내 일생 중에서 가장 끔찍한 시간이었지요. 앞으로도 그 순간을 평생 잊지 못할 거예요. 당신은 정말 놀라운 분이에요. 이제는 정말 이해할 수 있어요.」

「부인은 내가 안심하고 이 포와로 청죄사에게 고백하라고 말했던 의도를 이해하시겠다는 말씀이지요? 그때, 부인은 나를 믿으려고 하지 않았습니다.」

「나도 이제 모든 것을 알겠습니다.」하고 로렌스가 말했다.「결국, 코코아 속에 들어 있던 수면제가 커피에 들어 있던 극약의 효과를 지연시켰던 거군요.」

「그렇습니다. 하지만, 그 극약이 커피 속에 들어 있었을까요? 아니면 그렇지 않았던 것일까요? 우리는 바로 여기에서 또 어려움에 직면하게 되었습니다. 왜냐하면, 잉글소프 노부인은 그 커피를 마시지 않았기 때문이지요.」

「뭐라고요?」

사람들에게서 비명이 터져 나왔다.

「그렇습니다. 조금 전에 잉글소프 노부인의 방 카펫 위에 얼룩이 떨어져 있었다고 말씀드렸던 것을 기억하고 계시겠지요? 그 얼룩에서 나는 몇 가지 사실을 알아차렸습니다. 그때까지 그것은 여전히 축축하고, 강한 커피 냄새를 풍겼습니다. 그리고 도자기의 파편들이 카펫의 보풀 속에 끼여 있었죠. 나는 그것으로 무슨 일이 일어났는지 분명하게 알 수 있었습니다. 나는 창가에 있는 탁자 위에 조그만 상자를 놓아 보았습니다. 그런데 채 2분도 지나지 않아 그 탁자가 뒤집어지면서 작은 상자는 도자기 파편들이 있는 바로 그곳으로 떨어졌기 때문이지요. 잉글소프 노부인은 사망하기 전날 밤에 방으로 들어가서 그 탁자 위에 커피잔을 내려놓았으며, 바로 그때 튼튼해 보이지만 뒤집어지기 쉬운 그 탁자가 똑같은 작용을 했던 것입니다.

다음의 사실은 단지 내가 추측하는 것에 지나지 않습니다. 잉글소프 노부인은 깨진 그 커피잔을 집어들어서 침대 곁에 있는 탁자 위에 놓았을 겁니다. 무엇인가를 마시고 싶었던 그녀는 코코아를 데워 바로 그 자리에서 모두 마셨습니다. 그러면 이제 우리는 새로운 문제를 해결해야 합니다. 우리는 코코아 속에 스트리크닌이 포함되어 있지 않았다고 알고 있습니다. 또한, 잉글소프 노부인은 그 커피도 마시지 않았습니다. 하지만, 스트리크닌은 그날 저녁 7시에서 9시경 사이에 분명히 그녀에게 투약되었습니다. 그렇다면 제3의 매체는 무엇이었을까요? 아무도 생각해 내지 못할 만큼 감쪽같이 스트리크닌의 맛을 없애 준 매체는 과연 무엇이었을까요?」

 포와로는 방을 한번 둘러보았다. 그리고는 침착하게 자신의 질문에 대답했다.

「그것은 잉글소프 노부인의 약이었습니다.」

「그렇다면 범인이 그녀의 강장제에 스트리크닌을 집어 넣었다는 말인가요?」 내가 소리쳤다.

「아니, 일부러 스트리크닌을 집어넣을 필요도 없었네. 스트리크닌은 이미 거기에──바로 혼합물 약에 들어 있었으니까. 자, 여러분──잉글소프 노부인의 생명을 앗아간 스트리크닌은 윌킨스 박사가 처방한 스트리크닌과 동일한 것이었습니다. 이 사실을 여러분들에게 명확히 하기 위해서, 나는 태드민스터에 있는 적십자 병원의 조제실에서 본 조제에 관한 서적의 일부분을 읽어 드리겠습니다.

 다음의 처방법은 대부분의 약학 교과서에 소개되어 있습니다.

 스트리크닌내 설프……1그레인
 포타스 브로마이드……6드램
 물……8온스
 이상을 혼합시킴

 이렇게 혼합된 용액은 몇 시간이 지나면, 대부분의 스트리크닌 염이 투명한 수정체인 불용해성 브로마이드로 침전된다. 영국에서 어떤 여자가 이와 비슷한 혼합물 약을 복용하고 죽은 일이 있다. 그 당시, 침전된 스트리크닌이 병의 밑바닥에 괴어 있었는데, 마지막 남은 용액을 마심으로써 그녀는 한 병의 스트리크닌을 모두 마셔 버린 것과 똑같은 결과를 초래한 것이다!

물론 윌킨스 박사의 처방에는 수면제가 전혀 없었습니다. 하지만, 여러분은 전에 내가 가루 수면제 약상자가 텅 비어 있었다고 한 말을 기억하실 겁니다. 1~2회 분량의 가루 수면제를 가득차 있는 약병 속에 집어넣으면, 책에 적혀 있는 대로, 스트리크닌이 침전될 겁니다. 여러분도 나중에 알게 되겠지만, 잉글소프 노부인에게 약을 따라 주었던 사람은 병의 밑부분에 있는 침전물이 움직이지 않도록 하기 위하여 몹시 주의를 기울였습니다.

그리고 그 비극은 월요일 저녁에 발생하도록 사전에 계획되었다는 여러 가지 증거가 있습니다. 바로 그날 잉글소프 노부인의 방에 설치되어 있는 벨의 전깃줄이 감쪽같이 잘려져 있었으며, 또한 그날 저녁에 머도크 양은 친구분들과 함께 밤을 보냈습니다. 따라서 잉글소프 노부인은 완전히 차단된 채 오른편 건물에 혼자 있었을 것이며, 어쩌면 어느 누구에게 도움도 받지 못하고 사망했을 겁니다. 하지만, 마을 연예회에 가려고 서두르는 바람에 잉글소프 노부인은 그만 약을 먹는 걸 잊어버렸습니다. 그리고 그 다음날도 그녀는 집 밖에서 점심식사를 했습니다. 그래서 마지막이자——운명을 결정짓는 약은 범인이 예상했던 것보다 24시간 뒤에 복용되었던 것이지요. 그리고 내가 최후의 증거——곧 마지막 연결 고리를 손에 넣게 된 것은 바로 스트리크닌 효과의 지연 때문이었습니다.」

숨도 쉴 수 없는 흥분된 분위기가 감도는 가운데, 그는 얇은 종이 세 장을 내밀었다.

「이것은 범인이 쓴 편지입니다. 만일, 그 편지의 내용이 분명하게 나타났더라면 아마 잉글소프 노부인은 적당한 시기에 경계심을 갖고, 그 같은 비극을 모면할 수가 있었을 겁니다. 그녀는 자신에게 닥칠 위험을 깨닫기는 했지만, 어떻게 대처해야 할지는 몰랐었기 때문이지요.」
 죽음과도 같은 적막 속에서 포와로는 그종이 조각을 이어 맞추더니, 목청을 가다듬고 읽어 주었다.

 사랑하는 에블린
 당신은 지금 아무것도 듣지 못해서 초조한 마음을 가눌 수 없을 테지요. 하지만, 모든 것이 잘되었습니다——다만, 그 시기가 어젯밤이 아니라 오늘밤이 된 것뿐이오. 그 늙은 여자가 죽어서 방해거리가 되지 않으면, 우리는 앞으로 행복한 시간들을 보낼 수 있게 될 것이오. 아마도 그 어느 누구도 내가 범행을 저질렀으리라고는 생각하지 못할 거요. 수면제에 대한 당신의 생각은 정말로 놀라운 것이오! 하지만, 우리는 앞으로 더욱 신중하게 행동해야 하오. 한 번이라도 실수를 하게 되면——.

「여러분, 여기에서 이 편지는 중단되었습니다. 그건 이 편지를 쓰던 사람이 무엇엔가에 방해를 받았기 때문일 겁니다. 하지만, 그의 정체에 대해서는 의문의 여지가 없습니다. 우리는 모두 그의 필체를 알고 있을 뿐만 아니라——.」
 거의 비명에 가까운 고함소리가 침묵을 깨뜨렸다.
「당신은 악마야! 어떻게 그것을 손에 넣었지?」
 의자 하나가 뒤집어졌다. 포와로는 민첩하게 옆으로 피했다. 포와로의 재빠른 움직임과 함께 공격자가 둔탁한 소리를 내며 쓰러졌다.
「신사 숙녀 여러분.」 포와로는 의기양양한 태도로 말했다. 「이제 여러분들에게 잉글소프 노부인의 살인범, 앨프리드 잉글소프 씨를 소개하겠습니다.」

제12장 마지막 연결 고리   277

제13장
포와로 설명하다

「포와로, 당신은 정말 나쁜 사람입니다.」하고 내가 말했다.「나는 당신이 죽이고 싶도록 야속합니다! 도대체 무슨 생각으로 지금까지 나를 이렇게 속여 왔지요?」

우리는 서재에 함께 앉아 있었다. 흥분과 놀라움으로 뒤범벅이 된 상태에서 며칠이 지났다. 아래층의 방에서는 존과 메어리가 함께 있었으며, 앨프레드 잉글소프와 하워드 양은 수감되어 있었다. 이제서야 겨우 나는 포와로와 단둘이 있게 되었다.

포와로는 잠시 동안 내 질문에 대답하지 않고 있다가, 마침내 입을 열었다.

「나는 결코 자네를 속인 적이 없네, 헤이스팅스. 단지 나는 자네가 자네 자신을 속이는 것을 그냥 내버려두었을 뿐이야.」

「그런가요? 하지만, 도대체 왜 그랬습니까?」

「글쎄, 그 이유는 설명하기가 무척 어렵군. 헤이스팅스, 자네도 알고 있겠지만, 자네는 너무 정직한 천성과 너무 정직한 얼굴을 갖고 있네. 곧, 자네는 자네의 감정들을 절대로 숨기지 못한다는 말일세! 내가 자네에게 내 생각을 말했다면, 앨프레드 잉글소프가 자네를 보는 순간, 그 눈치 빠른 남자는——자네가 잘하는 말처럼——뭔가 눈치를 챘을 걸세! 그렇게 된다면, 우리는 그를 붙잡을 기회를 영원히 갖지 못하고 말았을 거네!」

「나는 당신이 생각하는 것보다 훨씬 적절히 대응할 수 있었을 겁니다.」

「헤이스팅스, 너무 기분 나쁘게 생각지 말게! 사실 자네의 도움은 그 동안 비길 데 없이 소중한 것이었어. 자네의 그 아름다운 천성 덕택에 내가 잠깐 동안씩 휴식을 취할 수 있지 않았나!」

포와로는 간청하는 듯한 목소리로 말했다.

「글쎄——.」나는 약간 진정이 되었지만, 여전히 투덜거리는 투로 말했다.「하지만, 내가 당신에게 적어도 한 가지 암시 같은 것은 주었을 거라고 생각하는데요.」

「그게 무슨 소린가? 자네는 나에게 한 가지가 아니라 여러 개의 힌트를 주었네. 하지만, 자네는 그것을 받아들이려고 하지 않았지. 잘 생각해 보게나. 내가 언제 존 캐븐디시가 유죄라고 자네에게 말했던가? 나는 그것과는 정반대로 그가 무죄로 풀려날 것이 거의 확실하다고 말했네.」

「그건 그렇지요. 하지만——.」

「그리고 곧 이어서 내가 살인범을 법에 따라 처단하기에는 어려움이 많이 있을 거라고 말하지 않았나? 그때 자네는 내가 두 명의 전혀 다른 사람들에 대해서 이야기하고 있다는 것을 알아차리지 못했던 모양이군.」

「나는 그런 사실을 전혀 몰랐었습니다.」

「그렇다면 다시 말하지.」

포와로는 계속해서 말을 이었다.

「처음에 나는 몇 번인가 자네에게 잉글소프가 당장 체포되어서는 안 된다고 말하지 않았던가? 그 말은 자네에게 무엇인가를 시사해 주었을 텐데.」

「그럼, 당신은 오래 전부터 그를 의심했었다는 건가요?」

「그렇다네. 나는 무엇보다도 먼저, 잉글소프 노부인이 죽음으로써 그 누구보다도 그녀의 남편이 가장 많은 이익을 얻게 된다는 생각을 했지. 그리고 좀처럼 그 생각을 떨쳐 버릴 수가 없었어. 내가 자네와 함께 처음 스타일즈 저택에 갔던 날, 나는 대체 어떻게 범행이 저질러졌는지는 전혀 짐작도 하지 못했어. 하지만, 내가 잉글소프에 대해 알고 있는 것으로 보아, 나는 범행과 그를 연관시켜 줄 수 있는 단서를 찾아내기가 무척 어려울 것이라고 생각했네. 그리고 유언장을 없앤 사람은 바로 잉글소프 노부인일 거라고 짐작했지. 하지만, 자네는 그 점에 대해서 나에게 불평할 수는 없을 걸세, 헤이스팅스. 사실 나는 한여름에 잉글소프 노부인이 침실에 난롯불을 피웠다는 의미에 대해서 자네가 납득할 수 있도록 최선을 다했으니까 말이야.」

「그건 맞아요.」 하고 나는 조급하게 말했다. 「어서 계속해 보세요.」

「그러지, 헤이스팅스. 언젠가 말했던 것처럼 한때는 잉글소프의 유죄에 대한 내 판단이 매우 크게 흔들렸다네. 사실상, 그가 범행을 저질렀다고 믿기 어려울 정도로 그에게 불리한 증거가 너무 많이 나타났으니까.」

「그런데 언제 당신의 생각에 변화가 왔나요?」

「그것은 내가 그의 미심쩍은 점을 제거하려고 노력하면 할수록 그는 자신이 체포되도록 애를 쓰고 있다는 사실을 알아차렸을 때였지. 그리고 잉글소프가 레이크스 부인과는 전혀 관계가 없다는 사실을 알

앉을 때와, 실제로 그 부인의 거처에 들락거렸던 사람은 존 캐븐디시였다고 확신했을 때 더욱 확실해졌네.」

「하지만 무슨 까닭으로?」

「이유는 아주 간단하네. 만일 레이크스 부인과 은밀한 관계를 가지고 있었던 사람이 바로 잉글소프였다면 그의 침묵은 전적으로 수긍이 가는 일이네. 하지만, 그 예쁘장한 농부의 아내에게 반한 사람이 존이라는 소문이 마을 전체에 퍼져 있다는 것을 알고, 나는 그의 침묵에 대해 의심하기 시작했네. 아무런 소문도 없는 사람이, 마치 소문 때문에 두려워하는 체한다는 것은 분명히 이상한 일이야. 그의 이런 태도를 보고 여러 가지 방향으로 곰곰이 생각해 보다가, 마침내 나는 앨프레드 잉글소프가 자신이 체포되길 바라고 있다는 결론에 도달했네. 무슨 말인지 알겠나! 바로 그 순간부터 나는 그가 체포되지 않아야 한다고 생각했던 거지.」

「잠깐만, 나는 도대체 왜 그가 체포되길 원했는지 모르겠는데요.」

「헤이스팅스, 그건 일단 무죄로 방면된 사람은 다시는 똑같은 죄목으로는 재판받을 수 없다는 자네 나라의 법률 때문이지. 하지만, 그의 착상은 정말 명석한 것이었어! 그는 매우 논리 정연한 사람이야. 그는 자신이 처한 입장으로 미루어 보아, 자기가 의심받게 될 거라고 생각네. 그래서 그는 자신에게 불리한 수많은 조작된 증거물들을 준비하려는 기발한 아이디어를 생각해 냈던 것일세. 그는 스스로 의심받기를 바랐네. 그리고 체포되기를 원했지. 그런 다음, 그는 완벽한 알리바이를 제시하려고 했던 거야. 만일, 그렇게 되었다면 그는 평생 동안 아무 탈 없이 보낼 수 있었을 거네!」

「하지만, 나는 어떻게 해서 그가 자신의 알리바이를 입증하면서 약국에 갈 수 있었는지 이해할 수 없는데요.」

포와로는 놀란 시선으로 나를 바라보았다.

제13장 포와로 설명하다

「자네는 그런 일이 가능하리라고 생각하나? 그녀에게 그 일은 무척 쉬웠을 거네. 그녀는 상당히 키가 클 뿐만 아니라 목소리도 남자처럼 굵고 낮으니까. 더구나 생각해 보게, 그녀와 잉글소프는 6촌이네. 그래서 그 두 사람은 닮은 점이 많아. 특히, 걷는 모양과 행동은 매우 비슷하지. 다시 말해서, 그건 하워드 양에게 너무 쉬운 일이었다는 거야. 그들은 머리가 무척 좋다네!」

「그건 그렇고, 수면제에 대해서는 도무지 이해가 되질 않습니다.」

「좋아! 자네를 위해서 내가 최대한도로 자세하게 설명해 주겠네. 그것은 하워드 양이 짜낸 계획이었을 걸세. 언젠가 그녀가 자기 아버지가 의사였다고 말했던 것을 기억하나? 어쩌면 그녀는 자기 아버지를 위해서 약을 조제했을 수도 있고, 또는 신시어가 시험 공부를 할 때 여기저기 널려 있는 책을 보고 그런 아이디어를 얻었을 수도 있겠지. 아무튼 그녀는 스트리크닌이 침전된다는 사실을 잘 알고 있었네. 아마도 그녀는 문득 그런 생각이 떠올랐을 거야. 잉글소프 노부인은 가루 수면제가 들어 있는 약상자를 하나 갖고 있었으며, 또 때때로 밤중에 그것을 복용했네. 약국에서 보내오는 잉글소프 노부인의 커다란 약병 속에 1~2회분 정도의 가루 수면제를 집어넣는 것처럼 쉬운 일이 어디 있겠나? 그것은 정말 위험이라고는 전혀 없는 일이네. 적어도 보름 전에는 비극적인 죽음은 일어나지 않을 테고, 설령 그 두 사람 중 어느 한 명이 그 약병에 손대는 것을 누군가가 보았다고 할지라도 그때쯤이면 그 같은 사실을 깨끗이 잊어버릴 테니까 말이야. 그리고 하워드 양은 교묘하게 잉글소프 노부인과 말다툼을 하고 스타일즈 저택을 떠났네. 그렇기 때문에, 그 누구도 그녀를 의심할 수 없었지. 그래, 그것은 정말 교묘한 계획이었어! 만일, 그들이 그 정도에서 멈췄더라면 아마 이 범죄는 밝혀지지 않았을지도 모르네. 그러나 그들은 불행하게도 그 정도에서 만족하지 않았어. 그들은 완벽하게 행동하려고 했네——그리고 그것이 바로 그 두 사람의 파멸을 자초하고 말았지.」

포와로는 뚫어지게 천장을 쳐다보면서, 작은 담배를 뻐끔뻐끔 피워 댔다.

「그들은 혐의를 존 캐븐디시에게 뒤집어씌우려고 계획을 세웠지. 그래서 마을의 약국에서 스트리크닌을 사고, 그의 필체로 장부에 서명을 한 거야.

잉글소프 노부인은 월요일에 마지막 남은 약을 먹을 예정이었네. 그래서 앨프레드 잉글소프는 월요일 6시 정각에 마을에서 멀리 떨어진 장소에 있으면서 많은 사람들의 눈에 띄도록 계획을 세웠지. 하워드 양은 나중에 그가 침묵을 지키는 이유를 설명하기 위하여 이미 전에 그와 레이크스 부인에 대한 엉터리 이야기를 마련해 놓았어. 그녀는 6시 정각에 앨프레드 잉글소프로 변장하고, 약국에 들어가서 개 이야기를 늘어놓고 존의 필체로 장부에 앨프레드 잉글소프의 서명을 했네. 물론, 그녀는 이미 존의 필체를 주의깊게 연구해 두었겠지.

하지만, 존이 알리바이를 입증할 수 있으면 일이 허사가 되므로, 그녀는 그에게 익명의 편지를 보냈던 거야——역시 그의 필체를 흉내내어서 썼지. 존 캐븐디시는 그 편지를 받고 다른 사람의 눈에 띄지 않는 한적한 곳으로 나가게 되었던 것이라네.

그때까지는 만사가 순조롭게 진행되었지. 하워드 양은 미들링햄으로 돌아갔으며, 앨프레드 잉글소프는 스타일즈 저택으로 돌아왔다네. 어느모로 보든지, 그는 의심을 받을 만한 점이 아무것도 없었어. 왜냐하면 스트리크닌을 산 사람은 바로 하워드 양이었으며, 또 존 캐븐디시에게 혐의가 가도록 모든 일이 꾸며져 있었으니까.

하지만 바로 그때, 한 가지 문제가 발생했네. 그날 밤에 잉글소프 노부인이 약을 먹지 않았던 걸세. 고장난 벨, 신시어가 집에 없었던 일——이런 것들을 포함해서 잉글소프가 마련해 놓은 이 모든 것이 허사가 되어 버린 거지. 그리고 그 다음에 ——그는 실수를 했네.

그는 잉글소프 노부인이 외출한 사이에 책상에 앉아서 공범자에게 글을 썼어. 그는 자신의 공범자가 그들의 계획이 실패한 데 대해서 몹시 두려워하고 있을지 모른다고 생각했기 때문이지. 그런데 잉글소프 노부인은 그가 예상했던 것보다 일찍 돌아왔던 모양이네. 그는 편지를 쓰다가 당황해서 허둥지둥 책상을 덮어 잠갔네. 그는 자신이 계속 그 방에 있으면 혹시 그 책상을 열어야 할 일이 생겨서, 잉글소프 노부인이 그것을 보게 될지도 모른다고 걱정했겠지. 그래서 그는 밖으로 나가 숲속을 산책했네. 그는 잉글소프 노부인이 나중에 책상을 열고 자신의 죄상을 낱낱이 밝혀 줄 그 편지를 발견하리라고는 꿈에도 생각지 못했을 거네.

하지만, 우리가 지금 알고 있는 것처럼 그런 일이 일어났네. 잉글소프 노부인은 그것을 읽고, 남편과 에블린 하워드의 배반을 알게 되었지. 하지만, 불행하게도 수면제에 대한 글귀는 전혀 눈치채지 못했네. 노부인은 자신이 위험한 처지에 빠져 있다는 것을 알았지만——과연 그 함정이 어디에 있는지는 몰랐던 거야. 그녀는 남편에게 아무 말도 하지 않고, 변호사에게 편지를 써서 다음날 자기에게 와 달라고 부탁하려고 마음먹었네. 그리고 방금 전에 작성한 그 유언장을 없애 버리려고 한 거야. 이렇게 해서 그녀는 잉글소프의 편에서 보면 치명적인 실수인 그 편지를 손에 넣게 되었던 거지.」

「그렇다면 잉글소프가 편지 상자의 자물쇠를 억지로 열었던 것은 그 편지를 찾아내기 위해서였겠군요?」

「그래. 그가 그런 엄청난 위험을 무릅쓴 것을 보면, 그 편지가 그에게 얼마나 절실한 것이었나를 충분히 짐작할 수 있지 않겠나? 그 편지만 아니면, 범행 사실과 그를 연결시켜 줄 만한 것이 아무것도 없으니까 말이야.」
 「도저히 이해할 수 없는 것이 한 가지 있는데, 그는 그 편지를 다시 손에 넣었을 때 왜 당장에 없애 버리지 않았을까요?」
 「그것은 그가 가장 커다란 위험——곧 그것을 자신의 몸에 지니고 다니는 위험을 감수할 수가 없었기 때문이라네.」
 「이해할 수가 없는데요?」
 「그럼, 잉글소프의 입장에서 생각해 보게. 나는 그가 그 편지를 손에 넣을 수 있었던 것은 단지 5분이라는 짧은 시간——곧 우리가 현장에 도착하기 직전의 5분이라는 시간밖에 없다는 사실을 알아냈네. 왜냐하면, 그 이전에는 애니가 계단을 청소하고 있었기 때문에 누가 복도를 지나 오른편 건물로 갔다면 틀림없이 그녀의 눈에 띄었을 테니까 말이야. 자네, 그 현장을 상상해 보게! 그는 다른 방의 열쇠로 그 방문을 열고 안으로 들어갔네——다른 방의 열쇠들도 그 방의 열쇠와 매우 비슷하더군. 그는 재빨리 편지 상자가 있는 곳으로 달려갔지. 하지만, 그것은 잠겨 있었으며 열쇠는 도무지 눈에 띄지 않았네. 그 순간, 잉글소프는 가슴이 철렁 내려앉았을 거네. 그것은 자신이 계획했던 대로 자신이 그 방에 나타났던 것이 감춰질 수 없다는 것을 의미하니까. 그는 현명하게도 결정적인 증거가 될 그 편지를 위해서라면 모든 위험을 감수해야 한다고 생각했네. 그는 민첩하게 주머니칼로 자물쇠를 비틀어 연 다음에, 많은 서류들 사이에서 그 편지를 찾아냈네.
 하지만, 또 새로운 문제가 발생했네. 그는 감히 그 편지를 몸에 지니고 있을 수가 없었지. 왜냐하면, 그는 방을 나가다가 누군가에게 목격당할 수도 있고——또, 그렇게 되면 몸수색을 당할지도 모르는 일이었으니까. 그 편지가 잉글소프의 몸에서 발견된다면 그것은 곧 파멸을 의미하는 것이겠지. 그리고 아마 그때쯤 그는 아래층의 내실에서 웰스와 존이 나가는 소리를 들었을 걸세. 그는 재빨리 행동에 옮겨야 했겠지. 과연 그는 어디에다 그 저주받을 종이를 숨겨야 했을까? 쓰레기통의 내용물들도 분명히 조사할 테고……방안에는 도저히 그것을 없애 버릴 방법이 전혀 없었네. 하지만, 어쨌든 그는 그것을 몸에서 떼어 놓아야 했어. 그는 방을 둘러보고 마침내 발견했던 걸세. 자네는 그가 뭘 발견했을 거라고 생각하나, 헤이스팅스?」

나는 설레설레 머리를 가로 저었다.

「그는 그 편지를 길고 가는 종이띠처럼 찢어 종이 심지처럼 둘둘 말아서 재빨리 벽난로 둘레 장식 위에 놓여 있던 종이 심지 그릇 속에 쑤셔 넣었던 것일세.」

나는 탄성을 질렀다.

「아무도 그곳을 살펴보려고 생각지 않았을 걸세.」포와로는 계속 말을 이었다.「그는 언젠가 기회가 있으면 다시 그곳으로 가서 자신에게 치명적인 단 하나의 증거물인 그 편지를 없애 버릴 수 있었겠지.」

「그렇다면 그 편지는 내내 잉글소프 노부인의 방에 있는 종이 심지 그릇에 담겨져 있었단 말인가요?」내가 소리쳤다.

포와로는 머리를 끄덕였다.

「그렇다네, 헤이스팅스. 나는 바로 그곳에서 내 '마지막 연결 고리'를 발견한 거야. 그런 운좋은 발견은 자네 덕분이었어.」

「내 덕분이었다고요?」

「그래. 자네는 내가 벽난로 둘레 장식 위의 장식물을 정리하고 있을 때 내 손이 떨렸다고 말했지 않은가?」

「물론 그랬습니다. 그런데 도무지 당신이 무슨 말을 하는 건지 모르겠군요——.」

「그렇겠지. 하지만 나는 깨달았다네. 헤이스팅스, 자네도 알고 있듯이, 나는 우리가 함께 거기에 있던 날 아침에 내가 벽난로 둘레 장식 위에 놓여 있는 물건들을 정돈해 두었다는 사실을 기억했네. 그런데 만일 그 물건들이 이미 잘 정돈되어 있다면, 다시 그것들을 정돈할 필요가 없었을 걸세. 그 동안에 다른 어떤 사람이 그것들에 손을 대지 않았다면 말이야.」

「맙소사!」 나는 중얼거리듯이 말했다. 「그래서 당신이 지난번에 그렇게 이상한 행동을 했군요? 당신은 스타일즈 저택으로 달려 내려가서 여전히 그곳에 있는 그 편지를 찾아냈던 게로군요?」

「맞았어. 그것은 시간을 다투는 일종의 경주였네.」

「하지만, 잉글소프에게 그 편지를 없애 버릴 수 있는 충분한 기회가 있었는데도, 왜 어리석게 그것을 거기에 내버려두었는지 아직도 이해할 수가 없군요.」

「아하, 그렇지 않네. 그에게는 그렇게 할 기회가 없었어. 나는 그 점을 이미 알고 있었네.」

「당신이?」

「그래. 자네는 내가 집안 식구들에게 그 문제에 대한 내 비밀을 털어놓은 것에 대해 후회하던 것을 기억하나?」

「물론이죠.」

「잉글소프에게는 그렇게 할 기회가 단 한 번 있었네, 헤이스팅스. 그때 나는 잉글소프가 범인인지 아닌지를 분명히 알지 못했어. 하지만, 그가 범인이라면 그는 그 종이 조각을 몸에 지니고 있지 않고 다른 어딘가에 숨겨 놓았을 거라고 생각했네. 그래서 집안 식구들의 도움을 받아서 효과적으로 그 편지를 없애 버리려는 잉글소프의 의도를 막을 수 있었던 것일세. 그는 이미 혐의를 받고 있었기 때문에, 나는 그 문제를 10여 명의 아마추어 탐정들에게 공개함으로써 그들의 도움을 받을 수 있었지. 그 뒤에 그들은 계속 잉글소프를 감시했네. 그는 식구들이 자신을 경계하고 있다는 것을 깨닫고서, 더 이상 그 편지를 없애려는 생각을 할 수가 없었던 걸세. 그래서 어쩔 수 없이 그 편지를 종이 심지 그릇 속에 남겨 둔 채 스타일즈 저택을 떠나야 했던 것이라네.」

「하지만, 하워드 양에게는 그를 도울 수 있는 충분한 기회가 있었잖습니까?」

「그렇지. 하지만, 하워드 양은 그 편지가 있는지조차 모르고 있었어. 그들이 미리 짠 계획에 따라서, 그녀는 앨프레드 잉글소프에게 말을 전혀 걸지 않았네. 그들은 서로 원수 사이처럼 가장하기로 하고, 존 캐븐디시가 확실하게 유죄 선고를 받을 때까지는 만나지 않기로 했었으니까. 물론 나는 조만간에 그가 편지가 감춰져 있는 곳으로 나를 안내해 주길 기다리면서, 잉글소프에게서 눈을 떼지 않았네. 하지만, 그는 그런 일을 할 정도로 어리석은 사람이 아니었어. 그래서 그 편지는 처음에 있던 그 자리에 그대로 있었던 걸세. 사건이 발생한 지 1주일이 지나도록 아무도 그곳을 살펴볼 생각도 하지 않았고, 또 어쩌면 나중에도 사람들은 그곳을 조사해 보지 않았을 거야. 그리고 자네가 그런 말을 하지 않았다면, 우리는 아마 그를 법에 따라 처단할 수 없었을 걸세.」

「이제 좀 이해할 수 있을 것 같습니다. 그런데 하워드 양을 의심하기 시작한 것은 언제였습니까?」

「그건 심리에서 그녀가 잉글소프 노부인에게 받은 편지에 대해 거짓말을 했다는 사실을 내가 알아차렸을 때부터였네.」

「뭐라고요? 대체 그 편지의 어떤 점에 대해서 거짓말을 했다는 말인가요?」

「자네도 그 편지를 보았지? 자네, 그 편지의 글씨 모양을 대충 기억하고 있나?」

「그래요――약간은 기억하고 있습니다.」

「그렇다면 자네는 잉글소프 노부인의 필체가 매우 독특하며, 또 글자와 글자 사이에 공간을 많이 띄운다는 사실을 기억하고 있을 걸세. 자네가 그 편지 윗부분에 적혀 있는 날짜를 보았다면, '7월 17일'이라는 필체가 매우 특이하다는 점을 알아차렸을 것이네. 자네, 내가 무슨 말을 하는 건지 알겠나?」

「아니, 모르겠는데요. 전혀 모르겠어요.」

나는 솔직히 시인했다.

「그럼, 자네는 그 편지가 17일이 아니라 7일――곧 하워드 양이 집을 떠난 그 다음날에 쓰여졌다는 점을 모르고 있었겠군? 누군가 '7'자 앞에 '1'을 써넣어서 7일을 17일로 바꾸어 놓은 것일세.」

「도대체 무슨 이유로 그렇게 했을까요?」

「나도 그것에 대해서 곰곰이 생각해 보았네. 하워드 양은 왜 17일에 쓰여진 편지를 감추고, 대신 그 위조된 편지를 내놓은 것일까? 그것은 그녀가 17일에 쓰여진 편지를 보여 주고 싶지 않았기 때문이겠지. 하지만, 그녀는 왜 그 편지를 조작해야 했을까? 거기에 생각이 미치자, 내 마음속에서는 어떤 것에 대한 의심이 쌓이기 시작했네. 언젠가 나는 자네에게 진실을 말하지 않는 사람들은 경계하는 것이 현명하다고 말한 적이 있을 걸세.」

「맞아요, 그랬습니다. 하지만――.」 나는 화가 나서 소리쳤다. 「당신은 그 말을 하고 나서 하워드 양이 범행을 저질렀을 리가 없는 두 가지 이유를 나에게 분명히 말했잖습니까?」

「물론 거기에는 그럴 만한 충분한 이유가 있었네.」 하고 포와로가 대답했다. 「내가 그녀와 잉글소프가 6촌 사이라는 중대한 사실을 생각해 낼 때까지, 그것은 오랫동안 나에게 커다란 장애물이었다네. 하워드 양이 혼자였다면, 그녀는 이러한 범행을 저지를 수 없었을 걸세.

그리고 나는 하워드 양이 지나칠 정도로 격렬하게 잉글소프에게 증오심을 품고 있다고 생각했네. 그러한 증오심은 정반대의 감정을 가려 주는 거였지. 잉글소프가 스타일즈 저택에 오기 오래 전부터, 그들 사이에는 깊은 관계가 있었겠지. 그들은 그전에 벌써 그 끔찍한 계획을 짜 놓았던 것일세——곧 잉글소프가 돈이 많지만 다소 어리석은 노부인과 결혼하여, 그녀로 하여금 자신의 재산을 그에게 남겨 주겠다는 유언장을 작성하도록 유혹한 뒤, 매우 교묘한 방법으로 자신들의 목적을 달성하겠다는 계획이었다네. 만일, 모든 일이 그들의 계획대로 순조롭게 진행되었었다면, 아마 그들은 가엾은 희생자의 돈을 가지고 영국을 떠나서 흥청거리며 살아갔을 걸세.

그들은 매우 사악하고 비도덕적인 사람이네. 그런데 난처하게도 잉글소프에게 혐의가 기울자, 하워드 양은 계획했었던 것과는 전혀 다른 종국을 위해서 조용하게 채비를 갖추고 있었을 거야. 그녀는 문제를 해결시켜 줄 물건들을 가지고 미들링햄에서 돌아왔네. 그녀는 전혀 의심을 받지 않았어. 그녀의 출입에 대해서는 어느 누구도 주의를 기울이지 않았지. 하워드 양은 존의 방에 스트리크닌과 안경을 감춰 두고, 그 검은 턱수염을 고미다락에 갖다 놓았네. 조만간 적당한 시기에 그것들이 발견되도록 일을 꾸몄던 거지.」

「도대체 왜 그들은 존에게 죄를 뒤집어씌우려고 했을까요?」하고 내가 물었다.「존보다는 로렌스에게 죄를 뒤집어씌우는 것이 훨씬 더 수월했을 텐데 말입니다.」

「그건 그렇지. 하지만, 그것은 단지 우연한 일에 불과했네. 그에게 불리한 증거물들은 모두 우연에서 비롯되었다네. 사실상 그것은 그 음모자들에게는 몹시 성가신 일이었을 걸세.」

「하지만, 로렌스의 태도는 뭔가 확실치가 않았습니다.」하고 나는 깊이 생각에 잠기면서 말했다.

「맞았어. 자네는 그 이유를 알고 있겠지?」
「아니, 모르고 있습니다.」
「그는 신시어가 범행을 저질렀다고 믿고 있었네. 자네, 정말 이 사실을 몰랐단 말인가?」
「예, 몰랐습니다.」 나는 깜짝 놀라서 소리쳤다.「그건 불가능한 일인데요!」
「천만에! 나도 전에는 불가능한 일이라고 생각했었지. 하지만, 내가 웰스에게 유언장에 관한 질문을 할 때 그 같은 생각이 굳어졌네. 그 다음에는 도커스가 말해 주었던 것처럼 그녀가 조제한 가루 수면제와 그녀의 남자 변장술이 마음에 걸렸어. 생각해 보니 그녀에게는 정말 다른 어떤 사람보다도 훨씬 많은 불리한 증거들이 있었다네.」
「지금 농담을 하고 있는 건 아니겠죠, 포와로?」
「아닐세. 로렌스가 사건이 일어나던 날 밤 어머니 방에 들어섰을 때, 그의 안색이 왜 그렇게 창백하게 변했는지 이야기해 줄까? 그것은, 어머니가 발작을 일으키고 있는 동안에, 그는 자네의 어깨너머로 신시어의 방으로 통하는 사잇문의 빗장이 풀려 있는 것을 보았기 때문이었네.」
「그러나 그는 사잇문의 빗장이 질러져 있는 걸 분명히 보았다고 진술하지 않았습니까?」
나는 악을 쓰듯이 소리를 질렀다.
「물론 그렇지. 그리고 혹시 그 사잇문의 빗장이 풀려 있지는 않았을까 하는 나의 의심을 확증해 주었던 것이 바로 그것이었다네. 그는 신시어를 보호하고 있었던 걸세.」
포와로는 냉담하게 말했다.
「그가 무슨 이유로 그녀를 보호해야 했을까요?」
「그건 로렌스가 그녀를 사랑하기 때문이지.」

나는 웃음을 터뜨렸다.
「포와로, 그건 당신이 잘못 생각한 겁니다! 나는 우연히도 그가 신시어를 사랑하기는커녕, 그녀를 미워하고 있다는 사실을 알게 되었습니다.」
「누가 자네에게 그런 말을 하던가, 헤이스팅스?」
「신시어가 직접 해주었지요.」
「오, 가엾은 여자! 그녀는 로렌스를 염려하던가?」
「그녀는 조금도 그에게 신경을 쓰지 않는다고 말했습니다.」
「그렇다면 그녀는 그를 몹시 걱정하고 있었던 거야.」하고 포와로는 말했다.「여자들이란 대개――그렇다네.」
「로렌스가 신시어를 사랑하고 있다니, 정말 놀라운 사실이군요.」 내가 말했다.
「무엇이 놀랍다는 건가? 그것은 매우 분명한 사실이야. 신시어가 존 캐븐디시와 웃으면서 이야기하면, 로렌스는 씁쓰름한 표정을 짓지 않던가? 그는 신시어가 존을 사랑하고 있다고 짐작하고 있었네. 그가 어머니의 방에 들어서서 어머니가 발작을 일으키는 것을 보았을 때, 그는 성급하게도 신시어가 그 사건에 대해 무엇인가를 알고 있으리라는 결론을 내리고 말았다네. 그는 거의 절망적인 상태가 되어 버렸지. 그래서 먼저 그는 신시어가 그전날 밤에 자기 어머니와 함께 위층으로 올라갔었다는 사실을 기억하고서 커피잔을 발로 밟아 산산조각을 냈던 거야. 그는 그 커피잔에 들어 있던 내용물이 절대로 분석되어서는 안 된다고 생각했기 때문이지. 그 다음부터 비록 효험은 없었지만 완강하게 그는 '자연사'라는 의견을 주장했던 걸세.」
「그렇다면 '나머지 커피잔'은 어떻게 된 겁니까?」
「나는 캐븐디시 부인이 그것을 숨겨 두었을 거라고 확신했네만, 꼭 확인해 보고 싶었어. 로렌스는 내가 의도하고 있던 것을 전혀 눈치채지 못했네. 그러나 상황을 깊이 생각해 본 그는, 자신이 나머지 커피 잔을 찾아낼 수 있으면 사랑하는 여자가 혐의를 벗게 되리라는 결론에 이르렀던 걸세. 그리고 그의 결론은 옳았던 거야.」

「한 가지 더 물어 볼 것이 있습니다. 잉글소프 노부인이 죽어가면서 한 말은 도대체 무슨 뜻일까요?」

「물론 그때 그녀가 한 말은 남편에 대한 욕이었지.」

「세상 참!」

나는 긴 한숨을 내쉬며 말을 이었다.

「포와로, 이제 당신이 모든 것을 설명해 주었다고 생각합니다. 아무튼 일이 모두 원만하게 해결되고, 존 부부도 화해했으니 무척 기쁘군요.」

「나에게 감사하게.」

「당신에게 감사하라니——무슨 뜻이죠?」

「여보게, 헤이스팅스, 그들 두 사람을 다시 결합시켜 준 것은 그 재판이었다고 생각하지 않나? 나는 존 캐븐디시가 여전히 자기 아내를 사랑하고 있고, 그녀도 역시 남편을 사랑하고 있다고 확신했네. 하지만, 그들은 어떤 한 가지 오해 때문에 그 동안 서로에게 너무 무관심해 있었네. 메어리는 존을 사랑하지도 않으면서 그와 결혼했지. 존은 그것을 알고 있었어. 그는 감수성이 예민한 사람이기 때문에, 만일 아내가 자신을 원하지 않는다면 강제로 자신을 받아들이라고 아내에게 요구하지 않았을 거네. 그가 그렇게 점점 멀어져 가자, 반대로 그녀는 그에게서 사랑을 느끼게 되었다네. 하지만, 그 두 사람은 모두 유별나게 자존심이 강한 성격이기 때문에, 바로 서로에게 접근하지 못했던 걸세. 그래서 그는 레이크스 부인과 어울리게 되었고, 그러자 그녀는 일부러 바워스타인 박사에게 관심을 기울였네. 존 캐븐디시가 체포되던 날, 내가 어떤 결정에 대하여 고민하던 걸 기억하나?」

「그래요. 그때 나는 당신이 고민하는 걸 보고 무척 걱정했지요.」
「미안한 이야기지만, 그때 자네는 내가 무슨 문제로 걱정했는지 조금도 이해하지 못했을 거네. 그때, 나는 내가 당장 존 캐븐디시의 혐의를 벗겨 주어야 할지 말아야 할지를 망설이고 있었던 걸세. 사실, 나는 당장에라도 그의 혐의를 벗겨 줄 수 있었지. 하지만, 만일 그렇게 했다면 진짜 범인을 체포하지 못했을 걸세. 그들은 최후의 순간까지도 내 생각을 전혀 눈치채지 못하고 있었으니까——또한, 바로 그 점 때문에 내가 사건을 성공적으로 해결한 거라네.」
「그럼, 당신이 존 캐븐디시가 재판에 회부되는 걸 막을 수도 있었다는 뜻인가요?」
「그렇다네, 헤이스팅스. 하지만, 결국 나는 '한 여자의 행복'을 위하기로 결정했네. 나는 그들이 엄청난 위험을 함께 겪게 된다면, 자존심을 꺾고 서로 결합하게 될 거라고 생각했어.」
나는 아무 말도 하지 않고 그저 흐뭇한 표정으로 포와로를 바라보았다. 조그만 내 친구의 뺨이 거상(巨象)처럼 보였다! 포와로가 아니라면, 그 누가 살인범에 대한 재판을 부부 화해의 회복물로서 생각할 수 있었겠는가!
「나는 지금 자네가 무슨 생각을 하고 있는지 알고 있네, 헤이스팅스.」
포와로가 나를 보고 미소를 지으면서 말했다.
「에르큘 포와로가 아니면 그 누구도 그런 일을 시도하지 않았을 걸세! 그리고 누구도 그것을 비난하지 않을 거네. 부부의 행복이란 이 세상의 어느 것보다도 더욱 소중한 것이니까 말이야.」
그의 말을 듣고, 나는 이전의 사건들을 생각해 보았다.
나는 창백하고 지친 모습으로 소파에 기대어 앉아서 남의 말을 듣던 메어리를 생각해 냈다. 그때 아래층에서 벨소리가 들려왔다. 그녀는 깜짝 놀라 자리에서 벌떡 일어섰다. 포와로는 방문을 열고 들어와서, 고통스러워하는 그녀의 두 눈을 보더니 천천히 머리를 끄덕였다.
「알겠습니다, 부인. 그를 데려왔습니다.」그가 말했다.
그는 옆으로 비켜서 있었다. 나는 그 방을 나서면서, 존 캐븐디시가 팔을 벌려 아내를 포옹할 때 그녀의 두 눈에 어린 행복에 겨운 표정을 보았다.
「아마 당신의 말이 옳을 겁니다, 포와로.」나는 나지막한 목소리로 말했다.「그래요, 그것은 세상에서 가장 귀한 것이죠.」
바로 그때 갑자기 방문을 두드리는 소리가 들리더니, 신시어가 얼굴을 내밀었다.
「전──저는──.」
「어서 들어오십시오.」
나는 자리에서 일어서서 말했다.
그녀는 방으로 들어왔지만, 자리에 앉지 않았다.
「두 분에게 말씀드릴 것이 있어서요.」
「무슨 말입니까?」
신시어는 잠시 옷에 달려 있는 조그만 끈을 만지작거리더니 갑자기 소리쳤다.
「두 분께 감사합니다!」
그러고 나서 그녀는 먼저 나에게, 그 다음에 포와로에게 입을 맞추더니 얼굴을 붉히며 밖으로 뛰어나갔다.
「도대체 이게 어찌 된 일이죠?」나는 깜짝 놀라서 말했다.
신시어에게 키스를 받은 것은 몹시 기분 좋은 일이었다. 하지만, 공개적으로 그렇게 했다는 것이 다소 나의 즐거움을 감소시켰다.
「그것은 그녀가 생각했던 것처럼 로렌스가 자신을 미워하지 않는다는 사실을 발견했다는 뜻으로 한 인사일세.」포와로는 뭔가 깊은 생각에 잠기면서 말했다.

「그러나——.」

「저기 그 사람이 오는구먼.」

로렌스가 바로 방문을 지나가고 있었다.

「안녕하시오, 로렌스!」포와로가 그를 불러 세웠다.「당신에게 축하를 드려야겠군요. 그렇지 않습니까?」

로렌스는 얼굴을 붉히며 어색하게 미소를 지었다. 사랑에 빠진 남자의 모습이란 정말 딱해 보이는 법이다. 신시어가 더욱 매력적으로 보였다.

나는 한숨을 내쉬었다.

「왜 그러는가, 헤이스팅스?」

「아무것도 아닙니다. 그 여자들은 정말 매혹적입니다.」

나는 우울한 목소리로 말했다.

「그런데 어느 한 명도 자네의 여인이 아니라는 말이지?」하고 포와로는 내가 하려는 말까지 다 해버렸다.「걱정하지 말고 기운을 좀 차리게, 헤이스팅스. 우리가 다시 함께 사냥을 하게 될지 누가 알겠나? 그렇게 되면 그때엔——.」

〈끝〉

■작품해설■

『스타일즈 저택의 죽음』(The Mysterious Affair at Styles, 1920)은 애거서 크리스티(Agatha Christie, 영국, 1891~1976)의 처녀작이다. 그러므로 크리스티 여사가 창조해 낸 에르큘 포와로(Hercule Poirot)는 이 작품 속에서 처음으로 등장하는 셈이다. 그리고 포와로 탐정의 와트슨 역을 맡은 헤이스팅스(Hastings) 대위도 이 소설에서 처음으로 등장한다.

처음에 이 작품의 원고는 몇몇 출판사에서 거절당했으며, 드디어 받아들인 출판사에서도 원고를 1년 동안 그대로 보관해 두었다고 한다. 원고는 값싸게(125달러) 팔렸지만, 크리스티 여사는 이것에 자극을 받아 평생을 추리소설에 몰두하게 되었다.

크리스티 여사는 많은 걸작을 냈는데, 이 처녀작이 그 걸작 중의 하나로 손꼽히는 것을 보면 크리스티 여사는 타고난 천재적 추리작가라고 할 수 있다.

『스타일즈 저택의 죽음』에서 포와로 탐정이 독살사건을 해결하게 되는 경위를 살펴보면, 영국군 장교로 제1차 세계대전에서 부상하여 스타일즈로 내려온 헤이스팅스 대위는 우연히 안면이 있는 에르큘 포와로를 만난다.

벨기에 경찰에서 은퇴한 명탐정으로 알려진 포와로는 전쟁을 피하여 영국에 망명 와서 스타일즈 저택의 여주인인 잉글소프 노부인의 도움을 받고 있었다. 때마침 잉글소프 노부인의 죽음을 알게 된 헤이스팅스 대위는 에르큘 포와로에게 사건을 부탁하면서, 한편으로는 사건 해결의 경위를 기록한다.

헤이스팅스 대위의 기록에 따르면, 포와로는 셜록 홈즈에 못지않는 명탐정으로서 몸집은 작지만 독특한 콧수염을 기르고 있는 멋쟁이 신사이다.

역자의 추측으로 이때 포와로의 나이가 예순 살이 넘지 않았나 생각된다. 따라서 『커튼』(Curtain, 1975)이라는 작품에서 포와로가 죽는데, 그때 그는 여든 살이 훨씬 넘었을 것이다. 결국, 포와로는 영국으로 망명 와서 죽을 때까지 그곳에서 사립탐정으로서 실력을 맘껏 발휘한 셈이다.

애거서 크리스티는 처녀작인 『스타일즈 저택의 죽음』에서 이미 그녀의 진면목을 독자들에게 뚜렷하게 보여 주었다고 생각한다.

이 책은 트라이어드 그라나다(TRIAD GRANADA) 사에서 나온 『The Mysterious Affair at Styles』를 번역한 것이다.

최신 생활 영어를 간단하고 쉬운 문장으로 엮은 책!

나 혼자 떠나는
여행 영어회화

4×6판 / 216쪽 / 해문외국어연구회 편

즐거운 해외여행이 말이 통하지 않아 엉망이 되게 할 수는 없다!

해외여행이 잦은 요즘 말 한 마디도 제대로 구사할 줄 모르면서 비행기에 오르려니 왠지 불안하고 두려움이 앞섭니다.
그러나 꼭 필요한 회화를 마스터해 놓으면 세계 어딜 가도 마음 든든합니다.

이 책은 아주 기초적인 회화에서부터 모든 상황에 손쉽게 대처할 수 있는 생활회화와 여행 정보까지, 세심하고 다양하게 배려하여 만들었습니다.

해외여행의 훌륭한 길잡이, 이제 선택하십시오!

TRAVEL ENGLISH CONVERSATION

● 90분용 테이프 포함

추리 문학의 여왕
"애거서 크리스티"

한 번 읽기 시작하면 도저히 눈을 뗄 수 없는 추리소설!!

애거서 크리스티는 추리문학에 대한 공로로
영국 엘리자베스 여왕으로부터 <데임>(남자 기사)
작위를 수여 받았습니다. 최고의 추리문학으로
평가되고 있는 그녀의 작품은 **전세계 인구 3분의 1**에
해당하는 사람들이 읽었으며, 지금도 변함 없이
온 세계인의 사랑을 받고 있습니다.

※추리문학에 20여년을 공들인 **해문출판사**에서는 크리스티의
전작품을 80권으로 완간, 인기리에 판매하고 있습니다.

1. 그리고 아무도 없었다
2. 오리엔트 특급살인
3. 0시를 향하여
4. 죽음과의 약속
5. 나일강의 죽음
6. ABC 살인사건
7. 스타일즈 저택의 죽음
8. 애크로이드 살인사건
9. 장례식을 마치고
10. 3막의 비극
11. 예고 살인
12. 주머니 속의 죽음
13. 커 튼
14. 백주의 악마
15. 움직이는 손가락
16. 엔드하우스의 비극
17. 푸른 열차의 죽음
18. 메소포타미아의 죽음
19. 애국 살인
20. 화요일 클럽의 살인
21. 누 명
22. 13인의 만찬
23. 회상 속의 살인
24. 위치우드 살인사건
25. 삼나무 관
26. 구름 속의 죽음
27. 부머랭 살인사건
28. 테이블 위의 카드
29. 비밀 결사
30. 끝없는 밤
31. 목사관 살인사건
32. 갈색 옷을 입은 사나이
33. 검찰측의 증언
34. 세 번째 여자
35. 명탐정 파커 파인
36. 침니스의 비밀
37. 죽음을 향한 발자국
38. 쥐 덫
39. 프랑크푸르트행 승객
40. N 또는 M
41. 골프장 살인사건
42. 세븐 다이얼스 미스터리

43. 깨어진 거울
44. 빅 포
45. 벙어리 목격자
46. 포와로 수사집
47. 서재의 시체
48. 크리스마스 살인
49. 마지막으로 죽음이 온다
50. 창백한 말
51. 할로 저택의 비극
52. 마술 살인
53. 잊을 수 없는 죽음
54. 부부 탐정
55. 수수께끼의 할리 퀸
56. 맥긴티 부인의 죽음
57. 버트램 호텔에서
58. 죽은 자의 어리석음
59. 비뚤어진 집
60. 죽은 자의 거울
61. 잠자는 살인
62. 코끼리는 기억한다
63. 패딩턴발 4시 50분
64. 헤이즐무어 살인사건
65. 파도를 타고
66. 바그다드의 비밀
67. 리스터데일 미스터리
68. 엄지손가락의 아픔
69. 핼로윈 파티
70. 히코리 디코리 살인
71. 4개의 시계
72. 복수의 여신
73. 크리스마스 푸딩의 모험
74. 패배한 개
75. 카리브해의 비밀
76. 리가타 미스터리
77. 죽음의 사냥개
78. 비둘기 속의 고양이
79. 헤라클레스의 모험
80. 운명의 문
● 애거서 크리스티의 비밀

정통 추리문학의 진수
세계추리걸작선

세계추리걸작선은 미국, 영국, 프랑스, 일본 등 추리문학의 본고장에서 최우수상을 받았거나 추리 매니아들이 추천한 가장 뛰어난 작품들로 구성되어 있다.

1. **환상의 여인** / 윌리엄 아이리시
2. **Y의 비극** / 엘러리 퀸
3. **사이코** / 로버트 블록
4. **지푸라기 여자** / 카트린 아를레이
5. **이집트 십자가의 비밀** / 엘러리 퀸
6. **추운나라에서 온 스파이** / 존 르 카레
7. **로즈메리의 아기** / 아이라 레빈
8. **노란방의 비밀** / 가스통 루르
9. **황제의 코담배케이스** / 존 딕슨 카
10. **그리스 관의 비밀** / 엘러리 퀸
11. **잃어버린 지평선** / 제임스 힐튼
12. **안녕, 내 사랑아** / 레이몬드 챈들러
13. **Z의 비극** / 엘러리 퀸
14. **경찰혐오자** / 에드 맥베인
15. **한푼도 더도말고 덜도말고** / 제프리 아처
16. **벌거벗은 얼굴** / 시드니 셀던
17. **피닉스** / 에이모스 어리처&일라이 랜도
18. **벤슨 살인사건** / S.S.밴 다인
19. **르윈터의 망명** / 로버트 리텔
20. **죽음의 키스** / 아이라 레빈

21. 교환살인 / 프레드릭 브라운
22. 움직이는 표적 / 로스 맥도널드
23. 죽은 자와의 결혼 / 윌리엄 아이리시
24. 탐정을 찾아라 / 패트리셔 매거
25. 독약 한 방울 / 샬롯 암스트롱
26. 죽음과 즐거운 여자 / 엘리스 피터스
27. 어느 샐러리맨의 유혹 / 헨리 슬레서
28. 죽음의 문서 / 마이클 바조하
29. 내 눈에 비친 악마 / 루스 렌델
30. 최후의 도박 / 로버트. B. 파커
31. 호그 연속살인 / 윌리엄 데안드리아
32. 내가 심판한다 / 미키 스필레인
33. 두 아내를 가진 남자 / 패트릭 퀜틴
34. 심야 플러스 원 / 개빈 라이얼
35. 파리의 밤은 깊어 / 노엘 칼레프
36. 누군가가 보고 있다 / 메어리 클라크
37. 독사 / 렉스 스타우트
38. 스위트홈 살인사건 / 크레이그 라이스
39. 교황의 인질금 / 존 클리어리
40. 인간의 증명 / 모리무라 세이이치

※세계추리걸작선은 계속 출간됩니다.

알고싶은 단어를 찾고 싶을 때
실물의 이미지가 떠오르지 않을 때
이미지는 아는데 단어를 모를 때
**그림을 보고 빠르고
정확하게 찾는다!**

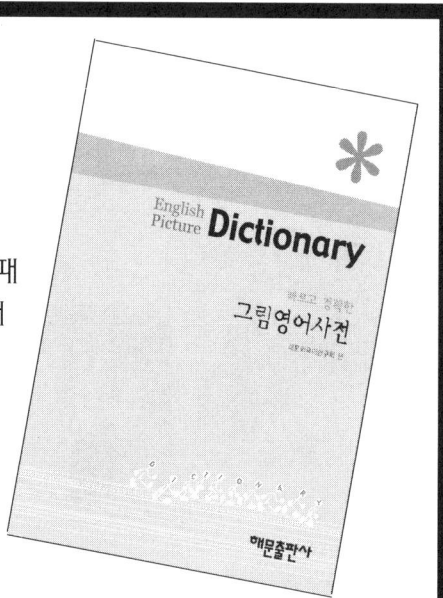

빠르고 정확한
그림영어사전

지금까지 없었던 제3의 사전!

- 우리 생활과 밀접한 6,000여 단어를 205개의 장면으로 나누어 놓았다.
- 한 가지 단어를 암기하는데 필요한 노력을 최대한 줄일 수 있다.
- 한 가지 단어로부터 그 장면이 연상되어 많은 단어를 한꺼번에 기억할 수 있다.

해문외국어연구회편 / 4×6판 / 238쪽